I0642342

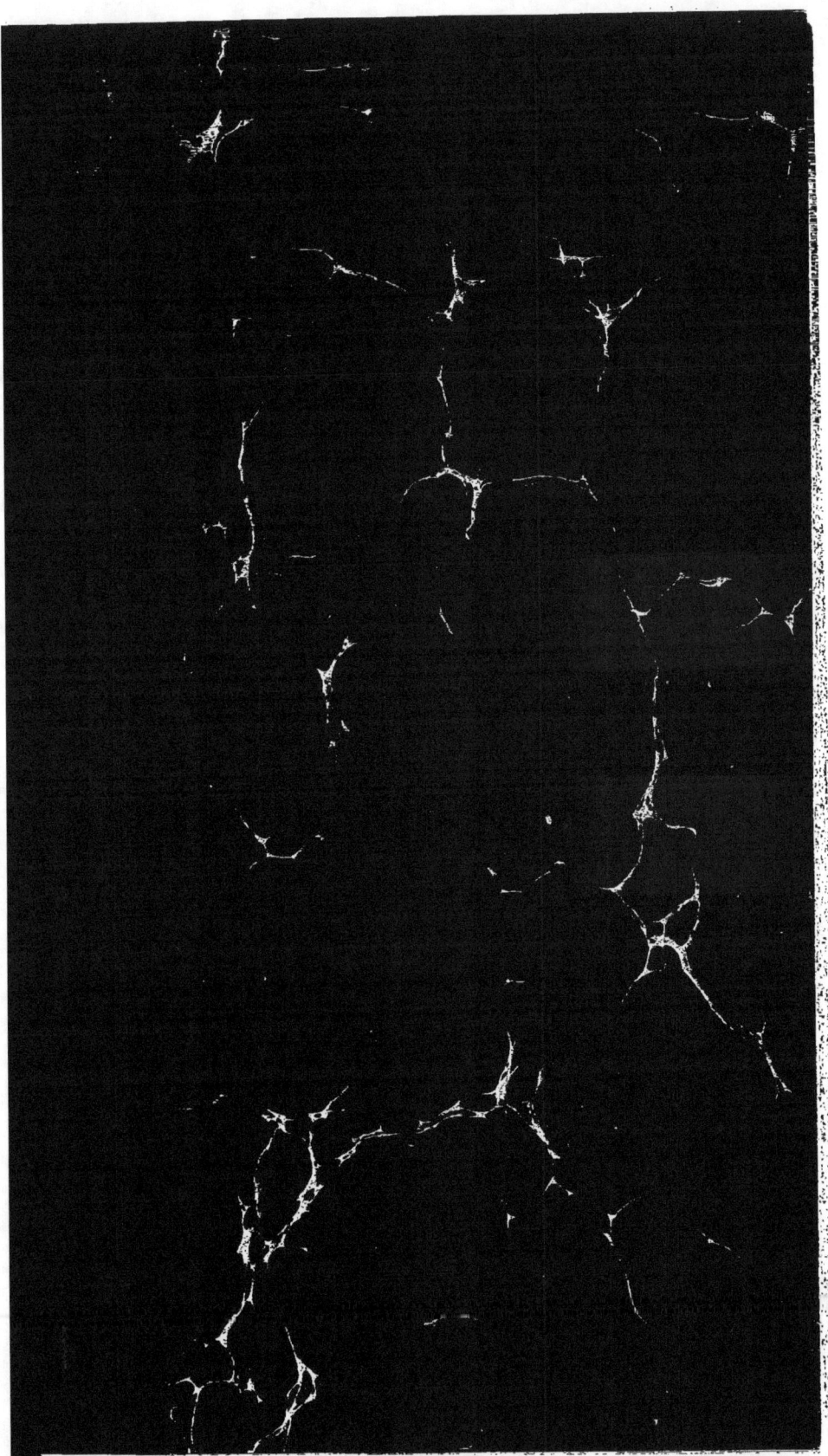

LA POÉSIE

À

NAPOLÉON III.

30,239

SÈVRES. — IMPRIMERIE DE M. CERF, GRANDE-RUE, 144.

lith par E. Desmaisons d'apres Gabriel Lefébure

NAPOLÉON III

Imp. Lemercier Paris.

LA POÉSIE

À

NAPOLÉON III

Votes des Poètes français

RECUEILLIS ET PUBLIÉS

Par J. LESGUILLON

AVEC LES

PORTRAITS DE L'EMPEREUR ET DE LA REINE HORTENSE

D'après GABRIEL LEFÉBURE.

VOX DEI.

PARIS,

CHEZ L'ÉDITEUR, RUE DU BAC, N° 114.

1853.

La *Poésie à Napoléon III* diffère complètement des publications qui ont eu lieu en France, sous l'Empire, à l'occasion de la naissance du roi de Rome, et sous la restauration, pour le sacre, lesquelles opérations furent ordonnées, subventionnées, et protégées hautement par les gouvernements de Napoléon et de Charles X. Ici, c'est une initiative toute personnelle. L'éditeur n'a pas demandé l'appui du pouvoir dont la haute modestie eût refusé de concourir à une œuvre destinée à sa glorification. Il a élevé, à ses risques et périls, un monument à Napoléon III, comme jadis on avait bâti un temple à Jupiter sauveur.

En considérant encore cet hommage au point de vue historique, l'éditeur, qui porte avec orgueil ici le drapeau de la poésie où s'inscrivent tant de nobles intelligences, est heureux de penser qu'en lisant ce volume à côté de ceux du même genre, on appréciera quels progrès a accompli la poésie dans la dignité et l'indépendance : le grand siècle est prêt à reparaître.

L'éditeur de ce livre remercie ses maîtres et frères en poésie de leur empressement patriotique à lui envoyer leurs inspirations.

Pressé par le temps, il n'a pu en régulariser l'ordonnance ni mettre à leur place chaque pierre apportée par les esprits distingués qui ont fourni les matériaux de l'édifice. C'est ainsi que l'*Ange du Peuple*, quoiqu'il commence le livre, ne prétend pas, comme on le pense bien, assigner un rang à son auteur ; il remplit seulement un devoir d'hospitalité, il ouvre le péristyle, et il annonce le cortége.

Il en est de même de la pièce : *A l'Empereur !* qui clot le volume. L'éditeur s'est souvenu qu'il est un peu poète aussi, et qu'à ce titre il avait droit de cité, même dans son recueil. Mais on ne l'accusera pas d'usurpation ; il s'est mis à sa place.

L'ANGE DU PEUPLE.

PROLOGUE.

L'ANGE DU PEUPLE.

ABEL *(jeune homme pâle, presqu'en haillons. Il est dans un pauvre grenier, à genoux devant un grabat vide; il pleure, et s'écrie avec désespoir).*

C'est donc vrai? Ce grabat où reposait ma mère
Est désert et muet : elle a quitté la terre !
Me voilà seul, tout seul sur ce triste chemin !
Je n'ai plus rien au monde ; on me nomme orphelin !
Pauvre et deshérité, le labeur de mon père
Me nourrissait, enfant, du pain de sa misère ;
Lui mort, ma pauvre mère, imitant son amour,
Et pour elle et pour moi travailla nuit et jour ;
Je travaillais près d'elle autant que peut mon âge ;
Et nous ne mourions pas à force de courage !
Mais, épuisant sa force en efforts superflus,

Elle tomba malade, et le pain ne vint plus !

J'entourai de mes soins sa lente maladie ;

Mon cœur est le seul bien que m'a donné la vie ;

Je l'ai versé sur elle avec toutes mes pleurs ;

Tant que je vis ses yeux, j'oubliai mes douleurs !

(Il s'approche du lit et s'y couche épuisé).

Oh ! fatigue du corps ! Oh ! fatigue de l'âme !

Je cède à ton pouvoir, ainsi que cette flamme

Qui s'éteint… ! …

(Il regarde la lampe qui brûlait près du lit et qui s'est éteinte).

Morte aussi ! donne-moi ton sommeil,

Triste et pâle flambeau, car je crains le réveil !

Mon Dieu ! qui dans ton Ciel écoutes ma prière,

Parle-moi par sa voix, en fermant ma paupière !

Avec sa douce image apporte-moi l'espoir !

Qu'en rêve je lui parle et puisse encor la voir !

L'avenir sera bon ! balbutiait ma mère,

En me disant adieu ; mon fils ! Espère ! Espère !

Tu ne souffriras pas comme ont fait tes aïeux ;

Pour le peuple qui pleure il est un ange aux cieux !

Comment s'accomplira cette promesse étrange ?

A quoi le connaîtrai-je, et d'où viendra cet ange ?

(Il s'endort en murmurant ces mots. On entend une musi-
que guerrière : un nuage paraît, et en se dissipant, il laisse
voir le génie de la Féodalité).

LA FÉODALITÉ.

Enfant, ta voix demande un sauveur, et j'accours :
Avec mes vieux blasons j'arrive à ton secours !
Je suis, riche d'exploits, de titres et d'hommages,
La Féodalité, patronne des vieux âges !
C'est moi qui, la première, à tes aïeux maudits
Ai pesé l'existence au poids de mes édits :
Taxes, dîmes, impôts, corvée et redevance,
J'ai tout pris, il est vrai, mais par droit de naissance;
J'établis par le glaive et ma force et ma loi,
Et sans te consulter, je dis : l'homme, c'est moi!
Seigneur et suzerain, ta vie est mon domaine ;
Je promène à mon gré ma force souveraine.
Peuple, dès ton berceau tu deviens mon bétail:
Tout m'appartient, ton sang, ta vie et ton travail ;
Je paîrai de mon or tes fils à la mamelle ;
Ils seront toujours serfs sous ma haute tutelle;
Servir, voilà ton lot! obéir, ton honneur!
Et tu diras tout fier : je suis à mon Seigneur !

ABEL *(s'agitant sur sa couche)*.

Quel accent! C'est celui d'un fléau de la terre ;
Délivre-moi, mon Dieu! Délivre-moi, ma mère!

LA FÉODALITÉ.

Puisqu'ainsi ton orgueil se refuse à ma loi,
Vassal, je t'abandonne et je te cède au roi !

LA MONARCHIE ABSOLUE.

Peuple, rassure-toi ! je suis la monarchie !
Du harnais féodal ta race est affranchie ;
Ce n'est plus un seigneur me disputant ta foi
Qui sera souverain, le souverain, c'est moi !
L'ignorance du faible est la force du maître ;
Garde-toi de juger, garde-toi de connaître !
Accepte le devoir du dévoûment complet ;
Je suis le bon plaisir et fais ce qui me plait !

ABEL.

En vain à mes regards ton costume se change,
Je vois un maître encor et ne vois pas mon ange :
Ce n'est pas le bonheur que j'attendais des cieux.

LA MONARCHIE ABSOLUE.

Que me demandes-tu ? Dieu te fit malheureux !

ABEL.

Si le peuple est né pauvre, il faut qu'un roi l'abrite,

Et, s'il se fait son Dieu, qu'il lui prépare un gîte.
Il faut que par des lois il dote l'orphelin,
En donnant au vieillard le repos et le pain.
Un roi, quand il est père, élargit ses richesses,
Et verse aux plus chétifs ses actives tendresses.
Les peuples ont des droits absolus et sacrés !

LA MONARCHIE ABSOLUE.

Vos droits par les puissants ont été mesurés !
Je ne puis rien de plus ! sous toute loi nouvelle,
La liberté s'avance et le trône chancelle.
Peuple ! la monarchie a fait assez pour toi !

(Quatre-vingt-treize paraît.)

ABEL *(avec terreur)*.

Oh ! quel est ce génie ? il me glace d'effroi !
Que de sang... que de cris, d'échafauds, de supplices !

QUATRE-VINGT-TREIZE.

Je me suis fait bourreau pour fonder les justices.
Des rois insoucieux le trône mutilé .
Entraînait le vieux monde à jamais écroulé.
Dans ses champs ravagés, restés longtemps stériles,
Germent enfin les grains que Dieu sema fertiles !

La liberté se lève ! elle étend son drapeau,
Brillant des trois couleurs d'un avenir nouveau !
Esclavage, rançons, dîmes, et redevance,
Sont à jamais rayés des tables de la France.
L'homme prend son nom d'homme ! il porte avec fierté
Ce signe de grandeur par son sang racheté ;
PEUPLE n'est plus un mot qui désigne une race ;
C'est un monde qui naît, s'élève et prend sa place !

ABEL.

Mais partout le sang coule au mot de liberté !
L'univers est en feu sous le ciel irrité !
Le peuple déchaîné n'entend pas la clémence !
Il égorge !...

QUATRE-VINGT-TREIZE.

Il punit avec son ignorance.

ABEL.

O leçon ! ô douleur ! triste nécessité !
Faut-il que dans le sang on marche à l'équité ?
L'anarchie est partout... qui sauvera le monde ?

L'EMPEREUR NAPOLÉON Ier.

Moi, qui suis l'unité qui dirige et qui fonde !

Moi, fort, jeune et croyant, qui me livre sans peur
Au volcan débordé dont j'abats la fureur !
Moi, qui viens ennoblir par l'épée et la gloire
La révolution qu'outragera l'histoire !
Moi, qui rétablis l'ordre et consacre vos droits !
Qui relève l'autel et vous bâtis des lois !
Moi, qui contiens la France en mes larges entrailles,
Et vais porter l'idée au char de mes batailles !
Moi, qui greffe le champ, anime les déserts,
Emmène la science au bout de l'univers,
Et, fier dans l'action comme la prophétie,
Verse partout le grain de la démocratie !
Peuples ou laboureurs tous se nomment : soldat!
Et, gagnant leur noblesse, ont place dans l'Etat !

ABEL.

Que vois-je ? votre amour pour notre chère France,
Votre cœur la rêvant dans sa magnificence,
Votre vœu pour sa gloire et son ambition,
Votre force pressant le pas de l'action,
L'espoir impatient qui vous brûle pour elle,
Ameutent l'univers à vos pensers rebelle.
Votre bruit, votre nom, tout effraye et vous nuit;
Sur votre étoile d'or ils appellent la nuit;
L'élément ténébreux qui conduit la tempête,

Répond à leurs accents et brise la conquête !
Alexandre captif, on vous creuse un tombeau
Et vous y marchez fier portant notre drapeau !

L'EMPEREUR NAPOLÉON 1er.

Ils me verront mourir dans l'amour de la France !
Tous vos cœurs me suivront souffrant de ma souffrance !
Mais j'avais dans le sol semé votre avenir;
Sois patient, enfant ! garde mon souvenir !

ABEL (*pleurant*).

Oh ! mon Dieu ! seul encor... qui viendra sur ma route ?
Est-ce un autre pouvoir que le peuple redoute ?
                    Une musique sacrée se fait entendre.

LA RELIGION.

J'entends ta voix, enfant, qui vient de m'appeler;
Ma mission sur terre est de tout consoler ;
Le puissant malheureux m'appelle, me réclame;
Je cherche sous son or la lèpre de son âme.
L'humble arrive à son tour à ma porte frapper;
Mon cœur s'ouvre à ses maux dont il peut m'occuper.

ABEL.

Oh ! bonheur ! une voix va me parler, m'instruire !
A mes yeux un flambeau va s'allumer et luire !
Pour le peuple, je vois, vous êtes l'avenir ;
Vous êtes le bonheur, c'est vous qu'il faut bénir !

LA RELIGION.

Je suis le prêtre, enfant, j'explique le symbole ;
Au pécheur répentant je porte ma parole ;
Sans toucher l'océan de ce monde mortel,
Je veille à son salut, je le prépare au ciel ;
D'autres prennent souci des choses de la terre ;
Je pleure de vos pleurs, voilà mon ministère !

ABEL.

Il est beau d'écouter le pécheur à genoux,
Mais ce n'est pas assez que pleurer avec nous.

LA RELIGION.

La Charité viendra prodigue, tutélaire.....

ABEL.

Aumône... Charité ! vous êtes la misère !

Le travail seul est grand : il sème le bonheur ;
Qu'on nous donne ses fruits! O Seigneur! ô Seigneur!

LA RELIGION

Pour que la loi du Christ s'éternise et se fonde,
Vingt siècles ont passé tout sanglants sur le monde;
Vingt siècles ont passé, sans que l'homme comprit
Ce que le fils de l'homme en mourant nous apprit.
Bien du sang a coulé sur la tombe sublime
Du corps crucifié, fraternelle victime ;
Mais l'âme enfin conçoit ce symbole divin
Du Dieu né de la femme et qui s'est fait humain,
Comme au jour glorieux où son âme ravie
Quitta souffrance et mort pour passer à la vie,
L'homme à force d'espoir touche à la vérité,
Et ressuscite enfin dans la fraternité !
Attends... résigne-toi.....

ABEL.

                    Parle ! réponds, ma mère !
Est-ce là l'avenir que tu prédis prospère ?
Son front pur est semblable au front de Gabriel;
Comme fait un prophète, il me parle du ciel ;
Aux résignations faut-il que je me range ?
Il me montre l'espoir ! serait-ce là mon ange ?

L'HUMANITÉ.

L'avenir ? le voici ! c'est moi, l'humanité !
Sainte émanation de la divinité,
Le prêtre préludait par un pur ministère ;
Il est la voix du ciel, moi le cri de la terre !

(Elle embrasse la Religion).

Viens, apôtre du Christ, suis-nous sur le chemin,
Car le Christ t'instruisit et te fait prêtre humain.
Tu dois accompagner l'homme dans l'existence.
Heureux ou malheureux, il veut ton assistance;
Ses désirs ont besoin du calme de ta voix ;
Libre, il lui faut le frein de tes pieuses lois.

(Elle s'avance vers Abel qu'elle prend par la main).

Lève-toi, fils du peuple... Oui ! ce n'est plus un rêve!
L'ancien monde est un vœu que le progrès achève.
Dieu, touché des vertus de tes nobles ayeux ,
Te parle par ma bouche, entends sa voix des cieux!
Comme le faible enfant aveugle dans son lange,
Le pauvre avait son Dieu, le peuple avait son ange !
Regarde.....

(L'horison s'ouvre au milieu des acclamations de la foule, un homme s'avance: le peuple jette des fleurs sur son passage. Au-dessus de lui se dressent des arcs de triomphe. Dans les nuages est tracé un arc-en-ciel sur lequel est

écrit Napoléon III *et au-dessous, tout pour le peuple :*
réduction de l'octroi, médaille militaire, suppression du
bagne, crédit foncier, réduction de l'escompte, cités
ouvrières, la Sologne fertilisée, l'achèvement du Louvre,
la religion honorée.

(Abel *réveillé et ébloui.*)

Oh ! oui... c'est lui ! mon ange bien-aimé !
Ma mère en expirant l'avait tout bas nommé !

Napoléon III.

Suis moi, fils bien-aimé de ce peuple que j'aime !
Je viens t'ouvrir un port généreux et suprême,
Où tout homme soit frère et s'abrite du cœur,
Où tout homme soit frère et s'enchaîne au bonheur!
Mais patience, enfant! prie! attends sans blasphème!
Je suis le moule heureux où, créateur toi-même,
Tu prépares au monde un sage enfantement;
Mais donne au progrès l'heure ; à l'effet le moment !
Ce n'est pas en un jour que s'éternise un monde ;
Il faut que par le bien lentement il se fonde ;
Ma pensée est à tous, et mon cœur est à toi !
De bâtir ton bonheur Dieu m'a donné la foi !
Exilé! je rêvais dans ma pensée austère
A labourer d'épis le champ de ta misère ;

Mon regard te suivait quand j'étais prisonnier;

Sur ton sort mon esprit se penchait tout entier ;

Les temps t'ont rendu libre, un autre soin m'éveille ;

Il fut le rêve ardent de mon ardeur qui veille !

Je veux te préparer un nid dans ton berceau,

Un nid dans ta vieillesse, un nid dans ton tombeau !

Pour être un peuple libre, il faut que l'existence

Donne avec la vertu le travail et l'aisance ;

Mais par l'abus menteur du mot de liberté

Ne trouble pas mon cours dans sa sérénité !

Mais plus de noirs complots! plus de haines! d'alarmes!

Grandis par la pensée et non pas par les armes !

Car la dissension, à la voix des proscrits,

Rappelle l'étranger régnant sur des débris !

Attends pour la cueillir que la récolte arrive ;

Ne va pas la brûler dans ton ardeur active,

Et, comme le sauvage heureux lorsqu'il détruit,

Couper le pied de l'arbre afin d'avoir le fruit.

N'appauvris pas nos champs par des luttes stériles ;

Peuple! pour la moisson garde tes bras utiles!

Honore ta patrie en restant son soutien !

Si tu veux pour jamais te nommer citoyen,

Accepte noblement le travail où se pose

L'arrêt puissant d'un Dieu dont l'exemple l'impose ;

Du ciel sans égoisme accomplissant la loi,

Travaille pour tes fils plus encor que pour toi !
Sois le généreux père, élevant la loi sage
Qui lègue à ses enfants un auguste héritage ;
Ce siècle d'espérance est le champ du bonheur ;
Cultive-le pour eux, c'est le champ du Seigneur!
La sainte liberté, fille de tes apôtres,
N'est pas la liberté pour opprimer les autres.
Toi, qui du vrai symbole as fait la trinité,
Loi du roi souverain, sainte fraternité !
Pénètre au fond des cœurs, dis-leur que ta devise
Réunit les mortels et non pas les divise ;
Au riche, au pauvre apprends dans ta langue de feu
Que, frères, ils sont tous enfants du même Dieu,
Et qu'ils ont, pour passer sur ce globe fragile,
Pour code la justice, et pour loi l'évangile !
Ralliez-vous donc tous, grands ou faibles esprits,
A ce dogme divin si longtemps incompris !
Aimez votre patrie en l'aimant tous pour elle!
Français, pour la garder majestueuse et belle ,
Unissons-nous du cœur ! soyons vrais sans détour !
Notre gloire est la force, et la force est l'amour !
Plus de caste, de rang qui retienne et qui blesse ;
Le travail a son droit, peuple ! c'est ta noblesse !
Tout mortel qui veut vivre au travail à des droits;
Venez donc, travailleurss hardis, puissants, adroits !

Voici venir les jours où la grande industrie

En immense atelier va changer la patrie !

Emules de l'honneur et non jaloux rivaux,

Demandez la richesse au luxe des travaux,

Et quand vos fronts bronzés se graveront de rides,

Ouvriers et soldats auront leurs invalides !

(Abel se jette aux pieds de Napoléon III; la Religion s'avan-
ce; elle a un rameau d'olivier d'une main et de l'autre la
croix du Christ. Elle abaisse son rameau sur Abel qui est
agenouillé.

LA RELIGION.

Au nom de Jésus-Christ qui t'écoute et qui t'aime,

Je te bénis, enfant, pour ton nouveau baptême!

(Elle fait un mouvement en arrière; elle évoque des ombres
qui s'avancent).

Venez, ombres des rois dont le cœur paternel

A pressenti l'arrêt divin et fraternel !

Venez, à nos espoirs mêler votre prière

Et joindre vos lauriers à la jeune bannière!

Venez assister tous au nouvel avenir

Que nous promit le Christ, et que Dieu va bénir!

NAPOLÉON III.

Le passé fut pour nous le chaos des lumières;

Respectons le passé, les ayeux et les mères!
Plus de deuil! plus de pleurs! commençons les concerts!
Avec nos cœurs touchés, élevons nos voix saintes!
Dieu lit dans la pensée et les promesses feintes;
Gagnons l'appui de Dieu, maître de l'univers!

CHŒUR.

Pour nous un beau règne commence;
Le ciel éclaire un nouveau jour;
Les cœurs forment une alliance;
Les Français ont besoin d'amour!

Plus de craintes! Plus de misère!
Plus de blasphême en nommant Dieu!
L'enfant peut sourire à sa mère,
La mère peut former un vœu!
Notre patrie est large et bonne,
Son trône abrite les petits;
C'est un chêne que sa couronne;
Les aigles y portent leurs nids!

Petits enfants, qui sur la terre
Autrefois marchiez seuls et nus,
Ouvrez les bras à votre mère!

Vous serez soignés et vêtus ;
Une nouvelle Providence
Connaît vos pleurs qu'elle comprit ;
NAPOLÉON aime l'enfance ;
Il est enfant de Jésus-Christ !

Le soldat y trouve sa gloire ;
Citoyen d'un noble pays,
Il voudra, vivant dans l'histoire,
Vieillir sous ses lauriers cueillis ;
L'artisan, son courageux frère,
Glorieux d'un autre combat,
Chérira le pays prospère
Qui l'honore dans son état !

Ouvriers de toute industrie,
Humbles et forts, faibles et grands,
Bénissez la belle patrie
Qui met l'union dans vos rangs !
Le bonheur est une conquête
Qui demande un ferme soutien ;
Le front haut, levez tous la tête
Sous le drapeau sacré du bien !

Jeunes travailleurs des campagnes,
Qui semez la vie en tout lieu,

Aidés de vos jeunes compagnes,
Aimez le sol créé par Dieu !
Avec force, espoir et courage,
Labourez vos champs généreux ;
L'air libre chasse le nuage ;
Dieu bénit les sillons heureux !

Poètes, reprenez vos lyres!
Peintres, saisissez vos pinceaux !
De l'âme exprimez les délires !
Des hauts faits montrez les héros !
L'art demande pour son modèle
La grandeur et la pureté !
Artistes, la patrie est belle !
Inspirez-vous de sa beauté !

Peuples, soldats, enfants et femmes,
Mêlons nos regards et nos voix !
Confondons nos vœux et nos âmes
Sous l'étendard de notre choix !
Soyons grands, généreux, sincères !
Entraînons les rivaux jaloux !
Montrons-leur que nous sommes frères,
Etqu'un Dieu puissant parle en nous !!

CHŒUR.

Pour nous un beau règne commence,
Le ciel éclaire un nouveau jour !
Les cœurs forment une alliance ;
Les français ont besoin d'amour !!!

HERMANCE LESGUILLON.

LA POÉSIE

A

NAPOLÉON III.

AU PRINCE LOUIS-NAPOLÉON.

Janvier 1850.

L'exil vous prit enfant sur les marches d'un trône,
Il vous laissa grandir sans sceptre, sans couronne ;
      Mais il sut vous donner
Les leçons du malheur et l'amour de la France !
Plus tard il vous apprit à plaindre la souffrance,
      A savoir pardonner !

Vous aviez les baisers de votre noble mère,
Vous aviez des amis, seul trésor sur la terre,
      Que les princes n'ont pas !
Vous étiez en tout lieu leur plus chère espérance,

Et quand grondait l'orage, en vous montrant la France,
    Ils marchaient sur vos pas !

Dans ce chemin aride, et souvent rempli d'ombre,
Une femme, une fleur, étoiles d'un ciel sombre,
    Ramenaient le soleil ;
De vos regrets alors vous perdiez la mémoire,
Pour vous laisser bercer et d'amour et de gloire,
    Sans songer au réveil.

Ils sont loin ces instants de libre fantaisie
Où, joyeux d'écouter la jeune poésie
    Qui chante au fond des cœurs
De purs hymnes d'amour ou de légers caprices,
Vous couriez dans la vie au bord des précipices
    Pour y chercher des fleurs.

Ce beau temps de jeunesse ardente, aventureuse,
Où périls et plaisirs de votre âme amoureuse
    Se partageaient les jours,
Vous y pensez, mon Prince, et le pleurez peut-être !
Ah ! tâchez d'oublier... Celui qui devient maître
    Est esclave toujours.

Sur votre front rêveur quand votre main se pose,
Ne pensez plus que Mai verra fleurir la rose

Et l'herbe des gazons!
Vous avez devant vous le livre de l'histoire ;
Lui seul doit vous ouvrir de ses pages d'ivoire
Les vastes horizons!

Marchez, marchez toujours, car le bien est à faire !
Créez autour de vous, puisqu'on veut tout défaire !
Des fous sans charité
Par leurs écrits menteurs ont doublé la misère ;
Comme le sel qu'on sème, ils voudraient sur la terre
Semer l'aridité !

Les pauvres et Dieu seuls savent toute votre âme,
Vous qui n'avez jamais, alors qu'on le réclame,
Calculé le bienfait !
Donnez, donnez toujours ; votre trésor est mince ,
Mais Dieu peut l'agrandir en bénissant, mon Prince ,
Ce que vous aurez fait.

Le nom que vous portez est grand comme le monde ;
Sa splendeur, son éclat, de gloire nous inonde ;
Soyez grand comme lui !
L'Empereur releva la France par les armes ;
Mais malgré son désordre elle était, dans ses larmes,
Plus belle qu'aujourd'hui.

Le mal, au fond des cœurs, comme le ver qui creuse,

N'avait pas attaqué dans leur foi généreuse
Toutes les nations!
La France avait gardé le respect d'elle-même,
Avec lui sa croyance et la force suprême
Des nobles actions.

Liberté! criait-elle. On lui donna la gloire!
Elle n'aimait pas l'or, elle aima la victoire,
Et, soumise à la loi,
On la vit, le front haut, marcher obéissante;
Le frein fut plus aisé, si la main fut puissante:
La France avait la foi!

Aujourd'hui que veut-elle en son erreur profonde?
Et qui peut dire encor si la foudre qui gronde
Ne la frappera pas?
Haletante, éperdue, au versant de l'abîme,
On la voit s'arrêter, dans un élan sublime,
Pour vous tendre les bras.

O vous qu'elle appela sans sceptre, sans couronne,
N'ayant de force en vous que celle que Dieu donne,
Vous entre tous choisi!
Guidez-nous, simple et fort, vers la terre promise:
Vous nous y conduirez comme un nouveau Moïse,
Car Dieu le veut ainsi!

Mme MELANIE WALDOR.

LE RETOUR DE L'AIGLE.

Quand ce siècle naissait, en agitant le monde
Sous le glaive de feu qui détruit et qui fonde,
Napoléon ouvrit de sa puissante main
La tombe où reposait le colosse romain ;
Rêvant, pour ses soldats, un glorieux symbole,
Il saisit l'étendard tombé du Capitole,
Et dit à l'aigle : « Sors enfin de ton repos,
» Etends tes ailes d'or sur mes jeunes drapeaux ;
» Reprends ton premier vol ; vas effleurer la nue
» Pour voir les ennemis de plus loin ; continue
» Ce beau livre, où la gloire, associée aux arts,
» S'arrête, interrompue au dernier des Césars ! »

Et l'Empereur montrait de triomphales routes !
L'Aigle reprit son vol ; il les connaissait toutes,
Depuis le MILLE D'OR, debout sur le granit,
Jusqu'au détroit d'Hercule, où l'empire finit.
Les noms étaient changés ; mais dans les cités veuves,
Avec les mêmes bruits coulaient les mêmes fleuves ;

Les mêmes horizons, teints des mêmes couleurs,
Fermaient les champs de neige ou les jardins de fleurs.
Et le même soleil, sous la voûte éternelle,
Reconnaissant cet Aigle à l'ardeur de son aile,
Versait du haut des cieux, pour les mêmes exploits,
Les rayons d'Italie aux enfants des Gaulois !

Mais l'Aigle se souvint aussi qu'après la guerre
Il savait dans le Tibre éteindre son tonnerre ;
Que, suspendant un jour son vol aérien,
Il suivit vers le Nil l'empereur Adrien,
Et que, pendant sept ans, les haines oubliées,
Les serres au repos, les ailes repliées,
Dans le calme divin des arts, il vit bâtir
Des cités d'Orient, comme Sidon et Tyr ;
Il vit, tout près du lac, miroir du Labyrinthe,
Éclore Antinoë, belle comme Corinthe,
Avec des monuments, dont toute la hauteur
S'illustrait sous les mains du peintre et du sculpteur ;
Des temples où partout la frise colossale
Se festonnait de l'Aigle oublieux de Pharsale,
Et le théâtre immense, où la lyre et les vers
Rendaient harmonieux l'écho de l'univers !

Ainsi notre Empereur, d'immortelle mémoire,
Pour relier la nôtre à cette antique histoire,

Quand il avait lancé son aigle étincelant

Sur Austerlitz, Eylau, Dantzick ou Friedland ;

Quand il sortait, couvert de flamme ou de fumée,

D'une grande bataille, avec sa grande armée,

A Paris de retour, se hâtait de saisir,

Pour les arts de la paix, les heures de loisir.

Notre vieux Louvre, alors, ouvrait ses galeries ;

L'Aigle prenait son vol du haut des Tuileries,

L'olivier à la serre ; et l'oiseau souverain

Ciselé sur le marbre ou fondu sur l'airain,

Pour un monde nouveau, pacifique symbole,

Dorait les murs du Louvre et servait d'auréole

Aux artistes géants, dans l'autre Panthéon,

Meublé par la victoire et par Napoléon !

Bien plus ! Après ce jour de gloire et d'épouvante,

Où la France à Moscou se révéla vivante,

Ce grand jour, le dernier de tant d'illustres noms,

Ce volcan où l'Europe épuisa ses canons,

L'Empereur au Kremlin, dans sa brillante veille,

Se souvint du théâtre où triompha Corneille ;

De cette même main qui, par un signe ardent,

Entraînait son armée au bout de l'Occident,

Il signa l'avenir de ce noble domaine

Où règnent Andromaque, Horace et Célimène,

Et l'Aigle messager dans Paris arriva,
Encor tiède des feux pris sur la Moskowa !

Cette grande leçon, jamais on ne l'oublie !...
Aujourd'hui qu'au présent tout un passé se lie,
Le prince impérial qui reçut, en naissant,
Le noble orgueil transmis à son glorieux sang,
A voulu rendre encore aux mains du Vexillaire
L'Aigle ressuscité par le vœu populaire,
Et cinq cent mille voix, aux rayons du soleil,
Viennent de saluer ce fabuleux réveil !
Au front des régiments les voilà revenues
Ces auréoles d'or, ces enseignes connues,
Ces Aigles d'autrefois, qui partout ont semé
La vie après la mort dans leur vol enflammé ;
Qui dans chaque sillon creusé par la Victoire,
Ont déposé bien mieux qu'une page d'histoire ,
Mais ce germe fécond triomphant des hivers ,
Souffle qui civilise, âme de l'univers !
O mission nouvelle, et que ce grand jour fonde !
L'armée a dans ses mains l'avenir de ce monde ;
Elle peut, s'appuyant sur l'aigle des drapeaux ,
Tout voir, sans menacer, comme Hercule au repos ,
Et répandre partout , dans un sublime rôle ,
L'action, que tuait la stérile parole !

Auprès de ses canons, muets et non éteints,
Elle tourne les yeux vers ses nouveaux destins.
Le souffle impérial dont elle est toujours pleine
A traversé les mers, au vent de Sainte-Hélène ;
Il gonfle les drapeaux, qui, dans ses mains remis,
Ne veulent ombrager que des peuples amis !...
Jamais plus beau spectacle! Un champ de Mars immense
Où le monde est venu pour voir ce qui commence ;
Toutes les nations que, sur chaque chemin,
La France rencontra, les armes à la main,
Et qui sont là, debout, dans la commune enceinte,
Recevant à Paris l'hospitalité sainte,
Et nous tendant les mains afin de les unir
Aux nôtres, pour signer le pacte d'avenir.
Le ciel, s'associant à ce vœu de la terre,
Inonde de rayons la fête militaire ;
Et quand a reparu, dans la grande cité,
Au soleil d'Austerlitz l'Aigle ressuscité ;
Quand le Prince a montré ces insignes de gloire,
Que le vent du désastre engloutit dans la Loire ;
Quand nos jeunes soldats, dans les feux du Midi,
Ont vu ce Labarum par le ciel applaudi,
Tout le sol a tremblé devant la basilique
Où dort de l'Empereur l'immortelle relique ;
De son dôme sacré, tente des vétérans,

Une ombre descendue a parlé dans les rangs ;
Elle a dit : « Ce sont eux , toujours les mêmes hommes;
« Non , rien ne dégénère au pays où nous sommes !
» Tels que j'ai vu marcher dans nos jours triomphants
» Les pères glorieux , tels marchent les enfants !
» Sur le sable , leurs pieds laissent la même trace.
» Et toi , qui sais si bien les devoirs de ta race ,
» Prince , vers l'avenir avance avec ta foi ;
» Ce que je n'ai pas fait , Dieu l'a gardé pour toi ! »

Mery.

LA RÉSURRECTION

DE

L'AIGLE DE FRANCE.

Quand le Nord s'abattit sur nous, des flancs du pôle,
    Aux jours de la fatalité ;
Quand Waterloo régna, l'aigle, ce grand symbole,
    L'oiseau de l'immortalité,
D'un vol tout fatigué des gloires de la France,
Emporta dans les cieux notre honneur en souffrance,

En nous disant un long adieu ;
Et, reployant son aile au séjour des lumières,
Il déposa là-haut le héros des chaumières,
    Pour qu'il mourût plus près de Dieu.

L'empereur, disparu dans les sphères célestes,
    Resta visible au fond des cœurs.
Alors tout sembla dit : alors des voix funestes
    Chantaient nos maux à nos vainqueurs ;
Alors, le front hautain, les royautés caduques
Foulaient aux pieds nos droits, comme font les eunuques
    Sur le cercueil d'un règne éteint,
Et les triomphateurs d'un jour, branlant la tête,
S'écriaient : le géant n'est plus ; dans la tempête,
    Ses propres foudres l'ont atteint.

Plus d'aigle ! disaient-ils, car l'aigle était la vie.
    Défense au peuple d'être grand !
Et la fière Albion, comme au temps de Pavie,
    Crut nous tenir au dernier rang.
La grande armée alors, veuve de son grand homme,
S'en alla dans sa mort, magnifique fantôme,
    Vivre d'un vaste souvenir :
Et dans chaque foyer, chaque lambeau stoïque
Se mit à préparer, dans son deuil héroïque,
    L'enfantement de l'avenir.

L'avenir est connu.—L'apostolat des braves
    A ravivé nos lendemains.
Le culte du grand homme a brisé les entraves
    Dont Waterloo chargea nos mains.
C'est dans Napoléon, dont on gardait la flamme,
Que du peuple indigné résidait toute l'âme :
    Son nom était le saint flambeau.
L'amour qu'on lui portait créait la résistance,
La patrie au grand mort demandait l'existence :
    Il régnait du fond du tombeau.

Même nos libertés s'armaient de son histoire,
    Pour saper l'œuvre des douleurs.
Il était l'homme-peuple, il était la victoire
    Qui ramena les trois couleurs.
L'avenir est venu, Sire, par votre voie ;
Vous êtes le soleil qu'il faut que l'âme voie :
    L'éclipse a dépassé trente ans.
La lumière s'est faite, et le nom populaire
Dans nos cieux plébéiens, avec son cours solaire,
    Reprend possession du temps.

L'avenir est venu ; — chez nous rien ne s'oublie.
    L'honneur est notre grand ressort.
Contre les volontés toute chose établie
    Fait court ménage avec le sort.

Tout ce qui disparut, aux jours de nos désastres,
Reparaît : la patrie est fidèle à ses astres,
    Les ténèbres ne lui vont pas.
La souveraineté de l'honneur recommence :
Mil huit cent quinze est mort !—Avec le nom immense,
    Le vieux monde a refait un pas.

Mais les rédemptions ne sont bonnes qu'entières.
    Chaque ère a ses nécessités.
Les nations de cœur veulent être rentières
    De tous leurs droits ressuscités.
Il faut au sang gaulois l'élément qui l'exalte.
Dans un repos obscur il ne voit qu'une halte :
    Tout grand germe veut sa moisson.
L'expansion ardente est la loi de la France.
L'action est pour nous comme une délivrance.
    A grand peuple grand horizon !...

Nos drapeaux, dont l'empire a fait d'illustres phares,
    Trente ans, ont attendu le nom
Qui s'inscrivait partout, au bruit de nos fanfares
    Et que Dieu lançait du canon.
Ils l'ont !—il leur fallait, après le long divorce,
Le symbole sacré qui résume la force,
    L'oiseau roi du monde romain,
Cet aigle, porte-foudre, au vol plein d'étincelles,

Qui marqua dans l'Europe, aux largeurs de ses ailes,
    Les étapes du genre humain.

L'aigle, lion des airs, chargé de nos idées,
    L'emblême ailé des temps nouveaux,
Le seul électrisant nos races décidées,
    Quand vient l'heure des saints travaux,
— Il avait tant de fois sur chaque capitale
Porté de nos grandeurs la palme occidentale,
    Avec nos principes de feu,
Que le peuple et l'armée, et tout ce qui respire
L'air de la liberté, dans l'aigle de l'Empire
    Voyait toujours l'aigle de Dieu.

Dieu l'a ressuscité !—Ce fut un beau spectacle,
    Quand l'homme providentiel
Mit l'aigle à nos drapeaux, pour franchir tout obstacle,
    Et qu'il lui dit :—Va, monte au ciel !—
Mais l'aigle prit si haut des routes inconnues,
Que son vol lumineux se perdit dans les nues..
    — Ce fut un désolant tableau ;
Le jour où l'Empereur, épuisé de victoires,
Afin qu'il retentît dans toutes les histoires,
    Fit l'adieu de Fontainebleau.

Ce baiser qu'il donna, sous les pleurs de ses braves,

A son cher aigle foudroyé,
Pendant trente ans le peuple, aux souvenirs si graves,
 A son héros l'a renvoyé.
De cet embrassement fait à travers l'espace
A jailli l'avenir ! — Il n'est pas vrai qu'on passe :
 Un grand homme toujours revient.
Toute admiration se fait idolatrie.
Un héros a toujours les traits de la patrie :
 Le peuple est là qui se souvient.

Plus de deuil! — Notre joie a retrouvé sa source.
 Le départ a fait le retour.
Avec Napoléon l'aigle reprend sa course ;
 La gloire reprendra son tour.
N'est-ce pas de la gloire, et de la gloire pure,
Que l'acte de salut par qui décembre épure
 La révolution qui va ?...
Du vainqueur de brumaire il faut avoir la taille,
Pour vaincre le chaos :— C'est plus qu'une bataille
 Dans les champs de la Moskowa.

C'est un autre Austerlitz qui dompte le naufrage
 Qu'appelaient d'implacables voix.
La France l'a compris, et son vaste suffrage
 Redevient un nouveau pavois.
Les coups du deux décembre ont rendu l'air plus libre.

La liberté du bien reprend son équilibre ;
    Napoléon fait l'avenir.
L'Europe autour de nous gravite sans envie :
C'est de la France encor que va partir la vie,
    Et c'est vers nous qu'on va venir.

Allons, fils de l'honneur, élite de nos troupes,
    Vaillants apôtres des canons,
Venez ! vos régiments dont vous êtes les groupes
    Portent tous d'héroïques noms,
Du monde européen vos drapeaux sont la carte :
On y voit jusqu'au bout les pas de Bonaparte;
    C'est notre histoire au Champ-de-Mars
C'est là que l'empereur, aux grandeurs obstinées,
Epousait la patrie avec ses destinées :
    C'est là que se font les Césars.

L'Empereur plane au loin sur la cérémonie :
    Sa grande ombre, qui vous attend,
En voyant tant de force avec tant d'harmonie,
    Dira : Soldats, je suis content !
Mon sang est encor moi, peuple au cœur invincible :
A qui marche sans peur il n'est rien d'impossible;
    J'ai fait voir ce que vous pouvez.
Vous avez dans le cœur le feu d'où vient la foudre.

Ma France est encor là, je le sens dans ma poudre :
    Les jours d'honneur sont retrouvés.

— Venez donc saluer la pâque populaire,
    Vous tous, dont le cœur est vivant!!!
Le pacte plébéien r'ouvre la nouvelle ère ;
    L'aigle signifie : En avant!
Les grands corps de l'Etat que décembre a fait naître,
Toutes les facultés qui composent un être,
    Les arts, l'industrie et l'esprit,
Du peuple, d'où tout part, la majesté suprême,
Et la religion, que Dieu créa lui-même,
    Afin que l'homme le comprît.

Tout sera là. — La fête est une renaissance;
    Un renouvellement de vœu :
La vertu nous revient par la reconnaissance.
    L'Empereur est dans son neveu.
Vive donc l'Empereur! — Son nom est un système.
La confirmation reproduit le baptême
    Du grand sceptre si haut porté...
Et le peuple et l'armée, ardents supports de l'arche,
Font la voûte au grand nom, pour que le temps remarche
    Avec lui, dans la liberté.   .

Ce qu'on est, qu'on le soit !—C'est aller d'un pas ferme

Au but où nous conduit la foi.

On n'est puissant qu'entier sur l'abîme qu'on ferme,
Vivre sa vie est une loi.

Ce n'est pas tout d'avoir l'emblême, il faut la chose.

L'aigle veut le soleil ; le soleil veut qu'on ose.

L'empire c'est la nation :

C'est le peuple-empereur dans sa force vitale.

Il faut toujours monter à sa hauteur natale...

Après Pâques, l'Ascension !!!...

MON DERNIER VOTE.

Sous le poids accablant de quatre-vingts hivers,
Pourrai-je encor faire des vers ?

Je n'en ai plus la force, et ma veine est tarie ;

Mais, tout vieux que je suis, je veux, bon gré, mal gré,

Aller, en bon Français, voter à ma mairie,

Sur l'acte solennel qui nous est déféré.

Aussi, croyez bien, je vous prie,

Que mon libre suffrage au Prince est assuré :

Jusqu'à mon dernier jour j'aimerai ma patrie.

Fabien Pillet.

LES VIOLETTES ET LES ABEILLES.

Vous voilà de retour, petites violettes !
Épanouissez-vous, levez vos humbles têtes ;
L'aurore impériale à nos cieux vient briller.
Souvenirs embaumés, qu'on aime et qu'on respire,
Vous parfumiez jadis les jardins de l'Empire,
Fleurissant pour César, à côté du laurier.

Vous qui preniez le monde au bout des baïonnettes ,
Vieux soldats, vous portiez ces douces violettes
Auprès du ruban rouge, un rubis de vos camps,
Un don de l'Empereur, et l'on aurait pu croire
Qu'il vous sortait du cœur, pour ce dieu de la gloire,
Une goutte de sang avec un grain d'encens.

L'abeille aussi revient et suit sa fleur chérie.
Abeilles des beaux-arts, de l'active industrie,
Artistes, ouvriers, plus d'émeute, de fiel :
Ne souillez pas la France, ornez-la de merveilles ;
Ne soyez pas serpents, vous que Dieu fit abeilles,
Dédaignez le venin, vous qui faites le miel.

Oui, le Napoléon qui trône dans l'histoire,
Fut grand ; au pas de charge il marcha vers la gloire ;
Ses canons voyageurs, à l'éclatante voix,
Criaient partout son nom ; empressés et dociles,
Ils ouvraient devant lui les portes de cent villes,
Et semblaient des valets qui l'annonçaient aux rois.

Notre Napoléon, sans canons et sans flammes,
Livre aussi des combats ; il détrône des âmes
La révolte, la haine ; il lutte, il est vainqueur.
Leur histoire, à tous deux, sera grande et féconde :
Pour vaincre, l'un pâlit sur la carte du monde,
L'autre n'étudia que la carte du cœur.

Tous deux eurent la foi : l'un, prenant la bannière,
Vint abriter la France, et chrétienne, et guerrière,
Sous les plis des drapeaux et l'aile du Seigneur.
A l'ardente lueur des villes enflammées,
Il ne voulut prier que le Dieu des armées ;
L'autre invoque aujourd'hui le Dieu du moissonneur.

Voyez comme il combat l'impie au vil blasphême !
Il veut que notre France ait la splendeur suprême ;
Mais que joignant les mains, brûlant d'un divin feu,
Elle demande à Dieu sa force et sa lumière ;
Soit à la fois superbe et fervente, humble et fière,
Souveraine du monde et vassale de Dieu !

Puis à la poésie, encore en pleurs naguères,
Il rend son frais royaume au pays des chimères,
Son long manteau de pourpre et son voile argenté,
Qui restaient accrochés à quelque barricade;
Il remet la couronne à son beau front malade,
Qu'un pavé de l'émeute avait ensanglanté!

Vainqueur du communisme, il le frappe et le chasse,
Protége le foyer, saint autel qu'on menace,
Où la mère indulgente, aux pardons assurés,
Est la divinité qu'on prie et qu'on adore;
Les enfants sont les fleurs dont l'autel se décore,
Et les douces vertus en sont les feux sacrés.

Prince, votre nom luit jusqu'au désert aride
Qu'habitent seuls l'Arabe et le soleil splendide;
Et ce nom lumineux, brillant comme un rayon,
Fait resplendir les fronts sous la tente africaine;
Car du fils des déserts, tout meurtri de sa chaîne,
Vous brisez les fers; l'aigle a compris le lion.

Tout vous bénit, vous suit avec des yeux avides,
Et notre jeune armée, et nos vieux invalides,
S'ils ont perdu leurs bras, ils ont gardé leurs cœurs!
Toutes les mains dans l'urne ont mis ce nom qu'on aime,
La main rude ou gantée, et la femme elle-même
Vous jette son bouquet, et vote avec des fleurs.

Pour former ces bouquets, pressez-vous, violettes,
Abeilles de Paris, ô peintres! ô poètes!
Reprenez votre essor, vif essaim travailleur,
Le Prince vous appelle, encourage vos veilles :
Symboles du travail, les actives abeilles
Seules étoileront son manteau d'empereur.

ANAÏS SÉGALAS.

L'EMPIRE C'EST LA PAIX.

I.

Je suis la Muse de l'Histoire,
Mon livre est de marbre ou d'airain ;
Quand vient l'heure de la victoire,
Je prends mon stylet souverain.
Phidias, l'autre Prométhée,
Qui des hommes a fait des dieux,
En son Parthénon m'a sculptée
Pieds sur terre et front dans les cieux.

Un nouveau cycle recommence :
Le vieux monde s'est réveillé ;

Déjà, dans l'horizon immense,
L'étoile d'or a scintillé.

II.

L'Empire, c'est la paix ! paix qui sera féconde.
Quand Dieu veut que du Nil les flots soient assoupis,
Où le Nil débordait jaillissent les épis :
L'Empire a débordé pour féconder le monde !

Continuant cette œuvre, il pourra la signer,
L'héritier du grand nom qui domine la terre ;
L'Empereur a légué la gloire et non la guerre :
Triompher dans la paix, aujourd'hui, c'est régner.

Grande ruche en travail par les beaux-arts charmée,
Paris, une autre Athène ! Alger, une autre Tyr !
Des landes à peupler, des villes à bâtir,
Voilà les bulletins de notre Grande Armée !

Sous le même drapeau, vainqueur des factions,
Ramener les enfants de la mère patrie ;
Consoler tes douleurs, ô Niobé meurtrie,
Et convier le peuple aux grandes actions.

Saluons, saluons la fête universelle
Que promet le travail et que bénira Dieu :

La vapeur entr'ouvrant ses cent ailes de feu,
Et les sillons où l'or de nos gerbes ruisselle!

III.

L'aigle a repris son vol et plane sur nos champs.
Sous un ciel radieux la France enfin respire,
Et rêve en souriant un immortel empire
Qu'un peuple enthousiaste acclame de ses chants.

Refaisons des tableaux dignes de la Genèse;
Que tout renaisse et vive, et que de toutes parts
Les plus déshérités puissent prendre leurs parts
A l'un de ces banquets que peignait Véronèse!

Les Muses, qu'effrayaient tant de cris inhumains,
Vers les cieux, en pleurant, remontaient désolées;
Muses, revenez-nous, calmes et consolées,
Sous les arcs de triomphe élevés par nos mains.

Que l'art, les monuments, les tableaux, les statues,
Prince, disent tout haut quels jours tu nous as faits,
Et comment, sous l'éclat de tes hardis bienfaits,
Les sourdes passions devant toi se sont tues.

O Prince, l'avenir qu'hier tu fécondas
Nous ramène aux splendeurs des âges magnifiques;

Et pour suivre avec toi tes aigles pacifiques,
Les Français, tu l'as dit, seront tous tes soldats.

IV.

Je suis la Muse prophétique ;
Le passé me dit l'avenir ;
Toujours jeune et toujours antique,
Le monde ne doit pas finir.

La jeune France martiale
Qui va guidant l'humanité,
Avec l'idée impériale
Rentre enfin dans sa majesté.

Nous réaliserons le rêve
Qu'avait formé Napoléon :
Le Louvre qui bientôt s'achève,
Prince, sera ton Panthéon.

ARSÈNE HOUSSAYE.

Prononcé au Théâtre-Français, par Mlle Rachel, dans la représentation solennelle en présence de Son Altesse Impériale.

SUPPLIQUE POUR LES CRÈCHES.

Prince, des hauts degrés du trône militaire,
D'où l'aigle s'élançait aux deux bouts de la terre,
Portant la France avec ses foudres triomphants,
    Votre aïeule l'Impératrice [1]
    Étendait sa main protectrice
    Sur les pauvres petits enfants.

Prince, après quarante ans de fortune contraire,
Quand l'aigle a secoué sa tombe temporaire,
Alors qu'à votre appel, répond son cri vainqueur,
    Voyez les crèches maternelles ;
    L'enfant du pauvre espère en elles. . .
    Nous espérons en votre cœur !

ÉMILE DESCHAMPS,
Vice-Président de la Société des Crèches.

[1] L'Impératrice Joséphine avait voulu être présidente de la *Société Maternelle*, fondée en 1805.

AU LIBÉRATEUR.

Reprends tes chants de joie et tes habits de fête !
France ! un astre vainqueur a chassé la tempête ;
Dans un ciel radieux sa clarté qui nous luit
Vers le port du salut désormais nous conduit.
Confions nos destins au talent du pilote.
Que deviendrait, en proie au vent qui le ballote,
Le navire luttant sur l'abîme des flots,
Si tous les passagers, si tous les matelots
S'élançaient à la poupe et d'un bras téméraire
Tiraient le gouvernail chacun en sens contraire ?
Mais l'œil à l'horizon, la boussole à la main,
Que, parmi les écueils s'ouvrant un sûr chemin,
Le chef de l'équipage, affranchi d'épouvante,
Commande une manœuvre intrépide et savante,
Le vaisseau court, fidèle au but qu'il a trouvé ;
Mille l'auraient perdu, mais un seul l'a sauvé !
Ce sauveur courageux, c'est Dieu qui nous l'accorde.
Un homme est arrivé pour dompter la discorde,

Un homme qui connut l'exil et la prison,
Mûrit par le malheur sa précoce raison,
Et, livrant sa pensée à l'étude féconde
De l'esprit novateur de la France et du monde,
Dans son repos actif eut le temps de compter
Tous les degrés du trône avant que d'y monter.
On lui jette d'abord l'outrage et l'ironie.
Comme il croit au Seigneur, il croit à son génie,
Et, jugeant les partis, songe à les maîtriser,
Soutenu par le nom qui pouvait l'écraser,
Par le nom colossal, géant aux bonds rapides,
Qui des monts Apennins, du haut des Pyramides
Jusqu'aux derniers hameaux a volé triomphant,
Admiré du vieillard, épelé par l'enfant,
Et gravé mille fois des mains de la victoire
Au cœur des nations, vrai temple de mémoire !
Jouis dans ton cercueil, grand Empereur ! Ce nom
Qui jadis retentit par la voix du canon,
Pacifique héraut des gloires d'un autre âge,
Rencontre un héritier digne de l'héritage.
Ton neveu, sans fléchir, le porte comme toi.
Les tribuns veulent-ils le frapper de la loi?
Il en appelle au peuple, et le peuple le nomme ;
Fier d'avoir reconquis la race du Grand Homme,
Le chef au front penseur, au langage éloquent,

Qui, jaloux de régner ailleurs que dans un camp,

Du bien qu'il médita réalisant le rêve,

Saura tenir le sceptre à la hauteur du glaive.

Sur les malheurs publics, quand chaque ambitieux

Aspire à redresser un drapeau factieux,

Lui ne voit qu'un parti, le parti de la France,

Pour qui le souvenir redevient l'espérance.

Le pouvoir succombait, brisé par nos discords ;

Il le relève, et prêt à lutter corps à corps

Avec le monstre affreux dont l'anarchie est mère,

Fait du coup de Décembre un écho de Brumaire.

Le char précipité vers un gouffre inconnu

S'arrête enfin ; un mot, un seul l'a retenu !

Par ce mot souverain la licence étouffée :

Est-il plus beau combat, plus splendide trophée ?

C'est là son Marengo, c'est là son Austerlitz,

Et, conquérant de l'ordre, il sert mieux son pays

Que si durant vingt ans de course militaire,

De bataille en bataille il eût vaincu la terre.

La France, qu'il arrache aux complots destructeurs,

Laisse un champ assez vaste à ses pas bienfaiteurs.

Puissant, il concilie, et clément, il pardonne,

Et dans les bras du peuple il marche vers le trône.

Heureuse de fêter l'élu national,

La route tout entière est un arc triomphal.

Partout une bannière! une palme! un hommage!
D'un spectacle pareil comment tracer l'image?
Qui peindra tant d'amour joint à tant de respect,
Les remparts et les cœurs s'ouvrant à son aspect,
Ces temples raffermis sur leurs bases antiques,
De la reconnaissance entonnant les cantiques,
Ces maisons qui, la veille encor, fermaient leur seuil
De peur d'y voir entrer le pillage et le deuil,
Aux rayons du soleil étalant leurs croisées
Brillantes d'écussons, d'étendards pavoisées,
Ces aigles qui, lançant un regard martial,
Reprendraient au besoin leur vol impérial,
Ces guerriers dont le fer, contre la barbarie,
Au dehors, au dedans, protégea la patrie,
Répétant de l'honneur les serments et les cris,
Et, de nos vieux combats victorieux débris,
Ces vétérans émus, versant de nobles larmes
Devant le successeur de leur compagnon d'armes,
Ces femmes lui jetant des fleurs à pleines mains,
Ces paysans groupés aux deux bords des chemins,
Ce torrent continu de joie enthousiaste,
Ce délire unanime, et, merveilleux contraste!
Dans cette explosion d'énergiques transports,
Le héros d'un triomphe inouï jusqu'alors,
Calme comme la force, offrant sur son visage

L'emblème de la paix que son règne présage?
Quel autre avènement a jamais mérité
Ce sacre universel de popularité?
Si le nouveau César veut que la loi prononce,
Le peuple interrogé d'avance a fait réponse.
Le vote était prédit par l'acclamation.
O France! sois toujours la grande nation!
Tu n'auras pas perdu le sceptre que tu donnes,
Et dans ton Empereur toi-même te couronnes.
Gloire au jour solennel où tu ressuscitas
L'unité des pouvoirs, ce salut des États!
Du joug des factions la liberté respire.
Tu mourais République et tu renais Empire.
Que toutes les grandeurs peuplent ton Panthéon,
Et pour chef, d'âge en âge, aient un Napoléon!

A. Bignan.

LA FRANCE ET L'AVENIR.

I.

Quand, tremblante et livrée au chaos des idées,
Au trouble des esprits, aux passions des cœurs,

La France se courbait sous les lois dégradées
    Que dictaient les faubourgs vainqueurs ;

Quand on voyait marcher la multitude vile
Avec des cris de rage et des torches en feu ;
Quand, la pique à la main, la discorde civile
Promenait fièrement des lambeaux par la ville,
Le sombre désespoir faisait douter de Dieu.

Et l'on se demandait, tandis que la mitraille
Frappait nos monuments et moissonnait nos fils,
Si le tocsin de mort, signal de la bataille,
    N'était pas le glas du pays.

Oh ! c'était un désordre inexplicable, étrange,
Pareil aux tourbillons que Dante décrivit,
Des douleurs de maudits tournoyant dans la fange,
Le ciel sourd et fermé, plus de prières d'ange......
Ce que Dante rêva, notre siècle le vit.

Les complots ténébreux serrant partout leurs trames,
Aiguisaient nuitamment le poignard assassin ;
Et l'envie, et la haine, en divisant les âmes,
    Ramenaient le monde à Caïn.

C'est ainsi que le mal se creusait des repaires,
Qu'il étendait son bras, chaque jour plus pesant,
Et de l'œuvre, léguée autrefois par nos pères,

On n'entrevoyait plus les souvenirs prospères
Que pour comprendre mieux les horreurs du présent.

Il semblait qu'une voix eût crié sur la France :
« Vous avez méconnu ma bonté, ce trésor ;
» Auteurs de votre deuil subissez la souffrance,
     » Laissez, laissez toute espérance,
     » O damnés, qui vivez encor ! »

II.

Mais non, Dieu n'avait pas lancé l'arrêt suprême.
Parmi les nations c'est la France qu'il aime,
La France, son aînée entre tous ses enfants.
Non, Dieu n'avait pas dit que son illustre fille
Dût, membre retranché de la grande famille,
Changer contre l'oubli ses destins triomphants.

Il permet qu'aux moments réservés par sa grâce,
Dans la plus sombre nuit la lumière se fasse ;
Qu'au trouble dévorant succède le repos.
Le mal, qu'il toléra, voit ses heures bornées :
Et Dieu même en faisant l'œuvre des Six Journées,
     Voulut mettre fin au Chaos.

Leur limite est fixée aux fléaux de ce monde.
Si la peste a son cours, — le communisme immonde,

Refoulé dans son lit, se débat impuissant.
Dieu réserve un sauveur, en secret il le nomme :
Quand les temps sont venus on voit surgir un homme...
      Tout se ranime à son accent.

Cet homme est l'instrument que prend la Providence.
Un invisible doigt le guide avec prudence ;
Il marche droit au but à travers des débris ;
Son labeur porte empreint le cachet du génie :
A Rome, c'est César qui refait l'harmonie,
      C'est Napoléon, à Paris.

Napoléon, la force et la persévérance !
Il a voulu créer une nouvelle France,
Dompter les passions sous la digue des lois ;
Il a dû, — retraçant la biblique épopée, —
L'équerre d'une main, et de l'autre l'épée,
      Construire et combattre à la fois.

Rallions-nous autour de l'ordre qui s'élève.
C'était un songe vain, disait-on ; — mais ce rêve,
Il germait sous le front du futur Empereur.
Napoléon gravait une page d'histoire
Dont la première ligne est sa double victoire
      Sur l'Anarchie et la Terreur.

Que les dissentiments, à cette heure, se taisent ;

Que, déposant leur feu, les passions s'apaisent ;

Qu'enfin tous les Français se forment en faisceau,

Sentant bien quelle sève en leurs veines circule...

Car ce Pouvoir nouveau,—comme autrefois Hercule,—

    Sort, jeune et fort, de son berceau.

Les trésors égarés reviennent à leur source,

Nos vaisseaux respectés portent au loin leur course ;

L'étranger nous recherche et frappe à notre seuil ;

L'Art, dans un ciel plus pur retrouve son étoile,

La sainte Poésie écarte enfin le voile

    Dont elle avait couvert son deuil.

Chaque jour et chaque heure amène sa merveille ;

La ferme s'encourage et l'atelier s'éveille,

Une même pensée embrasse cent travaux,

Et dans cet horizon que l'Empire découvre

On voit se dessiner le long profil du Louvre,

    Type des chefs-d'œuvre nouveaux.

Cette antique cité, la première entre toutes,

D'où sur le monde entier partaient les grandes routes,

Paris s'est dépouillé des rides du passé.

Ils tombent les vieux murs tout chargés de tristesse ;

Nous avons du soleil... Paris n'est plus Lutèce...

    C'est un géant qui s'est dressé.

Où se pressaient en bloc ces maisons abattues,
Notre œil contemplera des places, des statues,
Des arcs se détachant sur le ciel azuré.
Paris va revêtir la pompe orientale ;
Au jeune Empire il faut sa jeune capitale,
    Pour que tout soit transfiguré.

III.

Descends, comme un gage céleste,
O prière du Vatican !
Bénis-le, ce Vainqueur modeste :
Il chassa la horde funeste
Qui faisait de Rome un volcan.
Contre un ennemi sacrilége,
Il se leva, vengeur du Christ :
Sur le livre d'or du Saint-Siége
Son nom doit demeurer inscrit.
Rome a revu dans sa campagne
Les drapeaux du peuple chrétien
Marchant, comme fit Charlemagne,
Au secours d'un autre Adrien.
Descends de la Ville éternelle,
Prière du premier Pasteur !
Église, couvre de ton aile
Celui qui fut ton protecteur !

Geneviève, notre patronne,
Le regarde du haut du ciel
Et consacre cette couronne
Qu'il veut prendre sur son autel.
Plus de ruines, plus de vides :
Les Francs relèvent le pavois...
Le canon tonne aux Invalides...
Tout un peuple y mêle sa voix.

IV

Et vous, Prince, achevez en paix votre œuvre immense :
L'avenir n'est pas loin... déjà même il commence !

ALFRED DES ESSARTS.

LE SOUVENIR D'UNE MÈRE.

> Les lyres vierges sont les plus honorables.
> PAROLES DE L'EMPEREUR.

Les sommets rayonnants du monde
Sont à qui sait les conquérir.

C'est sur leur faîte que se fonde
Le monument de l'avenir ;
Le flot envahissant des âges
Bat ses pieds d'éternels orages ;
Mais par ses portiques ouverts,
Le génie entrevoit, sans voiles
Un firmament rempli d'étoiles
Et les destins de l'univers.

Prince, tel fut cet homme immense
Dont le regard perçait les temps,
Qui faisait l'œuvre de la France
Mieux que n'eussent fait les Titans ;
Car, s'il portait sur ses épaules
Le plus lourd fardeau des deux pôles,
C'était avec la majesté
D'un dieu qui marche sur la terre,
Moins terrible par son tonnerre
Que grand de magnanimité.

Ah ! son âme, sans doute, habite dans votre âme ;
Vous en avez la force, et l'audace, et la flamme ;
Le sang n'a point menti, le nom survit au nom ;
La mort a mal gardé ses dépouilles glacées ;
Son ombre a ressaisi son glaive et ses pensées :
    Oui, tu revis Napoléon !

Vous aimez comme lui votre illustre patrie,
Elle a vaincu l'exil pour grandir votre vie,
De tout ce qui vous aime elle fut le berceau ;
C'est là que, tout enfant, une adorable mère
Vous disait, en guidant vos pas dans la carrière
　　　Dont elle ignorait le fardeau :

« Oh ! mon fils, la patrie est comme un temple auguste,
» Rien n'y doit être fait que de saint et de juste,
» C'est le sommet vivant du monument humain ;
» C'est la terre où l'on naît, où l'on meurt, où l'on aime,
» Chacun doit ajouter un mot à son poème
　　　» Que l'histoire écrit sur l'airain.

» Dieu t'a placé, mon fils, au premier rang des hommes,
» Mais plus haut nous montons et moins heureux nous sommes ;
» Que le devoir te guide au seuil de l'avenir ;
» Si pleines de grandeur que soient tes destinées,
» Le ciel est au-dessus des têtes couronnées
　　　» Pour les juger et les bénir. »

Hélas ! tant de beauté, de lumière et de grace,
Cette haute raison qu'elle tenait de race,
Tout cela s'est éteint... éteint ! et sans retour !
Elle n'est pas restée au milieu des alarmes
Pour soutenir vos pas et recueillir vos larmes
　　　Dans la coupe de son amour.

Son amour eût frémi de joie et d'épouvante ;
Dieu vous l'a retirée afin que la tourmente
Passât sur votre front sans torturer son cœur ;
Mais il faut qu'une voix réveille sa mémoire,
Et, comme un chant d'amour, raconte son histoire
    Dans sa poétique grandeur.

Il faut, pour la chanter, un cœur de femme ou d'ange,
Une lyre encor vierge et dont l'humble louange
Ne soit pas un travail de génie et d'orgueil ;
Oh ! si ma voix était assez douce à l'oreille
Pour charmer le chagrin que cette image éveille
    Dans le secret de votre deuil ;

Si votre aigle écoutait ma muse, humble colombe,
Alors j'aurais des mots divins pour cette tombe,
L'encensoir de mon cœur en ferait un autel,
J'y verserais l'amour et les rayons du ciel !
Prince, je veux qu'on t'aime en bénissant ta mère,
Je veux mêler son âme à la patrie entière,
Ce sera mon bonheur dans mon obscurité ;
Et tandis que ta gloire aspire aux grandes choses,
Je veux chanter ta mère, et guirlander de roses
    Son berceau d'immortalité.

MARIA DELCAMBRE.

AVE, CŒSAR.

Les cardinaux romains réunis en conclave,
Voulant élire un Pape, ou plutôt un esclave,
Et fonder sous son nom leur empire absolu,
Choisirent un vieillard faible, pâle, à l'œil terne,
Qui, montant au pouvoir, resterait subalterne
   Ou mourrait aussitôt qu'élu.

Mais à peine est-il Pape... il jette sa béquille;
Il se dresse; son front commande, son œil brille.
Un homme était caché sous ce fantôme éteint.
Avant que le conclave ait pu le reconnaître,
Le faible est tout-puissant, le subalterne est maître;
   Rome obéit à Sixte-Quint.

Ainsi nous t'avons vu, toi, l'élu de la France,
Quand un pouvoir jaloux, à ta jeune puissance,
Marchandait les lambeaux de la pourpre des rois,
D'un sourire impassible environnant ta face,
De tes sourcils baissés et de ton front de glace
   Voilant tes yeux tristes et froids.

Moderne Sixte-Quint, tu cachais à l'Europe,
Sous ce masque de bronze, inflexible enveloppe,
L'arrêt vengeur qu'en toi tu stéréotypais.
Ceux qui croyaient encor représenter la France,
Taxant de lâcheté ta longue patience,
       Disaient : « *Délibérons en paix!* »

Ces fiers législateurs, ces avocats si braves,
A ta marche opposant de légales entraves,
Pour te saisir tendaient leurs piéges maladroits.
La Chambre avait déjà prescrit la mise en scène ;
On préparait pour toi le donjon de Vincenne,
       Au nom du peuple et de ses droits.

Mais toi, de cette main qu'on croyait impuissante,
Sur l'abîme arrêtant la France obéissante,
Tu renversas leurs lois ainsi que des roseaux.
Avec quatre décrets, une nuit de décembre,
Tu les pris dans leur piége et tu lias la Chambre
       Dans les débris de leurs réseaux.

Tu n'avais plus alors ta face glaciale,
Et ton œil sans regard, et ton sourire pâle ;
Mais un geste puissant qui nous entraînait tous.
Alors le front aux cieux, le pied dans les tempêtes,
Prince, vous dominiez de haut toutes les têtes ;
       La France était à vos genoux !

La France est une femme impétueuse et tendre,
Avec idolâtrie aimant qui sait la prendre.
En vous elle a senti la race du lion :
Rendez-lui cœur pour cœur, caresse pour caresse ;
Laissez-vous saluer, par sa voix qui vous presse,
       Héritier de Napoléon !

N'ayez pas peur d'un mot ! elle ne tend, n'aspire
Qu'à vous poser au front le laurier de l'Empire,
Qu'à vous draper au corps le manteau des Césars.
Vos mains peuvent porter et le globe et l'épée ;
Votre âme, par l'exil et les dangers trempée,
       Ne craint pas les Ides de Mars.

Ils pourront préparer leurs armes infernales !
Leurs tubes tout gonflés de salpêtre et de balles,
Sans répandre la mort, tomberont abattus.
Ils pourront aiguiser leurs glaives parricides !
Les poignards trembleront entre les mains timides
       De ces vils bâtards de Brutus.

O Napoléon III ! la France vous proclame !
Salut ! N'avez-vous pas une étoile de flamme,
Qui, là-haut, à vos yeux montre le but certain ?
Allez ! rien ne peut faire obstacle à votre route ;
Il faut que jusqu'au bout vous l'accomplissiez toute :
       Vous êtes l'homme du destin !

Vous serez Empereur !... vous le serez !... vous l'êtes !
Sire ! prêtez l'oreille à l'écho de ces fêtes :
Interrogez le peuple une dernière fois.
Si le vœu de la France est le vœu légitime,
Elle vous donnera sa réponse unanime,
      Avec huit millions de voix !!!

PROSPER BLANCHEMAIN.

Octobre 1852.

LE VOYAGE,

IMPROVISATION SUR DES RIMES DONNÉES.

———

Septembre 1852.

Celui qui porte un aigle au champ de son *blason*,
Par un acte éclatant d'audace et de *génie*
Chez un peuple égaré rappelant la *raison*,
Des bavards du forum a clos la *litanie*.
Comme un spectre à sa voix s'est enfui *février !*
Ah ! c'est qu'il a compris où siége la *puissance*,
Et quand le trouble sort du fond de *l'encrier*,

Qu'il faut des bons canons déployer *l'éloquence !*
Voyez aussi ! Le peuple adorant sa *valeur,*
Chante à Napoléon l'hymne de la *victoire ;*
A qui rouvre le ciel, la France ouvre son *cœur ;*
Il donne le bonheur, nous lui donnons la *gloire !!!*

UN IMPROVISATEUR FRANÇAIS.

L'ÉLÈVE DE SAINT-CYR.

Héritier d'un héros, vous dont l'heureux effort
A racheté la France à deux doigts de la mort,
Entre les qualités dont l'auguste assemblage
Illustre en vous le nom le plus grand de notre âge,
L'audace, le secret, la forte volonté,
Une surtout m'attire, et c'est votre bonté.
Mille traits sont connus de cette bonté rare ;
On m'en dit un charmant dont ma muse s'empare ;
Il n'a pas fait de bruit, il est bien ignoré ;
Mais on sent que le cœur vous l'a seul inspiré,
Et la plus soupçonneuse et sévère critique
N'y saurait découvir d'intérêt politique.

Un jour de l'an dernier, quand l'été moins ardent
Déjà cède sa place à l'Automne abondant,
Quand le bois éclairé prend des teintes plus douces,
Et laisse le soleil s'égayer sur les mousses,
Poétique moment plein d'agrestes beautés,
Du côté de Saint-Cyr vos pas s'étaient portés :
Saint-Cyr, nom glorieux, demeure solennelle,
Chère à la France antique ainsi qu'à la nouvelle !
Louis Quatorze vieux la visitait souvent ;
Fatigué de sa cour, il aimait ce couvent,
Maison dans le mystère et l'ombre ensevelie,
D'où nul bruit ne sortait que les vers d'Athalie !
Ces jours sont loin de nous ; le flot des temps nouveaux
En passant sur Saint-Cyr a changé ses travaux ;
Le but est toujours grand, mais autre est la carrière ;
Salut, brillant espoir de la France guerrière,
Écoliers aujourd'hui, demain braves soldats,
Formés dans cette enceinte au métier des combats.

Voir Saint-Cyr et passer, le pouviez-vous ? non, certe,
A vos pas bien connus la porte s'est ouverte ;
Mais quel profond silence ! on n'entend dans les cours
Ni le fracas des jeux, ni l'appel des tambours ;
Les cloîtres sont déserts, et des salles d'étude
Aucun bruit de travail n'émeut la solitude.

De tous ces jeunes gens au cœur impétueux
Septembre a dispersé l'essaim tumultueux,
Septembre, mois fertile en biens de toutes sortes,
Qui de tant de prisons ouvre, en riant, les portes,
Et rend aux écoliers, libres à son appel,
Les joyeuses douceurs du foyer paternel !
Un seul était resté dans l'ancien monastère ;
Non pas qu'il eût enfreint la discipline austère ;
Exact à ses devoirs et fervent travailleur,
Saint-Cyr ne comptait pas un élève meilleur.
Mais pour lui dès longtemps la vie était amère ;
Adopté par l'État à la mort de son père,
Il avait vu périr, par un coup plus récent,
Sa mère, ange du ciel, morte en le bénissant ;
Ses jours s'étaient passés depuis ce coup si rude,
Dans la mélancolie et dans la solitude ;
Pauvre, sans un parent dont il pût être aimé,
Dans aucune famille il n'était réclamé.

Assis sur quelque banc, seul, la tête baissée,
Une morne tristesse absorbait sa pensée ;
Que tous ses compagnons sont maintenant heureux !
Les jours tant désirés ont commencé pour eux.
Loin les maîtres, l'étude et les soins qu'elle amène !
L'un chasse, l'autre pêche, et l'autre se promène.

Celui-là, rêve, assis dans les bois embaumés,
En relisant les vers des poètes aimés ;
Tous respirent enfin dans sa féconde ivresse,
L'air de la liberté si doux pour la jeunesse !
Et lui, toujours captif dans le même horizon,
Ce beau mois de septembre, il le passe en prison !

Il cherchait à la fuir cette image cruelle,
Quand il est averti qu'au parloir on l'appelle ;
Il y court ; c'est le Prince ; interdit, rougissant,
Il hésite et se trouble en vous reconnaissant,
Mais de votre regard la bonté le rassure,
Et ces mots dits par vous ont fermé sa blessure :

« J'apprends que dans Saint-Cyr, vous seul êtes resté ;
» Je vous plains, pauvre enfant, privé de liberté ;
» Vous êtes studieux : il faut donc vous distraire ;
» Vous êtes orphelin : voyez-moi comme un frère ;
» Vos vacances seraient bien tristes, je le crois ;
» Voulez-vous à Saint-Cloud les passer avec moi?..»

Après un trait pareil, que reste-t-il à dire ?
Un cœur d'or s'y révèle et c'est ce que j'admire ;
J'ai voulu le répandre et non pas le vanter ;
C'est le louer assez que de le raconter !

CHARLES LAFONT.

Mars 1852.

LA FRANCE N'EST PAS INCONSTANTE.

De pouvoirs en pouvoirs ballottée et flottante,
Comme un homme égaré qui cherche son soutien,
    La France est, dit-on, peu constante,
    Moi, dans mon cœur je n'en crois rien :
    Elle n'est pas indifférente !
    La France n'est pas inconstante,
    Et lorsqu'elle aime, elle aime bien !

    Quand le vainqueur de l'Italie
De l'Égypte soumise accourut sur nos bords,
    La foule écouta recueillie
Les éclats du canon tonnant sur ses sabords !
Il débarque à Fréjus ! d'une voix éclatante
Plus haute que la mer grondant autour de lui,
La France a salué son sauveur, son appui ;
    La France n'est pas inconstante !

Le salut de l'État réclame un souverain !
Cinq millions de voix, élection suprême

4.

Sur son front radieux posant le diadême,
S'inscrivent immortels sur les tables d'airain !
Époque de splendeur, de succès, de victoire,
Cour de rois devenus courtisans de sa gloire,
Codes, dont la raison, flambeau de tous les droits,
Après un demi siècle éclaire encor nos lois,
      Notre aigle élancé de sa tente
Nous guidant sous son aile invincibles et forts !
O peuples, dites-moi si nous l'aimions alors !
      La France n'est pas inconstante !

O malheur ! sous l'effort do vingt rois ameutés,
Comme le chêne altier qui lutte et qui succombe,
      Trône, grandeur, prospérités,
      Tout s'évanouit, croule et tombe....
Une île étroite a pris le roi de l'univers !
Tous ces vainqueurs d'un jour, maîtres par l'épouvante,
      Ont pu charger ses bras de fers !
Mais ils n'effacent point sa mémoire vivante !
Il revient ! sur ses pas les peuples emportés
Escortent de leurs cris sa marche éblouissante;
L'Aigle vole à Paris de cités en cités,
L'empire a reconquis les cœurs deshérités !
      La France n'est pas inconstante !

Sainte-Hélène ! ô torture ! exil du Dieu **tombé** !

Lorsque sous les Anglais pliant son front **courbé**,

Il voyait se tarir sa vie agonisante,

Que de vœux ! de regrets ! que d'espoir et de pleurs !

Tous les Français de loin souffraient de ses douleurs !

      La France n'est pas inconstante !

A celui qui nous rend et sa gloire et son nom,

A celui que Dieu seul sacra Napoléon

Il a de son esprit délégué la sagesse,

      La sainte libéralité,

L'éclat de la pensée et la délicatesse,

      Et du cœur l'auguste bonté !

      Adoré d'un peuple qu'il aime,

C'est encor l'Empereur qu'il couronne lui-même,

L'Empereur qu'il suivit de regards palpitants !

La France le demande avec sa voix puissante !

      Elle l'appela quarante ans !

      La France n'est pas inconstante !

Inspiré par

LA C^{sse} REGNAUD DE St-JEAN D'ANGELY.

LA COURONNE DE FRANCE.

Sacrez-le donc du vote populaire !
Baptisez-le du titre désiré !
Nommez un roi celui qui fut un père !
Élisez-le trois fois, nombre sacré !
C'est votre éclat qui va parer sa tête ;
C'est votre main qui soutient son fardeau ;
C'est dans vos cœurs qu'il a fait sa conquête ;
Couronne-toi, France, de son bandeau !

L'histoire un jour — déjà se fait entendre
Sa voix qui juge et ne pardonne pas ! —
L'histoire, hélas ! en pesant votre cendre,
Ne dira plus : les peuples sont ingrats.
S'il nous sauva, sa mémoire est bénie ;
Nous le parons du suprême manteau ;
Nous adoptons sa gloire et son génie :
Couronne-toi, France, de son bandeau !

Qui plus que lui fut marqué par Dieu même ?
Tout périssait : raison, justice et lois ;
Les intrigants jouaient le rang suprême,
Et les tribuns marchaient drapés en rois.
Pauvre Patrie, en leurs bras étouffée,
Tu te tordais, dans les cris du bourreau :
Il apparaît : la paix fut son trophée :
Couronne-toi, France, de son bandeau !

Esprit serein qui préside aux tempêtes,
Regardez-le gouverner les humains :
Son œil profond fait incliner les têtes ;
Sa voix commande et fait battre des mains.
Il porte en lui la force, cette épée,
Et le sens droit, ce fécondant flambeau.
Sa loyauté ne fut jamais trompée :
Couronne-toi, France, de son bandeau !

Qui l'aurait cru ? Qui fit ce rêve étrange ?
Du même sang Dieu créa deux Césars ;
Le même siècle — ainsi le ciel se venge —
S'est vu deux fois soumis au même char.
Le même esprit se lève en un autre homme,
Au même but guide un peuple nouveau.

Un nom demeure au palais comme au chaume :
Couronne-toi, France, de son bandeau !

Napoléon fut empereur de guerre :
Louis sera pacifique empereur.
Son héritage, ainsi qu'un legs vulgaire,
N'est point du père une libre faveur.
Travail géant, éternelle insomnie,
OEil sans repos et glaive sans fourreau :
Ainsi la gloire appartient au génie :
Couronne-toi, France, de son bandeau !

ALFRED DE MARTONNE.

5 Novembre 1852.

DEUX FOIS SAUVEUR.

Décembre 1852.

Tu l'as élu, France aimée,
Par tes millions de voix !
Que le Peuple, que l'Armée
Le portent sur le pavois !

Disparaissez, ô ténèbres !
Fuyez, ô terreurs funèbres !
Plus de haines ni de pleurs !
Doux plaisirs de la famille,
Autour du foyer qui brille,
Revenez calmer nos cœurs !

Ah ! petits Parlementaires,
Nains à beaux airs de géant !
Prophètes humanitaires,
Et Cerbères du néant !
Vous disiez, gonflés de rage :
« Cet homme nous fait ombrage ;
» Il faut le prendre en nos rets,
» Et que sa volonté forte
» Dorme sous la lettre morte
» De nos immortels décrets ! »

Clameurs risibles et vaines
De votre aveugle fureur !
Ignorez-vous qu'en ses veines
Bout le sang de l'Empereur !
Que son nom est un tonnerre
Qui gronde encor sur la terre,
Du Kremlin jusqu'à Memphis ?
Et que le Dix-huit Brumaire

Peut luire à l'anniversaire
Du glorieux Austerlitz ?

Un soir l'araignée impure,
Sans bruit, sur les monts déserts,
Vint tendre sa trame obscure
Devant l'Aigle, roi des airs.
Cette ignoble filandière
Travailla, la nuit entière ;
Vains efforts !... à son réveil,
L'Aigle enleva, d'un coup d'aile,
La misérable dentelle
Qui lui cachait le soleil.

Le Soleil, c'est la Patrie,
Dérobée à ton amour
Par une Ligue flétrie,
Dont les yeux craignent le jour !
Mais, ô Prince populaire,
Ta légitime colère
A vengé notre douleur ;
Tu te lèves... et la France,
Ferme dans son espérance,
Te nomme DEUX FOIS SAUVEUR !...

Tu l'as élu, France aimée,
Par tes millions de voix !

Que le Peuple, que l'Armée
Le portent sur le pavois !
Disparaissez, ô ténèbres !
Fuyez, ô terreurs funèbres !
Plus de haines ni de pleurs !
Doux plaisirs de la famille,
Autour du foyer qui brille,
Revenez calmer nos cœurs !

Revenez aussi, Croyances,
Respect de l'Autorité !
Inondez nos consciences
De votre vive clarté !
Fécondez le germe aride
De cette Vertu solide
Dont se paraient nos aïeux !
C'est peu de polir l'écorce ;
Dans la racine est la force
Du cèdre, voisin des cieux.

Mais vous, froides Utopies,
L'enflure de vos grands mots
Et vos problêmes impies
Ont engendré tous nos maux !
Fatale est votre lumière ;
Et souvent, Liberté fière,

Ton beau nom que j'ai chanté
N'est, pour la faiblesse humaine,
Qu'une lueur qui la mène
A l'abîme ensanglanté.

Quoi ! toujours, folie insigne !
Ne placer rien à son rang !
Toujours exalter l'indigne,
Toujours rabaisser le grand !
Sous la nullité superbe
De nos Lycurgues en herbe,
Toujours courber le Pouvoir !
Et, quand l'édifice brûle,
Au bavard qui gesticule
Toujours porter l'encensoir !

Il est temps qu'un bras robuste
Garde nos humbles abris,
Et qu'une figure auguste
Domine enfin nos débris !
Sur la Nef que bat l'orage,
Silence, hommes de passage !
Laissons-nous conduire au port ;
Car la course est plus certaine,
Alors que le Capitaine
Est maître sur son haut-bord.

Oh oui ! ton œuvre est fertile ;
Prince, nous la bénissons !
Qu'importe que le Reptile
Siffle encor sur ses tronçons !
Suis ta marche solennelle ;
Va, sur sa base éternelle,
Rasseoir la Société !
L'Avenir, ta noble idole,
Déjà dore l'auréole
De ton immortalité.

Et toi dont l'âme guerrière
Intimida la Terreur,
Sors de ton étroite bière,
Lève-toi, grand Empereur !
Sois fier ! reconnais ta race
A la généreuse audace
De l'Élu du Peuple-Roi !
Et dis-lui : « Fils de mon frère,
» Elle est belle, ta colère ;
» Et... JE SUIS CONTENT DE TOI ! [1] »

Tu l'as élu, France aimée,
Par tes millions de voix !

[1] Allusion à ces mots de Napoléon : SOLDATS ! JE SUIS CONTENT DE
VOUS ! adressés à l'armée, après la victoire d'Austerlitz.

Que le Peuple, que l'Armée
Le portent sur le pavois !
Disparaissez, ô ténèbres !
Fuyez, ô terreurs funèbres !
Plus de haines ni de pleurs !
Doux plaisirs de la famille,
Autour du foyer qui brille,
Revenez calmer nos cœurs !

EUSÈBE CASTAIGNE.

AVENIR ET PASSÉ.

L'avenir !... le passé !... mots palpitants de gloire
Qui résumez la France et sa sublime histoire ;
Espoir et souvenir, belles fleurs d'ici-bas
Qui vous fanez sans cesse et qui ne mourez pas,
Oh ! de votre parfum, dont toute âme s'enivre,
Laissez-nous aspirer le charme qui fait vivre ;
C'est le même soleil qui, sur vous deux, a lui :
Les gloires d'autrefois sont celles d'aujourd'hui !

Autrefois!... C'est la guerre aux fougueuses conquêtes ;
C'est la voix du canon ; c'est le cri du vainqueur ;
C'est le monde éveillé par l'éclat des trompettes,
  Courant, à travers les tempêtes,
  Sur les pas du triomphateur !...

C'est le bruit des tambours ;... Les cohortes fidèles
Marchant au pas de charge, à l'immortalité ;
C'est l'Aigle, s'élevant aux voûtes éternelles
  Et couvrant de ses larges ailes
  Ce vieux monde, qu'il a dompté.

C'est l'univers entier, effrayé de sa gloire,
Se liguant contre un seul qui le bravait encor,
Et, vainqueur par hasard, n'ose pas même y croire,
  Et ne fut sûr de sa victoire,
  Que lorsque le Géant fut mort !

Oh ! qui dira jamais cette grande épopée
Que le Héros lui-même a gravée en tout lieu !
  Car son burin à lui, c'était l'épée
   Et, si la Gloire l'a trempée,
  C'est qu'il la tenait du Peuple et de Dieu !...

Alors, quand du canon la voix majestueuse
Aux soldats du Grand Homme annonçait les combats ;

Quand, de ses compagnons la troupe belliqueuse
Tombait à Waterloo... mais ne se rendait pas,
On volait, sans regrets, à travers la mitraille ;
Chacun, avec orgueil, mourait aux champs d'honneur :
Car tous savaient déjà qu'émus de la bataille,
Les siècles à venir chanteraient le Vainqueur...
Et leur marche rapide, en beaux faits si féconde,
Paraîtra chimérique aux siècles à venir :
Ils mirent moins de temps à conquérir le monde,
        Que d'autres à le parcourir !

Nous sommes les enfants de cette grande race,
Qui passa sur la terre en y gravant sa trace :
C'est là notre noblesse à nous !... C'est notre appui :
C'est la gloire d'alors... la force d'aujourd'hui !
Aujourd'hui !... C'est la paix, fille de la conquête ;
C'est le bruit des métiers, le chant du laboureur ;
C'est l'œuvre de l'artiste et l'hymne du poète,
        C'est tout un peuple qui s'apprête
        A se grandir par le bonheur !

C'est l'azur revenu ; le calme après l'orage ;
Le flot, devant Neptune abaissant sa fureur ;
C'est le vaisseau de France, abordant le rivage,
        Plantant son drapeau sur la plage,
        Guidé par le Libérateur !

C'est la tombe qui s'ouvre et rend à la lumière
Tout ce que le trépas n'a pu faire oublier ;
C'est l'Aigle d'autrefois, qui revient sur la terre,
      Ayant déposé le tonnerre
      Pour nous apporter l'olivier.

C'est le port retrouvé... C'est plus que l'Espérance !
Et si, parfois encor, l'air pur est agité,
C'est le souffle de Dieu, qui passe sur la France
      Chassant devant lui la Licence,
      Pour amener la Liberté !

C'est le nom révéré qui, de nouveau, rayonne !
C'est l'Oncle, déposant sur le front du Neveu
Tous les grands souvenirs qui forment sa couronne,
      Et, quand la Gloire la lui donne,
Lui, ne la veut tenir que du Peuple et de Dieu !

Ainsi donc le Passé, l'Avenir de la France
Se résument tous deux, pour nous, dans un seul nom :
Il est le souvenir comme il est l'espérance ;
Le Peuple en fit son culte et sa religion.....
A toute nation il faut une croyance ;
Ainsi qu'aux Vieux Romains, Dieu la donne à la France.
Rome disait : — *Auguste !...* et nous, — *Napoléon !*

GALOPPE D'ONQUAIRE.

LE PEUPLE ET L'ARMÉE.

Quand rugit au flanc des montagnes
L'ouragan aux ailes de feu
Prêt à fondre sur nos campagnes,
En pleurant nous invoquons Dieu !
Et nous voyons la haute cime,
L'attirant sur son front sublime,
Braver le choc de sa fureur;
Là, s'abîme le noir nuage,
Et se détourne ainsi l'orage
De nos fronts pâles de terreur.

Et de même quand l'anarchie,
Cet ouragan des nations,
Change en dévorant incendie
Le feu des révolutions ;
Au lugubre tocsin d'alarmes,
Quand nous répondons par des larmes,
Du milieu du peuple abattu,

Un héros, affrontant la foudre,
Se lève seul pour nous absoudre
Et nous sauver par sa vertu.

Suivant les lieux, selon les âges,
Le Seigneur daigne, en sa bonté,
Susciter ses héros, ses sages,
Pour le bien de l'humanité.
C'est par eux qu'il agit sur elle!
Et notre part encore est belle,
Si de ces messagers divins,
Instruments de sa providence,
Avec joie et reconnaissance
Nous secondons les grands destins!

Quel heureux et divin contraste!
Je vois un peuple glorieux,
D'une clameur enthousiaste
Saluer l'envoyé des cieux!
Contemplez cette sainte ivresse,
Écoutez ce cri d'allégresse,
Qui du sud au septentrion,
Comme du couchant à l'aurore,
Hymne gigantesque et sonore!
Chante: Gloire à Napoléon!

Oui, gloire à toi, Prince des Princes !
Gloire à toi, le libérateur !
Ce cri de toutes nos provinces
Fait tressaillir ton noble cœur.
Si ton génie et ton courage,
Pour accomplir ton grand ouvrage,
Sont venus ranimer leur foi
  Au feu de l'élan populaire,
L'épreuve doit te satisfaire ;
Ce peuple entier marche avec toi !

O spectacle auguste, admirable,
Et dont tu peux t'enorgueillir !
Sur ta route un peuple innombrable
Accourt te voir et te bénir.
Ce n'est pas un troupeau d'esclaves
Traînant de honteuses entraves
Qui se presse autour de ton char ;
C'est un peuple libre et prospère
Cherchant son sauveur et son père
Pour le proclamer son César !

Quand retentit sur ton passage
Ce cri de VIVE L'EMPEREUR !
Ce n'est pas un posthume hommage
  Au conquérant triomphateur :

Il ne faut pas que ta pensée
D'un doute soit embarrassée....
Ces mots sont plus qu'un souvenir !
Ils formulent notre espérance,
Ces mots demandent pour la France
Un impérial avenir.

ACHILLE LAFON.

MON VOTE ET MON VŒU.

On vous liait les mains, ô prince valeureux !
On voulait vous forcer à voir nos funérailles ;
Mais vous en avez cru votre cœur généreux,
Et vous avez chassé la mort de nos murailles.

L'Eternel a béni le nom que vous portez ;
Ce nom fit autrefois la grandeur de la France !
C'est encor ce beau nom que vous ressuscitez
Qui lui rend le repos et fait sa délivrance !

Vous dites : — J'ai dompté mon indignation
Tant qu'on n'a pris que moi pour but et pour victime ;

Mais j'ai vu, moi son chef, trahir ma nation!
La sauver fut mon droit, mon devoir légitime! —

C'est Dieu qui sur vos pas aplanit le chemin,
Qui des peuples pour vous a fixé la balance,
Vous fait son chevalier, et qui met de sa main
Notre vieil oriflamme au fer de votre lance!

Quand Dieu veut accomplir ces vastes changements
Dont s'étonne le monde où tant de mal fourmille,
Les hommes de son choix qu'il eut pour instruments,
Où les prit-il tous deux? où? — dans votre famille!

Le rapide avenir apportera dans peu
Des ouvriers du Ciel les travaux à l'histoire;
Et les deux nobles fronts de l'oncle et du neveu
Auront acquis chacun leur couronne de gloire.

O vous qui redoutez vos peuples ennemis,
Monarques effrayés de leur aveugle rage,
Notre Prince est l'espoir des trônes raffermis;
Il a saisi la foudre au milieu de l'orage!

Ah! si la gratitude est pour eux un devoir,
A ces princes par vous rassurés sur la terre,
Lequel de tous aurait l'audace de s'asseoir,
Avec son sceptre en main... sans vous nommer mon frère!

D'ÉPAGNY.

20 septembre 1851.

LES DEUX NAPOLÉON.

—

L'HÉRITAGE.

(1849).

Le peuple l'a nommé! que la France s'incline!
Celui que proclama la parole divine
    Doit vaincre les sourdes clameurs!
Qu'à ce fils du héros l'unité se rallie!
Que toute opinion cède au mot de patrie,
    Amour qui doit dompter les cœurs!

Patrie! à ce mot seul on s'émeut de soi-même,
On oublie, on pardonne, on s'ennoblit, on s'aime;
Où le doute germait, il réveille l'espoir!
C'est un arrêt sacré qui dit: Obéissance!
Et donne au nouveau chef cette auguste alliance
    D'un peuple sachant son devoir!

Soumettons tous nos vœux à cet élu suprême,
Successeur du grand nom, plus grand qu'un diadême,
       Emblème d'un cher souvenir!
Offrons au martyr mort l'imposante hétacombe,
De nos cendres d'amour renaissant sur sa tombe,
       Offrande qu'il viendra bénir!

L'hérédité du nom est un droit qui réclame
L'hérédité du cœur, l'hérédité de l'âme.
Celui qui pour enseigne a le blason d'honneur
S'engage à soutenir ce premier héritage!
Descendre de la gloire est un illustre gage
       Qui renferme gloire et bonheur!

Il ne peut être ingrat à sa haute naissance,
Il ne peut être ingrat à ta reconnaissance,
Il doit édifier sa noble ambition;
Sa marche glorieuse est par toi commencée,
Peuple, déjà vers toi se tourne sa pensée;
       Ton destin est sa mission.

Il a déjà souffert, celui que ta voix nomme.
Dans l'exil long et triste on l'enferma jeune homme;
       Son âme a connu la douleur;
C'est là qu'il a pleuré sa liberté! sa mère!

C'est là qu'il s'instruisit, peuple, de ta misère!
C'est là que de lui-même il te voua son cœur.

Son exil, ses labeurs, ses vœux, son existence
Se sont d'un même instinct dévoués à la France.
Du sang Napoléon il a reçu la foi;
Son aigle le premier t'éleva par la gloire,
Car ta démocratie était dans sa victoire:
      C'est là qu'il la conquit pour toi!

Peuple! sur ta sagesse un monde entier repose.
Par ta propre grandeur garde sainte ta cause!
Napoléon t'aima! C'est là ton avenir!
Par la désunion la liberté succombe.
Au nom de l'Empereur, dont tu chéris la tombe,
A l'élu de ton choix laisse le temps d'agir!

HERMANCE LESGUILLON.

AQUILA.

Un soir, je parcourais la plage abandonnée
Que baigne en mon pays la Méditerranée;

Les brises se levaient, et des milliers d'oiseaux
Saluaient le soleil qui tombait dans les eaux.
A notre âme souvent le Seigneur se révèle
Vers ces moments du soir, car l'heure est solennelle.
Moi, voyageur, j'allais visiter ces déserts,
Quand je vis un grand aigle arrêté dans les airs.
L'oiseau suivait des yeux les flammes purpurines
Qu'éteignaient, par degrés, les vertes eaux marines;
Immobile, attendant, plein d'amour et d'effroi,
Le dernier rayon d'or que lui jetait son roi,
Et lorsque le monarque eut quitté notre monde,
L'oiseau poussa des cris en tournoyant sur l'onde.

Sa douleur était grande, à cet Aigle divin!...
Il allait, descendait et remontait en vain...
Le soleil était mort! Plus de vive lumière
Où pouvoir tout le jour retremper sa paupière;
Plus de prisme sur l'eau, ni perles sur le bord,
Ni saphirs ruisselants... le soleil était mort!
L'Aigle enfin descendit tout en pleurs sur la plage,
Où je le vis marcher, hérissant son plumage.

Or, des chasseurs avaient étendu leurs filets
Pour les oiseaux de mer et ceux de ces forêts.
L'Aigle y tomba vivant... Et soudain tous ces pâtres
D'accourir, remplissant les bois de cris folâtres.

Le captif se dressa... mais les pâles humains
N'osèrent le toucher de leurs profanes mains.
Ils étaient là pourtant, armés pour la bataille
Contre l'oiseau royal arrêté dans la maille ;
Ils étaient là, pensifs, nul n'osant le premier
Frapper ce front levé comme un ardent cimier.

. . . .

Lassé d'attendre ainsi, l'Aigle étendit ses ailes,
Tressaillit en jetant des milliers d'étincelles,
Invoqua le Soleil, et, roi victorieux,
Il partit, emportant le filet dans les cieux.

JULES DE SAINT-FÉLIX.

L'ÉLU DE TOUS.

1er janvier 1852.

Dans le lointain le canon tonne,
Au temple divin l'on entonne
Une hymne sainte à l'Éternel.
Dieu puissant, protégez la France !

Tel est le cri qu'un peuple immense

Jette en ce moment solennel.

Et l'on voit notre jeune armée,

Déroulant ses fiers bataillons,

Brillante et d'ardeur enflammée,

Tracer d'innombrables sillons.

Symbole de nos vieilles gloires,

Rappelant vingt ans de victoires,

L'aigle plane sur nos drapeaux ;

Et dans l'antique cathédrale

Du bourdon la voix triomphale

Fait résonner les mille arceaux.

L'Empereur est là-bas dans son lit froid et sombre,

Pendant que tout son peuple ici prie à genoux ;

Mais peut-être que sa grande ombre

Invisible erre parmi nous, ...

Peut-être aussi que dans l'église,

Devant l'autel elle est assise

Comme au temps de sa royauté,

Et que sa dépouille immortelle,

Pâle et muette sentinelle,

Veille au salut de la cité!...

Sire, faites cesser nos discordes civiles,

Rendez-nous les splendeurs d'un règne illustre et grand,

Et que votre Paris, cette reine des villes,
      Reprenne enfin son rang !

Votre nom sur nos cœurs conserve un vaste empire ;
Par son prestige il peut conjurer bien des maux.
La France se souvient que vous fûtes, ô Sire,
      Le premier des héros.

Venez bénir l'Élu que votre peuple nomme,
Et qui doit, par son vœu, gouverner aujourd'hui.
Le pouvoir est souvent bien lourd aux mains d'un homme !
      Que Dieu veille sur lui !

La nation vous fait, Prince, une auguste offrande,
Et l'arrêt du destin brillamment s'accomplit ;
Vos travaux seront durs, mais plus la tâche est grande,
Plus est grand à son tour celui qui la remplit.

Du peuple devenez le protecteur, le père ;
Il est bien temps, hélas! qu'on lui tende la main ;
En votre noble cœur, il se fie, il espère. . . . .
      Pour lui soyez humain.

Qu'on écoute le cri de ses douleurs secrètes,
Du pauvre, le réduit recèle tant de maux !
Et la mort a rendu bien des lèvres muettes
      Qui lassaient les échos !

Par vous s'ouvre aujourd'hui toute une ère nouvelle,
D'un magnifique éclat elle peut resplendir,
Songez-y, Monseigneur, la place est grande et belle,
    Vous saurez la remplir !

Oui, oui, vous suffirez à votre tâche immense,
Et la patrie enfin vous devra le bonheur ;
Car vous saurez toujours unir à la prudence
    La justice et l'honneur.

Et vous serez aussi d'immortelle mémoire !
Vous verrez en tous lieux exalter votre nom,
Et la France, à genoux, vénérer dans sa gloire
    L'héritier de Napoléon !

JULIETTE LORMEAU.

L'AVÈNEMENT.

Prince, voici venir une heure solennelle :
C'est l'heure qu'en sursaut comptent les nations,
Lorsqu'à coups redoublés la justice éternelle
Sonne le glas des morts aux révolutions.

C'est l'heure sainte aussi, c'est l'heure qui délivre,
Que la France aux abois attendait pour révivre;
Que d'échos en échos, par les monts, par les mers,
Par la voix des cités, les chants des basiliques,
Faisant parler sur vous les oracles antiques,
Elle acclame au milieu d'unanimes concerts;
L'heure enfin des hameaux que, du fond des vallées,
Les peuples ont bénie, et qu'à toutes volées,
De leur bouche d'airain, la cloche et le canon
Font retentir encore au bruit de votre nom!

C'est qu'en vous s'ouvre une ère en miracles féconde;
Le rêve de César, ce long espoir déçu,
Ce dessein dont le sort régla celui du monde,
Aux temps marqués de Dieu, calme, vous avez su
L'accomplir puissamment ainsi qu'il fut conçu.
Vous avez triomphé sans ébranler la terre;
Votre œuvre de salut a coûté peu de sang,
A peine a-t-il fallu quelques coups de tonnerre
Pour châtier le crime et le rendre impuissant.

Gloire à vous! car la voix des poètes est juste;
Leur hymne aime à monter vers tout ce qui grandit;
Pacifique vainqueur, vous devenez Auguste,
La France vous admire et le monde applaudit.
Oui, le monde! Tel est l'ascendant de la France,

Que tout ce qui respire a besoin de son air :
Quand cet air se corrompt, la terre est en souffrance ;
C'est l'orage éternel d'où part toujours l'éclair.

Vous l'avez maîtrisé : vos aigles souveraines
Des foudres, dans leur serre, étreignent les carreaux.
La France est un coursier qui veut sentir les rênes,
Mais qui n'aime à ronger que le frein des héros.

Elle a repris ce frein qui règle sa carrière,
Ce frein de l'Empereur, dont elle est toujours fière,
Qui lui tient haut le front, et qui, sous votre main,
Lui fera retrouver la gloire en son chemin.

Celle que vous avez à conquérir est grande ;
La France, au nom du ciel, Prince, vous la demande :
C'est d'achever de vaincre, à force de vertus,
Les partis qu'à ses pieds vous avez abattus.

Au creuset du progrès corrigeant l'un par l'autre,
Ce qu'ils ont de fécond et de beau devient vôtre.
Prince à les épurer, vous mettrez vos efforts !
Vous vous êtes longtemps nourri du pain des forts ;
Éclairé par celui qui lançait le tonnerre,
Vous savez que la paix est le but de la guerre,
Et qu'il n'avait jamais tenté pour d'autre fin
Ces combats de géants trahis par le destin.

Eh bien! ce que n'ont pu le génie et la gloire,

La force et l'ascendant de cet homme immortel,

Qui rendit à la fois, et le prêtre à l'autel,

Et le juge à l'honneur, et la France à l'histoire ;

Le bienfait, que toujours les caprices du sort

Dispersaient, dans son germe, à tous les vents du nord;

Cette paix des partis, dont la fuite fatale,

Quinze ans, trompa la soif de ce divin Tantale,

Et qui vit dans sa mort comme un ardent désir ;

Le moment est venu pour vous de la saisir !

Vous le pouvez, c'est vous que le Seigneur suscite ;

Allez, accomplissez ce qu'il a résolu ;

Huit millions de voix vous ont fait son élu ;

Courbez-vous devant lui, son esprit vous visite !

Grandi par le malheur, aux éclairs de la foi,

Sur les peuples émus vous promulguez la loi.

Vous dites : Qu'elle soit et, comme la lumière,

Elle se fait soudain : l'église, la chaumière,

Le palais assombri, l'atelier ténébreux,

A ce jour bienfaisant, qui déjà les pénètre,

S'étonnent de se voir sans se haïr entre eux ;

Partout l'amour du bien renaît, ou veut renaître.

Plus d'alarmes : d'un mot, votre esprit tout-puissant,

Comme un souffle de Dieu, les apaise en passant.

L'espoir calme le cœur ; sous le ciel qui s'épure,
Confiante en vos droits, la cité se rassure,
Et, n'appréhendant plus les orages du temps,
La porte du travail se r'ouvre à deux battants.

Prince, poursuivez donc, de conquête en conquête,
Cette œuvre de vos mains, telle que Dieu l'a faite,
Vous avez contre vous les orgueils en défaite,
Prophètes de malheurs, dont ils sont préservés,
Qui, pour guérir les maux, les rendant toujours pires,
Sans se perdre pourtant, perdent tous les empires ;
Vous avez avec vous ceux qui les ont sauvés !

Oui, vous avez conquis à votre œuvre profonde
Des appuis sans lesquels rien de sûr ne se fonde :
Le prêtre et le soldat, la prière et le fer,
Le dévoûment sublime et le devoir fait chair,
Tous deux enfants du peuple, et que la loi nouvelle
Verra vivre, et, s'il faut, verrait mourir pour elle !

Ils deviendront aussi vos fermes partisans,
Ceux dont les factions fomentaient la colère ;
Le travail leur assure un plus noble salaire;
Il fait entrer l'honneur dans les cœurs d'artisans,
L'honneur, aux rayons purs, si doux à leurs vieux ans.

Et vous aussi, surtout, vous saurez la défendre,
Cette cause de tous, que vous savez comprendre,
Vous, dont la grande voix, ô rudes paysans!
Vient de vous ennoblir à force de bon sens ;
Hommes durs pour vous seuls, dont la souffrance austère
Hélas ! fut si longtemps contrainte de se taire ;
Qui, domptant la fureur des éléments jaloux,
Sous le regard de Dieu qui travaille avec vous,
N'échappez un instant aux labeurs de la terre,
Que pour l'aller prier, le soir, à deux genoux ;
Vos ardents souvenirs et vos transports de joie
A l'aspect de celui que le ciel nous envoie,
Comme le jour se prouve, ont su partout prouver
Que l'élu seul du peuple a droit de le sauver.

SIMÉON PÉCONTAL.

L'EMPIRE, EST-CE LA PAIX ?

Non, ce n'est pas la paix, c'est peut-être la guerre,
Punissant un forfait qui n'est pas effacé ;

6

Tu peux demander compte un jour à l'Angleterre
Du sang du grand martyr, goutte à goutte versé !

Non, ce n'est pas la paix ; c'est peut-être la guerre,
Rendant à l'Italie un passé glorieux ;
Lui disant : « Lève-toi ; redeviens libre et fière ;
Et chasse les Teutons, en réveillant les Dieux ! »

Non, ce n'est pas la paix ; c'est peut-être la guerre,
O Pologne, animant ton cadavre sanglant !…
Il se lève, il nous crie : « O France, ô noble terre,
Rends-moi mes bataillons, morts en te défendant ! »

Eh ! bien, oui, c'est la paix ; car le géant de guerre,
Le grand martyr sourit à son nom renaissant ;
Il pardonne un forfait dont rougit l'Angleterre,
Dès qu'il a vu planer son Aigle triomphant !

Eh ! bien, oui, c'est la paix ; car sans foudre, ni guerre,
Ce que veut la justice, un grand peuple le peut ;
Nobles et saintes sœurs de gloire et de misère,
Libres, vous renaîtrez, car l'avenir le veut !

De qui tient en ses mains et la paix et la guerre,
N'enchaînons pas d'un mot les destins inconnus !
La paix est à celui qui la veut grande et fière ;
Car la paix à tout prix ne convient qu'aux vaincus !

LÉON HALÉVY.

20 novembre 1852.

LE QUINZE AOUT.

On a trop remué de dates cinéraires,
De sanglants souvenirs qui divisent les frères ;
L'Almanach politique, effervescent recueil,
N'a que trop pavoisé des époques de deuil;
C'est peu d'avoir rayé le jour qui coïncide
Au quatorze Juillet, au billot régicide,
Laissons l'autre Juillet et l'impur Février
S'affaisser, à leur tour, dans le calendrier.
Ils ne surgiront plus : notre instinct les repousse ;
Et, de ces jours que marque une forte secousse,
Sans même en excepter, par suprême faveur,
L'immense DEUX DÉCEMBRE, inattendu sauveur,
Le seul qui n'offre au peuple aucun éclat funèbre,
Le jour de l'Empereur est le seul qu'on célèbre.
Un décret sage ainsi le veut ; non qu'aujourd'hui
L'homme fort où la France a trouvé son appui,
Veuille destituer, comme non méritoire,
Tout culte qu'on dérobe au Dieu de notre histoire,

Ni que son népotisme, ouvrant un Panthéon,
Songe à ne le remplir que de Napoléon ;
Mais parce que ce nom, grand, magique, sonore,
Résume, à lui tout seul, l'hégire tricolore ;
Que dans l'esprit du peuple il s'est accrédité
Comme un emblème d'ordre et de fécondité ;
Qu'il jette aux factions, dans leur sombre folie,
Un nœud qui les comprime et les réconcilie ;
Parce qu'il dit à ceux qui sont autour de nous :
La France ne sera jamais à vos genoux ;
Parce qu'il porte en lui toute haute pensée
De nation virile, héroïque, avancée,
La juste liberté, l'égalité des droits,
Le rajeunissement des peuples et des rois,
L'élan vers tout progrès, vers toute noble issue;
Parce qu'il garantit l'œuvre à tout bras qui sue,
Au villageois son champ, sa moisson, son troupeau,
Au prêtre son autel, au soldat son drapeau ;
Parce qu'il ouvre aux arts les grands laboratoires ;
Parce qu'il symbolise un faisceau de victoires ;
Parce que, depuis l'âge où, par la France élus,
Montaient sur le pavois les princes chevelus,
C'est le seul, dans la vieille et dans la nouvelle ère,
Qui fut intronisé par la voix populaire,
Au faîte du pouvoir le seul qui soit monté

Par une universelle et libre volonté ;

Parce qu'enfin — il faut que ma bouche l'intime

Aux vieux adorateurs du pouvoir légitime,

Qui font un si grand titre à certains Prétendants,

De tant de nullités qu'ils ont pour ascendants, —

Puisque l'homme sacré par nos apothéoses,

A fait plus, en quinze ans, d'éblouissantes choses,

Que n'en peuvent offrir, en cousant leurs exploits,

Mille ans de Capétiens, de Bourbons, de Valois.

D'un empire si court tant de gloires sorties

Lui donnent mêmes droits qu'aux vieilles dynasties,

Et qu'ainsi, ce seul règne, à quinze ans limité,

Balance au moins mille ans de légitimité.

Il nous reparaît donc, il remonte à sa place,

Cet Empereur, ce chef de la nouvelle race ;

Du dôme qui le couvre, il se réveille, il sort.

O mystère sans fond des volontés du sort !

Contraste énigmatique ! antithèse profonde !

O rebondissement des chutes de ce monde !

Celui que renversa le bloc des nations ;

Celui qu'ont escorté nos désolations,

Alors qu'on le traînait par des cités impies,

Cerné par des bourreaux, hué par des harpies ;

Celui qui fut déchu, qui s'entendit bannir,

Lui, sa race vivante et sa race à venir ;
Celui qui vit salir, par des fureurs brutales,
Ses aigles dont le cri troublait les capitales,
Dont la serre portait des tonnerres fumants,
Dont l'œil de feu planait sur tous nos monuments ;
Qui vit, par un cheval ignoblement portée,
L'étoile de l'honneur qu'il avait inventée,
Et des Français, mêlés aux hordes de Moscou,
Secouant sa statue, avec la corde au cou :
Le voilà restauré dans sa forme première,
Ceint de son auréole, habillé de lumière.
La France, qui n'est point la terre des ingrats,
A tous les Bonaparte a rouvert ses deux bras.
Ses aigles, si longtemps dans l'ouragan perdues,
Aux drapeaux consolés viennent d'être rendues,
Par un Napoléon, au même Champ-de-Mars
Où lui-même en couvrit ses derniers étendards.
Son nom rend des décrets comme aux jours de l'Empire,
Sa croix, par qui le sein plus noblement respire,
Retrouve pour grand-maître un digne successeur
Qui lui donne une jeune et soldatesque sœur.
Partout, entre les flots d'une foule idolâtre,
Resplendit sa figure, en bronze, en marbre, en plâtre ;
Partout glorifié plus qu'un simple mortel,
Au lieu d'un piédestal il rencontre un autel.

Qui l'eût dit! Qui pouvait pressentir ce prodige?

Sans doute, au fond des cœurs qu'un vague instinct dirige,

Dans la bouche du peuple, encor tout palpitants,

Ses souvenirs vivaient après plus de trente ans;

Sans doute, parmi ceux qu'avait grandis sa gloire,

Quelques-uns, fondateurs d'un culte expiatoire,

Au jour de sa naissance unissant leurs douleurs,

A sa poussière absente adressaient quelques fleurs,

Lui jetaient les soupirs de ses vieux frères d'armes ;

Mais, nul rayon d'espoir ne traversait leurs larmes ;

Celui qu'ils entouraient d'hommages si fervents

Etait pour eux un mythe étranger aux vivants ;

Leur culte s'attachait à des temps de féerie,

Comme on embrasse, en songe, une ombre encor chérie,

Sans croire, en s'éveillant, que ce jouet de l'air

Cesse d'être impalpable et rentre dans sa chair.

Un homme seul, doué de la seconde vue

Dont la paupière humaine est rarement pourvue,

Dans l'obscur avenir plongeait des yeux certains.

Pendant ses jours, battus par de mauvais destins !

Lors même que le sort trompa son espérance,

Sous le ciel azuré de Rome et de Florence,

Sur le sol des Germains, dans les brouillards anglais,

Promenant ses ennuis, de relais en relais,

Ni l'exil, qui semblait ne pas avoir de terme,

Ni la prison, fatale à l'âme la plus ferme,
Rien ne put refroidir son invincible appui,
L'inextinguible foi qu'il portait avec lui.
Une puissante voix, de lui seul entendue,
Montant d'un catafalque ou du Ciel descendue,
Lui prédisait toujours le renouvellement
De ce qui nous semblait être éternellement.
Dans l'espace lui seul voyait planer un homme;
Lui seul, et contre tous, politique astronome,
Après sa longue ellipse, annonçait le retour
De l'astre impérial qui rayonne en ce jour.

Ah! s'il sort des caveaux où, non loin de sa cendre,
Le loyal Excelmans vient aussi de descendre,
Que ne voit-il comment la suprême cité
Fête son Empereur, qu'elle a ressuscité!
Même au point culminant de sa toute-puissance,
Quand, pour solenniser l'ère de sa naissance,
La grande Babylone allumait dans ses murs
Tant d'astres, que le ciel trouvait les siens obscurs,
Et que Lui pour payer sa fête obligatoire,
Lui donnait en échange un trône, une victoire;
Non, jamais on ne vit jaillir d'élans pareils,
Jamais nuit du quinze août ne vit tant de soleils.
Quelle nuit! un immense et joyeux incendie :

Tour à tour verticale, anguleuse, arrondie,
La lumière scintille en jets capricieux ;
Elle sort de la terre, elle tombe des cieux,
Elle remonte en gerbe aux voûtes sidérales,
D'innombrables flambeaux, hydrogènes spirales,
De la grande colonne illuminent l'airain,
Jusque sous l'éperon de l'homme souverain.
Lui-même, ailleurs, se montre au front de ses armées,
Foulant du Saint-Bernard les neiges enflammées.
Aux bois élyséens où, par deux longs courants,
L'incandescente lave épanche ses torrents,
Sa colossale image, aux formes si connues,
Se détache, isolée, entre six avenues ;
Et, de l'arc triomphal dominant la hauteur,
Le conquérant de l'air, l'oiseau fulgurateur,
Prêt à prendre son vol, crispant sa double serre,
Étincelant d'éclairs, précurseurs du tonnerre,
Son aigle à qui l'Europe ouvrit tous ses chemins,
Cet aigle emblématique emprunté des Romains,
Et signalé par eux pour le plus noble augure,
Déroule sur Paris son immense envergure.

Mais, pour lui, quel tableau plus saisissant encor !
Lui qui voulait couvrir Paris de lames d'or,
S'il pouvait contempler tout ce qu'en son absence

Sa métropole a pris de luxe et de croissance :
Des temples, des bazars, des hospices nouveaux,
Des boulevarts pliés sous les mêmes niveaux ;
L'asphalte succédant aux fangeuses ornières ;
De splendides hôtels où rampaient des tanières ;
La caduque cité dont les quartiers lépreux
Respirent le soleil qui tombe enfin sur eux ;
Le Carrousel purgé de ses vieilles scories ;
Le Louvre qui se lève et marche aux Tuileries,
Et cette immensité de travaux opulens
Dont sa grande pensée avait conçu les plans !
Que dirait-il, surtout en touchant des merveilles
Qu'il n'avait même pu soupçonner dans ses veilles,
Lui qui, rapportant tout au peuple en ses desseins,
Attachait tant de gloire à creuser des bassins ;
A suspendre des ponts, à découper des routes,
A refaire Annibal sur les Alpes dissoutes,
A vaincre la nature, à planter son jalon
Sur Anvers, sur Cherbourg, sur les rocs du Simplon,
Lui qui trouvait toujours nos efforts trop timides,
Lui dont la tête était pleine de Pyramides !
Lui géant, qui voulait des œuvres de géants,
Comme ses yeux d'azur s'arrêteraient béants,
Comme son large front rayonnerait d'extase,
Devant l'ordre à venir dont nous posons la base ;

Devant cette vapeur, illimité pouvoir,

Que, plongé dans la guerre, il ne fit qu'entrevoir.

Ah ! si cette puissance, encore incalculée,

Durant sa longue lutte, eût été révélée ;

Si, comme auxiliaire à ses coups surhumains,

Cette arme formidable eût passé dans ses mains;

Qui pourrait le nier ? Le monde politique

Eût peut-être tourné sous un autre écliptique ;

Peut-être ce qui fut n'aurait jamais été :

Waterloo, jour de gloire et de calamité,

N'eût pas éternisé sa chute volcanique ;

Au lieu d'aller s'asseoir au foyer britannique,

Qui lui donna pour siége, exclu du monde ancien,

Un roc où Prométhée eût regretté le sien ;

Entre nos bras aimés il eût repris haleine ;

On ne frémirait pas au nom de Sainte-Hélène ;

Qui sait même ? La France, exempte de revers,

Verrait encor régner ses quatre-vingts hivers,

Et dans un long repos de paix sans intermède,

Avec cette vapeur, vrai levier d'Archimède,

Son bras eût accompli ces merveilleux travaux

Qui convoquent le monde à des destins nouveaux.

Du centre de la France aux frontières lointaines,

De sa tête à ses pieds il eût créé ces veines,

Ces artères sans nombre où circulent des feux,

Où le pouls se révèle en bonds tumultueux.
On l'eût vu, le premier, sur ce tremplin magique
Qui lance, en un clin-d'œil, Paris dans la Belgique ;
Il eût inauguré l'industrieux ruban
Dont un bout va bientôt tremper dans l'Océan,
Et son voisin du Sud, dont la longue traînée
Doit joindre à l'Océan la Méditerranée.
Il eût quitté Paris pour servir de parrain
Au glorieux rail-way baptisé dans le Rhin ;
Il aurait traversé les villes de l'Alsace,
Étreint par tout un peuple accouru sur sa trace,
Entre de verts chemins bordés des trois couleurs,
Assourdi de houras, écrasé par les fleurs,
Béni par les saluts des vivantes croisées,
Et serait revenu par les Champs-Élysées.
Fendant les airs, traîné par des chevaux de feu,
Sur le char triomphal qui porta son neveu !

Prince ! il n'est plus permis de conserver un doute ;
Votre point de départ révèle votre route,
Et nos yeux sont assez vigilants pour prévoir
L'avenir qui suivra ces neuf mois de pouvoir.
Celui dont le destin vous fit le légataire,
Dont vous portez le nom, le plus beau de la terre ;

Celui qui nous nommait *la grande nation* [1],
L'homme en qui s'incarna la Révolution,
L'homme-peuple a transmis sa pensée en votre âme;
Son testament de mort contient votre programme.
Avant de disparaître au gouffre où tout s'enfuit,
De laisser en mourant le monde dans la nuit,
Que de fois, sous sa tente, aux clartés de la lune,
Avec les courtisans de sa haute infortune,
Que de fois, dans leur sein épanchant ses secrets,
Sa tristesse sublime exprima les regrets
De les quitter si tôt, de la brève étendue
D'une vie, emportant son œuvre suspendue,
De ne pas accomplir son règne tout entier,
De ne pouvoir, lui-même, être son héritier!
Alors il déroulait le tranquille mirage
De son second empire et de son dernier âge ;
Libre enfin, déposant le politique faix,
Il serait devenu l'*Empereur de la paix*,
Un *Messie*, appelant le monde à sa croyance,
Une *arche de l'ancienne et nouvelle alliance!*
Il aurait détendu le frein régulateur
Qu'à la liberté forte il mit, avec douleur ;
Il eût fait de la France une active patrie,
Une ruche des arts, de la haute industrie ;

[1] Tous les mots en italique sont des expressions de l'Empereur.

Il eût vivifié la plus humble maison,
Sous les abeilles d'or qui semaient son blason.

Oui, Prince, tels étaient ses regrets prophétiques.
D'autres ont recueilli ses terrestres reliques,
Sa croix, ses vêtements, ses armes, ses cheveux ;
Vous, son dernier soupir chargé de tant de vœux.
C'est à vous de nous rendre, à la tombe ravie,
La seconde moitié d'une si belle vie,
D'être, non son rival de gloire et de hauteur,
Mais, titre non moins beau, son continuateur.
Vous avez accepté, Prince ! cet héritage ;
Chaque jour qui s'écoule est pour nous un ôtage ;
Marchez vers l'avenir qui monte à l'horizon :
Des principes sacrés que posa la raison
Soyez, en même temps, le soldat et l'apôtre ;
Conservez d'une main, renouvelez de l'autre.
Quand la Démocratie, aux remous écumans,
Envahit notre sol de ses débordemens,
Il serait au-dessus de toute force humaine
De barrer son passage : il lui faut un domaine ;
Qui sait aux temps futurs tout ce que nous léguons ?
Ses élémens ignés sont brûlans, mais féconds ;
Dès que leur feu s'éteint, leur puissante nature
De l'ordre social durcit l'architecture ;

Ainsi que Naples change en monumens hardis
Les flots vésuviens, quand ils sont refroidis,
Prince ! donnez leur place au nouvel édifice ;
Organisez, réglez l'œuvre réparatrice ;
Au milieu d'un repos qui promet de longs ans,
Semez une moisson de progrès bienfaisans ;
Que le nœud qui nous lie encor plus se resserre ;
Et qu'à chaque retour de cet anniversaire,
A sa plus chère idole heureux de vous unir,
Le peuple fête en vous le flagrant souvenir
D'un désordre aboli, de quelque loi féconde,
D'un meilleur équilibre aux fortunes du monde,
D'un généreux pardon descendu sur l'erreur,
D'un de ces grands bienfaits que rêva l'EMPEREUR !

BARTHÉLEMY.

LOUIS-NAPOLÉON A BEAUVAIS.

Le voilà parmi vous, Celui qui sut vous rendre
Le commerce et les arts, Celui qui vient entendre
    Avec son cœur, vos cœurs !

Tout entier au bonheur d'être aimé pour lui-même,
Il s'est fait le parrain, dans ce nouveau baptême,
       De Jeanne aux bras vainqueurs!

Qu'il revienne jamais une sanglante aurore!
Et l'ennemi verra se redresser encore
       La hache qu'elle tient!
L'air est plein d'héroïsme, et, dans cet air, les femmes
Au niveau du passé sentent monter leurs âmes;
       Ce jour leur appartient!

Voyez comme elle est belle en sa superbe audace;
Elle vit sous le bronze, elle remplit la place
       De son grand souvenir.
A ses côtés, l'artiste, au regard doux et calme,
Comprend que, jeune encore, il a cueilli la palme
       Que gardait l'avenir.

Et toi, l'ami des arts, toi dont la main agile
Au château d'Arenberg a façonné l'argile
       Et mêlé les couleurs!
Regarde autour de toi... Toute une ville en fête
Laisse tomber, joyeuse, à tes pieds, sur ta tête,
       Et ses vœux et ses fleurs!

Cet élan général qui t'appelle et t'emporte,
Ce peuple dont le flot te caresse et t'escorte

En traçant ton sillon !

C'est le cri du pays, c'est l'élan de la France ;

Elle salue en toi la plus sûre espérance

　　Qui brille à l'horizon.

Rien ne pourra briser ce lien sympathique ;

Tu me l'as dit un jour : ta croyance mystique

　　Date de ton exil.

Le souffle du Seigneur avait touché ton âme :

Pour naviguer, un fil te tenait lieu de rame ;

　　Mais Dieu tenait ce fil !

Ta prison s'est ouverte et t'a donné l'espace.

La royauté vivait ; elle tombe, elle passe...

　　Et le vide se fait !

Qui pourra le combler ? Tout le monde... et personne !

On entend le canon... et le tocsin qui sonne...

　　C'est la mort ! Tout se tait.

Le vaisseau de la France allait à la dérive :

Il t'appelle, et ton bras le pousse vers la rive !

　　Qui donc peut l'oublier ?

Ce bras qui le sauva du deuil et du naufrage,

Peut encor le sauver, au moment de l'orage,

　　Sans trembler, ni plier.

Quand nos marins, perdus sur de lointaines plages,

Abordent au milieu de nations sauvages...
        S'ils parlent de nos rois,
Nos rois sont inconnus, nos mœurs sont ignorées,
Nos héros les plus chers, nos gloires adorées
        Chez eux perdent leurs droits !

Un seul nom leur a dit que la France était grande !
Un seul leur inspira le respect qui commande !
        Demandez-leur ce nom ?
Ils montrent le soleil, leur idole, leur gloire...
Et murmurent deux mots restés dans leur mémoire :
        France ! Napoléon !

MÉLANIE WALDOR.

VIVE L'EMPEREUR.

Seize lustres complets et trois ans révolus
Ne cessent de me dire : insensé, n'écris plus !
Crois-tu donc conserver une seule étincelle
Du feu que dans son sein le poète recèle ?
La vieillesse et les maux ont brisé tes crayons,
Et pour toi, le soleil a perdu ses rayons.

Mais, sourd à cette voix qui tout bas me conseille,

A défaut de talent, mon ardeur se réveille.

Puis-je rester muet, quand les Muses en chœur

Des partis confondus célèbrent le vainqueur,

Et mêlent aux transports de la commune ivresse

Leur tribut de respect, d'amour et d'allégresse ?

De la société les liens fraternels,

Allaient être rompus par de vils criminels.

A leur féroce appel, de rivage en rivage,

Se répandaient le vol, le meurtre, le ravage ;

Dans un gouffre sans fond, ils jetaient à la fois

La famille, les mœurs, le culte saint, les lois.

Bientôt leur barbarie en ruines féconde

Dans des réseaux d'airain eût enlacé le monde ;

Déjà même ils forgeaient les couteaux assassins.

Mais, les regards ouverts sur leurs affreux desseins,

Napoléon veillait, et sa prudente audace

A de tant de fléaux désarmé la menace.

Il en reçoit le prix : le peuple tout entier

Du monarque immortel proclame l'héritier

Et pose sur son front l'auguste diadême,

De la sécurité majestueux emblême ;

Avec sa dignité retrouvant son orgueil,

La France a dépouillé son vêtement de deuil.

De nos divisions les traces disparaissent,

L'horizon s'éclaircit, l'ordre et la paix renaissent.
Du peuple que Dieu même abandonne à ses soins
Napoléon prévient les vœux et les besoins.
Par quels nombreux bienfaits, signalant sa puissance,
N'a-t-il pas mérité notre reconnaissance !
Là, d'immenses travaux à la fois entrepris
En reine des cités vont transformer Paris ;
Au lieu de ces réduits où pénétrait à peine
D'un jour décoloré la lueur incertaine,
Où pesait constamment autour de leurs vieux murs
L'air humide et chargé des miasmes impurs,
Pour l'honnête ouvrier, sous des toits tutélaires,
S'élèvent maintenant des abris salutaires ;
Le Louvre, dès longtemps, honneur de nos remparts,
Sans voiles désormais frappera nos regards.
L'espace resserré chaque jour se déploie,
Livrant aux citadins quelque nouvelle voie.
Ces hommes pour le vol et les forfaits nourris,
Qu'un arrêt équitable a sans retour flétris,
N'iront plus, en vertu d'une auguste clémence,
Du bagne corrupteur peupler l'enceinte immense.
Ils pourront désormais en des climats lointains,
Par d'utiles travaux adoucir leurs destins,
Et si le repentir, élevé dans leur âme,
Les délivre à jamais de tout penchant infâme,

Peut-être mériter qu'un pardon généreux,

Du trône descendu, s'arrête un jour sur eux ;

Ici, l'art réparant l'oubli de la nature

Doit rendre un sol ingrat propice à la culture ;

D'innombrables chemins à la vapeur ouverts,

De notre belle France en vingt pays divers

Transportent les produits, et l'active industrie,

Le commerce et les arts, luxe de la patrie,

Pleins d'une égale ardeur, rivalisant d'efforts,

De cités en cités épanchent leurs trésors ;

L'aigle altier reparaît, mais sa robuste serre

Rejette des combats l'homicide tonnerre ;

Maintenant pacifique, il plane avec fierté

Dans le calme d'un ciel rayonnant de clarté.

O merveille ! une grande, une seule journée

De l'État chancelant fixe la destinée,

Et, gage du présent comme de l'avenir,

De tous nos maux l'Empire éteint le souvenir,

Et tandis qu'à la voix d'un prince magnanime

Sur nos bords consolés tout revit, tout s'anime,

Avant l'heure infaillible où je dois à mon tour

Du nombre des vivants m'effacer sans retour,

Malgré le poids de l'âge et ma longue souffrance,

J'ose ici consacrer au sauveur de la France

D'un luth interrogé par mes doigts languissants
Et le dernier hommage et les derniers accents !

BAOUR-LORMIAN,
De l'Académie Française.

TOUT POUR LE PEUPLE,

CHANT DU 15 AOUT [1].

(MUSIQUE DE M. ADOLPHE DE GROOT.)

I.

Les jours venus, quand Dieu vit que sa flamme,
O noble France ! avait rempli ton cœur,
Du cœur d'Adam comme il créa la femme,
Du sang du peuple il tira l'EMPEREUR.
La terre, alors, se réveilla, ravie,
Sous un grand souffle, un soleil radieux ;
Le peuple dit : Ce grand souffle est ma vie,
Et ce soleil, un éclair de mes yeux.

---

[1] Cette cantate a été exécutée à la représentation *gratis* au théâtre
de la porte Saint-Martin.

Gloire à Napoléon prophète !
Chantons tous encore aujourd'hui
Son cri, vainqueur de la tempête :
Tout pour le peuple et rien sans lui.

II.

Quand l'Empereur disparut sous le nombre,
Quand le soleil éteignait son ardeur,
A Waterloo, la même éclipse sombre
Au front du peuple éteignit sa splendeur.
D'un souvenir toute la France pleine
Ne vit plus rien des jours qu'on lui promit ;
Napoléon dormait à Sainte-Hélène,
Dans les cités, le peuple s'endormit.

CHŒUR.

Gloire à Napoléon prophète !
Chantons tous encore aujourd'hui
Son cri, vainqueur de la tempête :
Tout pour le peuple et rien sans lui.

III.

Mais Dieu, toujours, lui garde une merveille
A notre France, au peuple son ami ;

Peuple et César, tout un monde s'éveille,
Rien n'était mort, tout n'était qu'endormi!
Même soleil, même souffle de flamme
Au même ciel viennent nous secourir;
Le peuple encore a retrouvé son âme:
Napoléon ne pouvait pas mourir!

CHŒUR.

Gloire à Napoléon prophète!
Chantons tous encore aujourd'hui
Son cri, vainqueur de la tempête.
Tout pour le peuple et rien sans lui.

MÉRY.

L'ONCLE ET LE NEVEU.

Notre vieille cité, notre chère Toulouse,
N'ira pas, en rivale inquiète et jalouse,
Aux générations qui dorment au tombeau,
Des gloires de jadis arracher un lambeau.
Un seul jour lui suffit; un nom à son histoire,

En ce jour mémorable, a fait sa part de gloire.
C'est ici qu'un dernier, qu'un héroïque effort
Repoussait la conquête et défiait le sort ;
Ici, dans sa dernière et sublime agonie,
L'aigle désespérée invoquait son génie :
Un contre vingt, ici, noble et sainte fureur,
On se battait au cri de : Vive l'Empereur !

Ah ! le peuple n'a pas deux sortes d'éloquence ;
Dans un seul mot, il dit ce qu'il veut ; il condense
Sa pensée, et ce sphynx est prompt à se donner
Aux OEdipes hardis qui l'ont su deviner.
Crois-tu donc qu'aujourd'hui cette foule empressée
N'ait pas dans un seul cri résumé sa pensée ?
Que sa clameur s'adresse à l'oncle seul ? — Son vœu
Au trône impérial appelle le neveu.

Deux fois, en cinquante ans, la vieille monarchie
Est tombée, et deux fois la hideuse anarchie,
Fantôme que l'erreur baptisa liberté,
Commanda souveraine au pays dévasté.
Deux fois le désespoir dit : Dieu sauve la France !
Le pays vous a dû deux fois sa délivrance,
Et par vous deux sauvé, le pays, à son tour,
Vous confond tous les deux dans un immense amour.

Dieu marque ses élus, et de sa main suprême

Sur les fronts désignés pose le diadême;
Sous le fer des Northmans, lorsque, frappée à mort,
La France chancelait, il prit Robert-le-Fort.
En ces jours de douleur, prédits par Charlemagne,
Inertes, oubliés au fond de l'Allemagne,
Ses pauvres héritiers évitaient les combats ;
L'or remplaçait le fer trop pesant à leurs bras.
Aux faibles rejetons de la race abrutie
Vint se substituer la jeune dynastie.
Un siècle lui suffit. C'était peu, car cent ans
Marquaient alors une heure à l'horloge des temps.

Ainsi, quand les Northmans de nos guerres civiles,
O mon prince, ont rougi le pavé de nos villes,
Quand le sang le plus pur a baigné nos genoux,
Un seul homme pouvait nous sauver, c'était vous !
De l'oncle et du neveu pareille destinée !
Pareille mission à tous deux fut donnée,
Tous deux ont détrôné l'anarchie, et n'ont pris
Que leur place vacante aux palais de Paris.
Vous avez traversé deux époques de crimes ;
Votre histoire à tous deux est vierge de victimes ;
Et ceux-là même auxquels vous devez succéder,
Ce n'est qu'à leur destin qu'ils eurent à céder.
Purs de tout souvenir des guerres intestines,

Vous avez reconstruit et non fait les ruines ;
Le ciel vous réserva cette insigne faveur
D'épargner à tous deux le nom d'usurpateur.

A quels signes plus beaux, plus brillants, plus sublimes,
A-t-il jamais marqué des droits plus légitimes ?
Sa volonté jamais a-t-elle mieux parlé ?
Jamais le doigt de Dieu s'est-il mieux révélé ?
La France, trop longtemps à ses travaux ravie,
Veut enfin respirer et vivre de sa vie ;
Elle veut être grande, et sa prospérité
Demande l'avenir et la stabilité.
Ce qu'il lui faut, enfin, ce n'est pas l'échéance
Des révolutions inscrites à l'avance
Et, dont le jour fixé mette la nation
Aux coups d'une vulgaire et lâche ambition.

Quelques nobles esprits ont dans leurs rêveries
Evoqué du passé les chimères chéries,
Et dans l'illusion de la fidélité
Espèrent hors de toi trouver l'autorité.
Fatale illusion dont notre pauvre France
Deux fois à ses dépens subit l'expérience !
On eut beau restaurer des trônes vermoulus,
L'orage commençait, ils n'étaient déjà plus !

Si la force toujours se mesure à la lutte,
Et si toute grandeur se mesure à sa chute,
Ici trois jours, ici trois heures, — c'est assez ! —
Ici la multitude aux mille flots pressés,
L'Europe tout entière aux guerres acharnées,
Sans trève ni merci pendant quatorze années !
Pour réduire à néant le doute accusateur,
Il suffit d'un coup-d'œil qu'on jette au *Moniteur*.
Chaque siècle d'ailleurs a son titre, et l'histoire
Burine d'un seul trait ou sa honte ou sa gloire.
Auguste, saint Louis, chaque siècle a son nom,
Et le nôtre est déjà nommé Napoléon ;
Lui seul résume tout : majesté grande et sainte,
Peuples, lois, monuments, tout porte son empreinte,
A sa défaite en vain les rois ont insulté,
Un pan de son manteau couvrait leur nudité !
Et, glanant aux moissons par ses mains fécondées,
Ils ont plus de trente ans vécu de ses idées.
Paix et respect aux morts, leurs destins sont finis !
Il n'est plus de tombeau vacant à Saint-Denis !

Prends ce qui t'appartient : à la France nouvelle
Il faut sa royauté, jeune et forte comme elle,
Et qui puisse en avant marcher à pas pressé,
Sans déchirer sa robe aux débris du passé.

Règne et reçois nos vœux ! Qu'à ta voix l'industrie

Vienne de sès trésors enrichir la patrie ;

Que notre beau pays longtemps déshérité

Te doive le bonheur et la sécurité ;

Que l'agile machine, à ta voix animée

Jette au fleuve jaloux une blanche fumée !

Qu'une aurore nouvelle éclaire l'avenir !

Nous sommes en retard ; mais nos temps vont venir,

Et nous allons devoir à ta voix sympathique

Du progrès attendu l'essor patriotique

Ecoute donc, mon prince, une dernière fois,

Ces millions de voix qui parlent par ma voix !

Ce que disent Lyon, et Grenoble et Toulouse,

C'est le vœu de la France. Elle veut noble épouse,

Avec toi contracter un solennel hymen

Et mettre à tout jamais sa fortune en ta main.

Quand, pour nous commander, elle a choisi ta race,

Elle n'a marchandé le pouvoir ni l'espace.

Ses acclamations prouvent qu'elle a voulu,

Par un titre éternel, s'unir à son élu.

Obéis, il le faut, à la seule maxime

Qui reste incontestée, intacte, légitime,

Aux pages de l'histoire écrite en traits de feu !

« *La voix des nations est bien celle de Dieu* »

A. LOMON.

UN VIEUX SOLDAT,

ÉPISODE DU 16 OCTOBRE 1852.

ENVOI.

Prête à mettre ces vers aux pieds de votre Altesse,
O Prince ! je ressens une vague tristesse,
Et malgré moi, pâlit sous un sombre penser,
Le bonheur que j'éprouve à vous les adresser :
Tant d'autres avant moi, de tout rang, de tout âge,
Ont fait monter vers vous leur poétique hommage,
Que vous n'aurez peut-être, hélas ! qu'un froid regard
Pour celui que mon luth vient vous offrir si tard....
J'ose espérer pourtant un accueil moins sévère,
Quand vous saurez que Dieu rappelait mon vieux père,
A l'heure où tout Paris, par de longs cris d'amour,
Du sauveur de la France acclamait le retour.
Vous fûtes trop bon fils pour ne pas la comprendre
Cette immense douleur qu'aucun mot ne peut rendre,
Qui, sur la vie entière étend un noir rideau,

Et dont jusqu'à la mort, nous portons le fardeau.

Prince, pour moi le ciel la fit bien plus amère,

En y joignant le poids de celle de ma mère,

Et c'est humide encor de pleurs silencieux

Dont je ne puis tarir la source dans ses yeux,

Que ma main vous traça ces pages incolores,

Vides de poésie et de termes sonores,

Qu'interrompaient hélas ! et presque à chaque mot,

Le sillon d'une larme ou le bruit d'un sanglot,

Et qui, tristes reflets d'un cœur plein de souffrance,

N'oseraient d'un succès caresser l'espérance.

Soyez-leur indulgent; versez à leur auteur

Le baume précieux d'un mot approbateur,

Afin que sur les maux de son âme brisée,

Descende de l'espoir la divine rosée,

Et que dans son calice où déborde le fiel,

Tombe suave et pure une goutte de miel.

Bien que le vent glacé qui souffle vers l'automne

Eût déjà des forêts emporté la couronne,

Le soleil aussi chaud qu'au milieu de l'été,

Dorait les monuments de la grande cité.

Il semblait qu'unissant sa céleste pensée

Au sympathique élan de la foule empressée,
Dieu lui-même, du haut des vastes champs du ciel,
Saluait au retour l'homme providentiel.

Appuyé d'une main sur sa petite-fille,
De l'autre, sur le bois d'une lourde béquille,
S'avançait un vieillard dont l'aspect martial
Décelait un débris du temps impérial.
Ses humbles vêtements, par leur peu d'élégance
Étaient loin d'annoncer la fortune ou l'aisance,
Mais sur eux scintillait dans toute sa splendeur,
Comme un pur diamant, l'étoile de l'honneur.
Son regard, où souvent se peignait la tristesse,
Rayonnait en ce jour d'une vive allégresse,
Et penché vers l'enfant qui soutenait ses pas,
D'une voix attendrie il lui disait tout bas :

> « Oh ! si tu savais, mon Hortense,
> Quel jour plein de magnificence,
> Et de souvenirs enivrants,
> Ce jour rappelle à ma mémoire !
> Jamais la Muse de l'histoire,
> N'en racontera de plus grands !

» Comme aujourd'hui la foule accourant tout émue,
Ainsi qu'un flot immense inondait chaque rue ;
Les étendarts au vent déroulaient leurs longs plis :

Aux cloches, frappant l'air de leur clameur joyeuse,
Le canon répondait par sa voix belliqueuse ;
Sous un dais de lauriers au champ d'honneur cueillis,
Napoléon le Grand revenait d'Austerlitz !

« Ce jour là, mon enfant, la vieille basilique
S'était associée à l'ivresse publique ;
Elle avait revêtu ses plus riches atours;
Des tentures d'argent, de pourpre et de velours,
De festons gracieux encadraient son portique,
Et nos aigles planaient au sommet de ses tours !

» Mais pourquoi, diras-tu, ces pompes éclatantes,
Ces banderolles d'or, ces bannières flottantes,
Et tout cet appareil imposant et guerrier
Au seuil du temple saint où nous venons prier?
        C'est que sous ses voûtes remplies
        Des splendeurs du Dieu des combats,
De nombreux escadrons s'avançant, l'arme au bras,
Les visages sereins, les âmes recueillies,
Venaient de cent drapeaux, conquis par leur valeur
        Sur les cohortes ennemies,
Faire un pieux hommage aux autels du Seigneur !

» Qu'il faudrait, ô ma fille, un sublime langage
Pour te peindre l'éclat de cè jour merveilleux !

8

Va ! celui qu'admirent tes yeux

N'en est qu'une bien pâle image !

Sans doute, ces fiers bataillons

Qui se pressent autour de l'élu de la France,

Hériteraient de la vaillance

De nos antiques légions,

Si l'Europe ou les factions

Menaçaient notre indépendance ;

Mais qui nous dit, hélas ! qu'une trop longue paix

N'amollira pas leur courage,

Et qu'ils légueront pure aux guerriers d'un autre âge

La gloire du drapeau français ?...

» La paix a, je le sais, des douceurs et des charmes,

Mais vois-tu, chère Hortense, au cœur des vieux soldats,

Elle n'aura jamais les enivrants appats

Du bruit de la mitraille et du fracas des armes. »

» Père, je pense comme vous,

Dit l'enfant avec un sourire ;

L'époque où j'apprenais à lire,

Le front penché sur vos genoux,

Dans le poème de l'Empire,

N'est pas encor bien loin de nous.

Mais les temps sont changés ! Aujourd'hui la patrie,

Encore effrayée et meurtrie

De sa lutte sanglante avec les factions,

A besoin que la Paix, mère de l'industrie,

Éteigne pour jamais le volcan en furie

Que creusaient sous nos pas les révolutions.

Il faut que des jours purs, vierges de tout nuage,

Succèdent à des jours de tumulte et d'orage,

Et qu'une main clémente et sévère à la fois,

Protége ses autels, sa puissance et ses lois.

   » Pour accomplir cette œuvre immense,

     Il fallait que la Providence

     Nous envoyât plus qu'un héros.

Oui! pour nous arracher au ténébreux chaos

Où nous avaient plongés le crime et la démence,

Il fallait un esprit trempé comme Solon,

Joignant à la foi vive, apanage du juste,

L'âme de Bonaparte et le grand cœur d'Auguste ;

Il fallait, en un mot, Louis-Napoléon !

   » Voyez, comme à sa voix, l'avenir se dégage

Des sinistres vapeurs qui le rendaient si noir !

Au lieu des maux sans fin, du sombre désespoir,

     C'est le bonheur qu'il nous présage.

   » Le chant des travailleurs a remplacé les cris

     De l'émeute, horrible bacchante,

Dont le hideux cortége et la robe sanglante
Venaient chaque matin épouvanter Paris.

» Au nom seul de la République,
Saisis d'une terreur panique,
Les Beaux-Arts avaient fui, comme un essaim d'oiseaux
Qui, surpris par l'orage au milieu de la plaine,
S'envole tout tremblant vers la forêt prochaine,
Ou se cache, éperdu dans un lit de roseaux.

» Confiants dans l'appui que leur promet l'Empire,
Les voilà revenus, ces nobles exilés,
Et nous allons les voir, heureux et consolés,
Reprendre le ciseau, les crayons et la lyre.

» Père, n'en doutez pas, des bienfaits aussi grands,
Au front de leur auteur mettent autant de gloire
Que les lauriers pompeux de vingt ans de victoire ;
Et l'éclat qui s'attache au nom des conquérants,
La splendeur des succès obtenus par leurs armes,
Ne font pas oublier aux plus indifférents,
Que ces triomphes si brillants
Sont toujours arrosés de larmes.

» Bénissons le Très-Haut qui s'est montré si bon,
Malgré nos fautes et nos crimes,

En nous tirant deux fois du fond des noirs abîmes
    Par la main d'un Napoléon !

» Entourons d'un amour reconnaissant et tendre
Cet homme que vers nous Dieu même a fait descendre ;
N'attristons pas nos cœurs des regrets superflus
D'un glorieux passé que nul ne peut nous rendre,
    Et plaçons un autre Cyrus
Sur le trône fondé par un autre Alexandre. »

    Le vieillard ne répondit rien.
Sa tête, comme un mât que l'ouragan incline,
    Perdit son belliqueux maintien,
    Et se pencha sur sa poitrine.

A ce moment, les cris de : Vive l'Empereur !
Échos de la pensée et du vœu populaire,
Avec un bruit pareil à celui du tonnerre,
Montèrent vers les cieux en formidable chœur !

Le Prince s'avançait en retenant les rênes
D'un coursier bondissant, au poitrail velouté,
Son regard, sur la foule errant avec bonté,
Brillait comme une étoile au front des nuits sereines.

A l'aspect du neveu de son héros chéri,
    Deux larmes, éloquent hommage,

S'échappèrent des yeux du soldat attendri,
Et coulèrent le long de son mâle visage.

Napoléon les vit, et s'arrêtant soudain
     En face du pauvre invalide,
     D'un geste amical et rapide,
     Il lui tendit sa noble main !

Le vieillard se courba sur cette main puissante,
Sa bouche s'y colla timide et frémissante,
Mais il resta muet ; car l'excès du bonheur
Paralyse la voix en réchauffant le cœur.

Le soir du même jour, dans son humble mansarde,
     Le soldat de la vieille garde
     Recevait la croix d'officier ;
D'un avenir meilleur l'assurance certaine,
Puis un charmant coffret de perles et d'ébène,
Renfermant pour Hortense un gracieux collier.

Avec cet instinct propre aux natures d'élite,
La belle âme du Prince avait compris bien vite,
Que le vieillard pliait sous des chagrins cuisans
Mille fois plus encor que sous le poids des ans,
Et sur ce front marqué du sceau de la souffrance,
Il voulait ramener la joie et l'espérance,
     Par quelques rayons bienfaisants.

« Heureuse, a dit le Roi-Prophète,
» La terre où dans le calme et l'union parfaite,
» On observe les lois qu'impose le Seigneur ! »
Indigne et faible écho de sa lyre sacrée,
Qu'on nous laisse ajouter : heureuse la contrée,
    Où règne un Prince au noble cœur !

ELISE MOREAU.

Paris, 9 novembre 1852.

L'HÉRÉDITÉ DE LA GLOIRE.

Incline ton front pâle, ô Muse de l'Histoire !
D'une chlamyde en deuil arbore les couleurs ;
Pare-toi d'un bandeau des plus funèbres fleurs ;
Puis, dis-nous, si l'Empire et si le Directoire
Voulaient pour chaque jour triomphal de victoire
Un soupir étouffé sur un lit de douleurs ;
Et si du plus grand nom l'angoisse expiatoire
Fut moins que Niobé l'infini dans les pleurs.

Celui dont le seul pas faisait trembler la terre,
Livre à la maladie un inégal combat,

Sur un rocher stérile et que l'Océan bat...

L'Océan — qui semblait un geôlier dignitaire,

Ainsi que sir Hudson nommé par l'Angleterre ;

Les tempêtes gardaient César sur un grabat ;

Comme s'il eût fallu que ce lourd ministère

Sur la nature et non sur l'homme retombât !

Quand d'aller devant Dieu pour ce dieu survient l'heure,

Sur la terre d'exil son destin s'achevait ;

Et l'homme surhumain près de lui ne trouvait

Qu'un soldat, un enfant, une femme qui pleure...

Cour de l'adversité, sans livrée et sans leurre,

Mais dans l'âme portant le deuil qu'elle revêt,

Tandis que du héros la noble main n'effleure

Ni sceptre, ni couronne à son dernier chevet.

Par un enchantement, tout-à-coup ses armées,

Cavaliers, fantassins, vélites, vétérans,

—Vieille garde qui meurs — et jamais ne te rends !

De César immortel les bandes exhumées,

Comme un jour de revue, en régiments formées,

Muettes légions de spectres à trois rangs,

Devant son œil terni passèrent ranimées,

Pour saluer encor le roi des conquérants !

Alors il se revoit de taille colossale,

Et tel que la Victoire un jour le ramena
Des rives du Danube et des champs d'Iéna ;
Tel qu'il fut suzerain de l'Europe vassale.
Les rois font antichambre ; et debout, dans la salle,
Leur monarchique front ne se rasséréna
Que si, pour relever leur souplesse dorsale,
L'empereur envoyait Duroc ou Masséna.

Une voix sybilline, aux accents de Cassandre,
Dissipa sans pitié ce songe et sa douceur,
En disant : — De l'Europe autrefois possesseur,
Tu ne seras bientôt que renom et que cendre ;
Pleure ! car, au cercueil lorsque tu vas descendre,
Reichstadt, ton fils, languit sous un joug oppresseur ;
Et si tu t'es vanté du destin d'Alexandre,
Tu ne laisseras pas pourtant de successeur !

Et l'Aigle agonisant dit pour son chant de cygne :
—Ce monde, œuvre de Dieu, de mon ombre était plein ;
Du féodal Schœnbrunn je fus le châtelain ;
L'Allemagne estima comme un honneur insigne
De suivre mes drapeaux quand je faisais un signe ;
Mon bras droit s'étendait de Madrid au Kremlin !
Et lorsque l'Eternel pour mourir me désigne,
De la France et de moi mon fils reste orphelin !

O vaine renommée ! ô stérile chimère !
Quelle fut ma folie un jour en la rêvant,
Lorsque l'on salua comme un soleil levant
L'artilleur de Toulon et l'homme de Brumaire !
Fruit d'or que j'ai cueilli sur un arbre éphémère ;
Monument de granit sur un sable mouvant ;
Pour toutes mes grandeurs quelle agonie amère !
Mon Empire emporté comme une feuille au vent !

Albion gardera mon corps comme un ôtage ;
Le marin de Portsmouth, sur l'affût d'un mortier,
Buvant à Waterloo, dira, le front altier,
Qu'il eut de ma dépouille une loque en partage !
Et pourtant la Tamise, aussi bien que le Tage,
Trembla jadis de voir sur ses bords mon quartier !
Mais ma grandeur serait un si grand héritage
Que, pour le recueillir, je n'ai nul héritier !

Gloire à vous, Monseigneur! —Votre main revendique
Et comme un patrimoine à sa race elle rend
L'héritage qu'à Vienne annula Talleyrand ;
L'imprescriptible droit qu'aucun prince n'abdique
Quand pour chef souverain l'élu de Dieu l'indique
Et le proclame à tous lui-même en le sacrant ;
Et quand pour rendre encor la victoire héraldique,
On se fait légitime, à force d'être grand !

Gloire à vous, Monseigneur ! — Ce legs de renommée
Qui disparut un jour, hélas ! enseveli
Au pied du Mont-Saint-Jean, et dans le dernier pli
Du dernier étendard d'une mourante armée ;
Le canon l'entoura d'un linceul de fumée...
Vous l'avez retiré de la nuit de l'oubli !
Et comme par le Christ, la mort est ranimée ;
Et la France sourit au miracle accompli !

Oui, c'est la France entière avec sa voix immense
Qui vous rend l'héritier de ce noble destin ;
Qui rétablit César sur le Mont-Palatin,
Et s'impose un Auguste avec votre clémence ;
L'équitable raison succède à la démence :
Votre couronne sort de l'urne du scrutin :
Et pour que désormais l'Empire recommence,
La République même écrit le bulletin.

La France entre vos mains d'un élan magnanime
Se remet orgueilleuse, et domptant sa fierté ;
Tant est noble ce nom par vous, Prince, porté !..
Car le nom le plus grand n'a qu'un éclat infime,
Près du vôtre acclamé d'une voix unanime,
Et de tant de prestige et de gloire escorté ;
La France aux mauvais jours ne fit qu'un synonyme
Du nom de Bonaparte, et de la liberté !...

Bonaparte est le nom qu'apprend une fermière
A son fils, et l'aïeul à ses enfants nombreux ;
Bonaparte est le nom qui sous l'âtre cendreux
Scintille en auréole au fond d'une chaumière :
Bonaparte est le nom éclatant de lumière
Qui remplace aujourd'hui la légende des preux ;
Et la fille des champs pour idole première
Mêle Napoléon à son rêve amoureux.

C'est le nom merveilleux au plus lointain rivage
Sur l'aile de la gloire et des vents parvenu ;
De l'Arabe errant, libre, il est aussi connu
Que du noir africain sous son joug d'esclavage ;
Depuis les bords du Gange et ses feux de veuvage
Jusqu'au volcan d'Islande avec son front chenu,
C'est le nom vénéré par le guerrier sauvage,
Et chanté par la vierge au sourire ingénu !

Allons, ma vieille Europe aux maisons souveraines,
Qu'en feuillets sacro-saints un chroniqueur nota
Sur l'almanach royal de la cour de Gotha,
Compulse tous ces noms jaillis du sang des reines,
Oripeaux du passé qu'à ta suite tu traînes,
Et nous montrant tous ceux que chaque âge vanta,
Juge, si d'un pays pour diriger les rênes,
Un nom plus glorieux jamais se présenta ?

De ce vieil univers que nous importe l'âge ?
Les siècles ne sont rien devant l'éternité :
Et si jadis Nemrod fonda l'hérédité,
Quatre mille ans après, Oldembourg ou Pélage
Pouvait briguer de même un droit de vasselage,
Aux bords de la Baltique ou du Guadalété ;
Leur char vainqueur se change en royal attelage,
Et la gloire devient la légitimité.

Une bande de serfs se targue et glorifie
D'avoir légalement dans l'avenir lancé
Ce Pharamond par qui la France a commencé,
Et dont la nuit des temps est la biographie ;
Vos droits que le présent consacre et ratifie
Sont bien plus saints encor que tirés du passé,
Le dix-neuvième siècle est là qui vérifie !...
C'est mieux qu'un corps de Francs en cénacle amassé.

Vos droits ne viennent pas d'antiques fiançailles :
Ils ne sont pas inscrits dans un texte gaulois ;
Vous ne descendez pas, pour nous dicter des lois,
Des monarques du Louvre ou des rois de Versailles !
Leurs dix siècles de règne, aux sombres représailles,
Sont pourtant effacés avec dix ans d'exploits ;
Et Napoléon seul gagna plus de batailles
Que les Bourbons ensemble, et que tous les Valois !

Le premier sceptre humain fut un tronçon d'épée.
Les livres de Voltaire et du grand genévois
Ne pourraient enlever à Clovis son pavois
Ni sa pourpre du sang des ennemis trempée.
Or, vous êtes le fils de la grande épopée !,..
La France, en vous voyant, se dit ; je le revois,
Le bras par qui l'Europe était enveloppée !...
— Ainsi parle le peuple — et de Dieu c'est la voix.

BERNARD LOPEZ.

HOSANNA DU RETOUR.

Pourquoi ces étendards, ces bataillons, ces armes
Et ces immenses flots d'un peuple frissonnant !
Pourquoi le sol, ainsi qu'au grand jour des alarmes,
    Tremble-t-il sous l'airain tonnant ?

Le vieux Monde, debout sous ses pesantes haines,
Ose-t-il méconnaître ou menacer nos droits ?
Ose-t-il méditer de nous forger des chaînes
    Ou de nous imposer des rois ?

Mais non, cet appareil aujourd'hui ne présage
Ni des rois conjurés l'insolence et l'affront,
Ni la honte ou les fers ! le ciel est pur d'orage !
    La joie éclaire chaque front !

Oh ! quel temps merveilleux et plein de Providence !
Le peuple souverain accourt vers son sauveur ;
Et dans les saints élans de sa reconnaissance,
    Il l'acclame son Empereur !

C'est que de son grand cœur l'ardente sympathie
Fut toujours au héros que le Ciel lui donna ;
C'est que, pour célébrer la gloire et la patrie,
    Il eut toujours son hosanna !

Puis il s'est rappelé chaque grande semaine ;
L'univers aux genoux de l'homme du destin,
L'Aigle venant des cieux, Waterloo, Sainte-Hélène !
    Divin règne ! tombeau divin !

Auguste après César ! quelle immense épopée !
Marche, marche toujours, magnanime neveu !
Tout est de ton côté : génie et forte épée,
    Et le droit et le peuple et Dieu !

TIBÉRI.

16 octobre 1852.

AVE, SPES UNICA !

ÉPITRE.

Non, tu n'es pas un homme à la taille ordinaire,
Et tu l'as su prouver par ce coup de tonnerre,
Qui nous a foudroyés d'un tel étonnement
Et dont le monde encor ressent l'ébranlement.
Plus d'un, qui t'épiait d'un regard ironique,
Te proclame aujourd'hui de race titanique,
Et, par le prompt succès soudain illuminé,
Maintenant voit en toi l'homme prédestiné.
Tout loyal adversaire au moins doit reconnaître
Que le sang glorieux dont le ciel te fit naître
Dans tes veines jamais ne s'était engourdi.
L'intelligence forte avec un cœur hardi ;
Le génie obstiné qui grandit par la lutte,
Et, poussé vers l'abîme, ose braver la chute ;
L'irrésistible élan d'un courage indompté

Que maîtrise toujours la froide volonté ;
Cet œil d'aigle qui perce au travers de la nue
Et dans l'ombre devine une route inconnue,
Tout nous révèle en toi comme en ton fier parrain
L'homme puissant jeté dans un moule d'airain ,
Celui qui doit laisser une trace profonde,
Châtiment ou bienfait, qu'il détruise ou qu'il fonde.

Te voilà tout d'un coup plus qu'Empereur et Roi ;
Ton ordre, pour un temps, est la suprême loi.
DICTATURE! ce mot courbe les fronts superbes,
Comme un souffle du vent fait incliner les gerbes.

Un maître ! Eh bien, tant mieux ! c'est un maître qu'il faut,
Ingrats, pour vous sauver d'abord de l'échafaud,
Puis guérir des bavards la fièvre politique.
Est-ce un bien que chacun ait le droit de critique ?
Qu'à son aise tout fat, ou poète ou maçon,
Se pose et, dédaigneux, fasse au chef la leçon ?
Est-ce un bien qu'un pouvoir réduit au triste rôle
De l'enfant au maillot que toujours on contrôle,
Que veulent, épiant son moindre mouvement,
Tenir à la lisière et presse et parlement ?
Comment donc regretter ce système funeste
Qui propageait partout l'orgueil comme la peste,
Qui transformait en club jusqu'aux derniers hameaux ;

Où se faisait sans trève une guerre de mots,
En attendant le jour, jour de sang et de larmes,
Où le tocsin lugubre appellerait aux armes ?
Peut-il rien se fonder sur ce terrain mouvant
Que tourmente la presse, éternel dissolvant ?
Pour avoir abusé la presse a dù se taire :
Se plaigne qui voudra qu'on ferme le cratère
D'où chaque jour la lave, épanchés à torrents,
Creusait le sol miné par de fougueux courants !
J'approuve, quant à moi, qu'on soit inexorable.

D'un acte solennel à Dieu seul responsable,
Car au salut du peuple alors qu'il faut pourvoir,
De suprêmes périls naît un autre devoir !
Non, tu n'écoutes pas l'ambition vulgaire;
O Prince, quand ta main, qui semblait téméraire,
Soudain, comme un marteau, brisa le Parlement !
Puis-je en douter d'ailleurs ? Juste est le châtiment !
Et la division fatale, opiniâtre,
Offerte obstinément sur ce vaste théâtre,
Le scandale ennuyeux de ces faiseurs de loi,
Se combattant entre eux, mais ligués contre toi;
Ce chaos, dont je fus le témoin oculaire,
Journaliste, ont souvent provoqué ma colère,
Et souvent, indigné, j'ai murmuré tout bas :

« Maudit gouvernement et maudits avocats ! »
Maintenant, plus de bruit, plus de disputes vaines,
Plus de débats sans fin, éternisant les haines,
Et j'admire ce calme aujourd'hui si profond,
Et que l'État si vite ait repris son aplomb.

L'œuvre réparatrice, ici, Prince, commence ;
Ta tâche est glorieuse autant qu'elle est immense :
Car tu n'es pas au faîte, et tu n'en doutes pas,
Pour dormir ton sommeil et reposer ton bras.
Car tu te sais choisi, dans ta pensée intime,
Pour une mission redoutable et sublime,
Et que l'Ange de Dieu, te frayant le chemin,
Vers un but inconnu te conduit par la main !
César chrétien, jamais rôle plus magnifique
D'un cœur comme le tien, intrépide, héroïque
A-t-il tenté jamais la fière ambition ?
Refouler dans son lit la Révolution,
Dont le flot bouillonnant, de plus en plus immonde,
Menaçait de couvrir et la France et le monde,
Et creuser hardiment, comme un gouffre sans fond,
Pour cette vile écume, un lit vaste et profond ;
Préserver le pays de ces crises suprêmes,
Où, noyés dans le sang, s'affaissant sur eux-mêmes,
Les États qu'au-dedans déchirent maints discords,

Par un cercle de feu sont pressés au-dehors ;
Relever le pouvoir, déchu par sa faiblesse,
Hochet des parlements et jouet de la presse,
Aux yeux du peuple entier rendre à l'autorité
Son éclat primitif et sa forte unité ;
Tels sont les grands desseins que, féconde et sensée,
Dans le calme de l'âme a mûris ta pensée.
Quel homme au regard d'aigle, à la droite raison,
Vit devant lui s'ouvrir un plus large horizon ?

Quand les maux sont au comble, il faut de prompts remèdes
Prince, tu l'as compris, loin qu'au torrent tu cèdes,
Plus d'un acte déjà, noblement décrété,
Nous atteste à la fois sagesse et fermeté
Dans la route nouvelle où la France est entrée ;
Grâce à toi qu'elle sorte, un jour, régénérée !
Ose, prenant conseil de ta saine raison,
Ose, quand il le faut, nous sevrant du poison,
Prodiguer l'antidote et les électuaires ;
De nos colléges fais autant de sanctuaires
Où, de tout souffle impur avec soin abrité,
L'enfant grandisse en paix, sûr de la vérité.
Que les postes brillants, l'honneur, la confiance,
Soient du mérite seul la juste récompense !
Que les hautes vertus de quiconque est puissant

Commandent le respect au peuple obéissant !

A la Religion pour toi reconnaissante,

Et qui bénit ta foi courageuse, agissante,

Donne, non la faveur périlleuse parfois,

Mais cette liberté que protégent les lois,

Qui pour elle jamais ne sera la licence.

Les rois ont oublié, jalousant sa puissance,

Qu'il n'est point de respect et point d'autorité,

Si Dieu, le roi des rois, n'est d'abord respecté.

Ainsi, Prince, certain de l'amour populaire,

Tu n'as point des partis à craindre la colère ;

Invincible malgré les folles passions,

Tu verras à tes pieds mourir les factions ;

L'hydre en vain se débat quand la tête est coupée.

T'appuyant à la fois sur la croix et l'épée,

Des ennemis divers tu braveras l'effort,

Et rendras à la France un pouvoir calme et fort :

Pareil au cap qu'on voit, quand la tempête gronde,

Inébranlable au choc de la vague profonde,

Et qui montre toujours à l'œil des matelots

Le phare, sur sa crête, illuminant les flots.

Un lugubre avenir se levait sur la France,

Et déjà tous les cœurs s'ouvrent à l'espérance,

Prince, et l'on se promet de plus beaux jours encor,

Dans ce siècle de fer un nouvel âge d'or.
Notre chère patrie, au dedans divisée,
Et pour l'Europe objet de crainte ou de risée,
Noble et fière, soudain a reconquis son rang.
Ce n'est plus aujourd'hui la lave ou le torrent
Contre lequel chacun élevait des barrières ;
Plus de coalisés menaçant nos frontières !
Partout la défiance a fait place au respect,
La première, abaissant un pavillon suspect !
La jalouse Albion se montre plus courtoise ,
Mais qui peut estimer la foi carthaginoise ?
Et je crois plus loyaux le Russe et le Germain,
Fiers, par leurs envoyés, de nous tendre la main.
Certaine de la paix sous un chef intrépide,
D'une ère de bonheur inouie et splendide,
La France, qui renaît, voit l'aube avec transport ;
Semblable au naufragé qui dit : Voilà le port !
Et, sauvé des écueils, surgit au promontoire.
Elle a mis dans tes mains sa fortune et sa gloire,
Sûre d'elle et de toi, Prince, quand tu promets
Que ce dépôt sacré n'y périra jamais.
Le sphinx te pose en vain maint terrible problême ;
Poursuis ton œuvre en paix, Législateur suprême,
Tu sauras les résoudre, et, sans forcer la main
Aux Crésus de la banque, à tous donner du pain ;

Tu seras, conseillé toujours par la prudence,

Pour qui souffre ou travaille une autre Providence.

Honorant le marchand comme l'agriculteur,

Tu ne laisseras pas les arts sans protecteur.

Il est beau d'être grand, mais plus beau d'être juste ;

Nous admirons César, on adorait Auguste!

Comme un homme allégé d'un immense fardeau,

La France, que tu prends sur le bord du tombeau,

Respire, et quand tu cours au cri de sa détresse,

Héroïque soutien, t'accueille avec ivresse,

Lasse, aux jours du péril, de demander en vain

L'appui de ces roseaux qui lui manquent soudain.

Bientôt, ceux qu'aujourd'hui la rancune éparpille,

Viendront comme les fils d'une même famille.

Et la mère commune, entre ses bras bénis,

Pressera ses enfants heureux et réunis.

Là même, où l'on comptait les Caïns par centaines,

Un peuple fraternel, en abjurant ses haines,

Sous la main du pasteur sera comme un troupeau ;

La France n'aura plus qu'un cœur et qu'un drapeau.

BATHILD BOUNIOL.

8 janvier 1852.

MÉDAILLES.

NAPOLÉON Iᵉʳ.

I.

Muse des Rois, Déesse de l'histoire,
Ecris sur une tombe au bout de l'univers :
Au plus grand des guerriers à qui jamais la gloire
Ait fait porter deux fois la couronne et des fers !

1821.

II.

Ses victoires n'ont pas inspiré les beaux vers
    Qui feront vivre sa mémoire !
    Il ne les doit pas à sa gloire ;
    Il ne les doit qu'à ses revers !

1826.

NAPOLÉON III.

III.

La France en couronnant Louis-Napoléon,
Remonte aux plus beaux jours de la Grèce et de Rome ;
Avec un Président nous avions un grand nom,
Avec un Empereur nous aurons un grand homme !

IV.

Au milieu de la paix que son pouvoir féconde
Le sceptre, dans sa main, fera tout refleurir ;
    Il le prend pour sauver le monde,
    Et non pas pour le conquérir !

V.

La France ne craint pas de commettre une erreur,
Quand de sa destinée elle vous rend l'arbitre ;
    Prince, elle veut, sous le nom d'Empereur,
Que vous soyez encor plus grand que votre titre.

VI.

L'Empire à votre gloire ouvre une ère féconde ;
La France donne un trône à qui sauve le monde.

FLORIMOND LEVOL.

1852.

LE DEUX DÉCEMBRE.

Ils répétaient, dans leur démence :
« Oui, malgré la foi du devoir,
» Oui, malgré son prestige immense,
» Il faut abattre son pouvoir. »
Ils redisaient, ivres de haines :
« Exilons aux forts de Vincennes
» Ce prince, aux talents résolus ! »
Toi, fidèle à ta renommée,
Tu ne fais qu'un signe à l'armée ;
Elle s'ébranle ; ils ne sont plus !

C'était alors l'anniversaire
Du jour sublime d'Austerlitz,
Où, des partis ferme adversaire,
Tu brisas d'orgueilleux conflits.
Jour d'allégresse et d'espérance
Qui devait préserver la France

De forfaits craints de toutes parts,
Si l'anarchie envahissante
Avait, terrible et menaçante,
Planté ses affreux étendarts !

Honneur à ta foudre rapide,
Neveu du grand Napoléon !
Honneur à l'armée intrépide,
Soutien de ton fier pavillon !
Cette hydre du socialisme
Qu'annonçait le radicalisme,
Ne menace plus l'avenir :
Encore un ou deux jours de crise,
Et d'une immortelle entreprise
Sera fixé le souvenir.

Revenez, droits de la famille,
Respect de la propriété ;
Gens de bien, dont le sol fourmille,
Rentrez dans votre liberté !
Fuyez, pervers, dont les doctrines
Du vol, du meurtre et des ruines
Appelaient l'horrible concours !
De quiétude âmes nourries,
De vos aimables rêveries

Reprenez le paisible cours.

Revenez aussi, vous, croyances,
Douces compagnes des vertus ;
En réchauffant les consciences,
Relevez les cœurs abattus.
Fécondez les pensers arides,
Effacez ou voilez les rides
Qu'enfantent d'amères douleurs ;
Et sans que plus rien la retienne,
Qu'en tous lieux une ardeur chrétienne
Des affligés sèche les pleurs !

Ceint d'une magique auréole,
Toi, Prince, au cœur de souverain,
Ton beau nom, des Français l'idole,
Vivra sur le marbre et l'airain.
Achève un magnifique ouvrage,
De l'État, sauvé du naufrage,
A bon port, conduis le vaisseau ;
Signale ton bras secourable,
Et sur une base durable
Assieds ton immense fardeau.

Mais des comices politiques
Partent les millions de voix ;

De leurs suffrages sympathiques
L'élan te met sur le pavois.
Fort de ces votes unanimes,
Poursuis tes desseins magnanimes,
Quand nos vœux devancent tes pas ;
Redis aux fils de l'industrie,
Aux défenseurs de la patrie :
« La France ne périra pas ! »

Oh ! comme déjà sous ton aile
S'empressent de nobles rivaux !
Comme ta marche solennelle
A multiplié les travaux !
Avec mesure dispensée,
Aussi prompte que la pensée,
La vapeur sillonne les airs ;
Je vois sa colonne qui passe,
D'un clin-d'œil dévorer l'espace
Et fertiliser les déserts !

Chante, ô ma lyre, une victoire
Digne de ce fameux héros
Dont toi-même as vanté la gloire,
A la face de ses bourreaux ;
Que ce triomphe sans exemple,
Glorifié dans chaque temple,

Traverse l'abîme des temps ;
Et que, de sang toujours avare,
Il répande au loin, comme un phare,
Les rayons les plus éclatants !

ALBERT MONTÉMONT.

VOTE

TROUVÉ DANS L'URNE ÉLECTORALE A MACON, LORS DU DÉPOUIL-
LEMENT DU SCRUTIN NATIONAL DES 21 ET 22 NOVEMBRE 1852.

I.

Oui ! c'est le mot suprême acclamé par la France !
Comme un saint monogramme, à mon œil ébloui,
Ces trois lettres de feu rayonnent d'espérance :
Oui ! toujours oui ! mille fois oui !

Pour celui dont le bras refoula la tempête,
Votons, le cœur joyeux, le front épanoui ;

Et que tout bulletin comme un écho répète :
Oui ! toujours oui ! mille fois oui !

II.

Quand le hideux Satan de la démagogie
Conviait ses démons à sa sanglante orgie ;
Quand la France elle-même entr'ouvrait son cercueil,
N'a-t-il pas, mariant la force à la prudence,
Pilote qu'éclairait l'œil de la Providence,
Détourné le vaisseau qui courait à l'écueil ?

N'a-t-il pas dans l'Europe inquiète, éperdue,
Sur un gouffre béant, par un fil suspendue,
Écrasé l'anarchie et fondé le repos ?
Au foyer du génie où son âme s'inspire,
N'a-t-il pas, redorant le blason de l'Empire,
Rendu la foudre à l'Aigle, et l'Aigle à nos drapeaux ?

Décembre a révélé son âme courageuse,
Et demain, si l'Europe, en sa peur ombrageuse,
Jetait à mon pays un cartel insolent,
Notre espérance en lui ne serait pas trompée :
Sa main, sa forte main, saisirait cette épée
Qui porte sur sa lame : AUSTERLITZ, FRIEDLAND !

III.

Mais non! plus de ces jeux où s'enivrait naguère
Notre héroïque armée aux bataillons épais :
L'oncle fut trop longtemps l'Empereur de la guerre ;
Mais le neveu sera l'Empereur de la paix.

Parfois le Conquérant plongeant, nous dit l'histoire,
Sur le champ du carnage un lugubre coup-d'œil,
Voyait avec tristesse, à travers sa victoire,
Ses lauriers teints de sang et voilés par le deuil.

Lui, rêve une autre gloire, et l'étoile visible
Qu'il suit au fond des cieux, brille sur l'avenir :
Un jour, tous les partis, sous l'olivier paisible,
Vaincus par sa sagesse, accourront le bénir.

Éteindre le volcan des discordes civiles,
Au sein de la morale allaiter la raison ;
Dans un réseau de fer entrelacer nos villes,
Ouvrir à l'industrie un plus vaste horizon ;

Unir les camps rivaux sous la même bannière,
Pardonner à l'erreur qu'expia le remord,
Et, d'un passé qui fuit abandonnant l'ornière,
Saper l'antique abus, arbre au tronc déjà mort ;

De vagabonds errants purifier les rues,
Assainir l'humble bouge aux humides parois,
Couronner les vainqueurs aux luttes des charrues,
Abaisser pour nos vins la grille des octrois ;

Semer sur le travail l'aisance et le bien-être,
Anoblir les beaux-arts auprès du trône assis....
Voilà son rêve à lui! Nous vous verrons renaître,
Gloire de Washington, siècle des Médicis!

IV.

O République ! ô toi dont je fus idolâtre,
A qui j'ai si souvent bâti des Alhambras,
Tu n'es plus, à mes yeux, qu'une statue en plâtre
Dont le socialisme a cassé les deux bras.

T'encense qui voudra ! Quant à moi je préfère
L'absolutisme calme, honnête, paternel,
Qui, du progrès réel élargissant la sphère,
Enseignera du Christ l'Évangile éternel.

Puis, nourri par l'Empire à l'ombre d'un lycée,
J'eus toujours dans mon cœur comme dans ma pensée,
L'immortel capitaine au nom fascinateur,
Souvenir que de fleurs ma piété décore ;

Et, sur mon bulletin, je crois inscrire encore
Le grand Napoléon qui fut mon bienfaiteur.

V.

A son digne héritier que l'Empire appartienne !...
Peuple, consacre-le par un vote inouï;
Dieu lui-même te crie, et sa voix est la tienne :
　　Oui ! toujours oui ! mille fois oui !

BENEDICTUS QUI VENIT.

Tandem hic adest Princeps quo gallica gloria surgit
Major, et ad seros veniet transmissa nepotes.
Faustior ante alias Regio, lætare ! NIORTI
Exsulta felix Civis ! tibi namque salutis
Auctorem, augustos vultus, redivivaque MAGNI
Principis ora licet, sacrumque videre triumphum.
Sed sine me gratam quoque vocem tollere, Princeps !
Principis auspicio tranquillæ tempora vitæ
Hic perago ; duce te nunc patria tuta quiescit.
Felix quæ tanto sub Principe gallia vivit !

RAMBERT,
Desservant de la Charrière.

L'ÉGLISE DE SAINTE-GENEVIÈVE.

—

A-t-il brisé l'autel? Non; sa pieuse main
Du temple de Sion releva le portique.
Il n'a point ignoré que l'arbre politique,
Par sa base profonde à la terre fixé,
Doit élever un front dans les cieux élancé.
                        ALEXANDRE SOUMET.

De l'impie aveuglé le règne enfin s'achève!
La sainte humanité respire d'un long deuil;
    Des méchants le coupable orgueil
    S'évanouit comme un vain rêve!
    Notre antique religion,
De ses parvis déserts un moment exilée,
    Reprend sa couronne étoilée,
    Et sourit à Napoléon.

Ils sont enfin passés les jours de l'anathème!
On ne te verra pas, pour la troisième fois,
Quitter l'Église auguste où Dieu veut que l'on t'aime,
Vierge dont la houlette a su garder les rois!
Eh! n'ont-ils pas besoin d'incliner leur couronne
Devant l'autel béni d'une sainte patronne?
C'est appuyés sur Dieu que les rois sont puissants!

Treize siècles ont fui; sujets reconnaissants,
Nous venons, Geneviève, à tes pieds nous soumettre;
Le chrétien a des chefs, mais il n'a qu'un seul maître,
Celui qui dit aux mers : « Vous vous briserez là. »
Celui qui met un frein à l'orgueil d'Attila,
Et fait que ce fléau, ce vainqueur de la terre,
S'arrête aux doux accents d'une enfant de Nanterre.
Elle avait tant pleuré sous son voile baissé,
Tant prié, sous la croix, pour Paris menacé;
Du superbe Clovis tant soutenu le trône
Avec les bras puissants du jeûne et de l'aumône,
Tant veillé, tant souffert pour son peuple éperdu,
Que le cri de son cœur devait être entendu,
Et qu'il fallait qu'on vît un géant de l'histoire
Se courber sous le poids de son humble victoire!

Depuis, de siècle en siècle, on a toujours compris
Qu'on devait honorer la Sainte de Paris.

Mais un jour — jour de deuil! — sous un vent de tempête,
Le dôme éblouissant qui portait à son faîte
La croix de la bergère et son nom protecteur,
S'ébranle, et cette croix tombe de sa hauteur.
Vainement du chrétien le regard le contemple :
L'emblème du pardon manque aux grandeurs du temple;
La croix a disparu, comme un signe trop beau

Pour couvrir le néant de cet impur tombeau !...

La croix a disparu !... Non, Geneviève sainte !
Il brille de nouveau ce gage rédempteur,
    Et fait pâlir à sa splendeur
Tous les morts orgueilleux couchés dans ton enceinte !
Usurpateurs géants, faites place à ses pas !
Levez-vous, ossements blanchis dans les ténèbres !
Pour dormir en repos sous ces voûtes funèbres
Il faut être des saints... ce que vous n'êtes pas !!!
Que dis-je !... A-t-on point vu dans ces jours de scandales
    Qui jamais ne s'effaceront,
Le cadavre éhonté de Marat sous ces dalles
Poser insolemment la lèpre de son front ?

    Au bruit de l'hymne séraphique,
    Orne-toi, temple pacifique,
    Pour les élans de notre amour ;
    Car Geneviève, humble bergère,
    N'a pas de gloire passagère,
    Comme celles des grands d'un jour !

    Ils ne sont plus les temps d'épreuve.
    Quitte ton deuil, église veuve,
    Dont on faisait un Panthéon !
    Ouvre tes bras, ô basilique !
    A la vénérable relique

Qui vient bénir Napoléon!

On verra de ta nef profonde
S'élancer pour gagner le monde
Au Réparateur de nos maux,
Ces apôtres dont l'âme forte
Jusqu'au Dieu vivant nous emporte,
Sur l'aile de l'Aigle de Meaux!

Rentre, bergère prophétesse,
Chaste patronne de Lutèce,
Sous ta coupole souriant ;
Notre antique et pieuse France
Ne peut puiser que l'espérance
Dans tes regards toujours priant.

Remonte à ces parvis d'où l'on te fit descendre
De quelques morts puissants pour y cacher la cendre,
Croyant de tes rayons qu'elle allait resplendir!
Dans le silence saint des voûtes de Solime,
Ce n'est point le cercueil qui rend la mort sublime :
La hauteur de l'autel ne fait point le martyr!

Nous laverons le marbre et sèmerons des roses
Sous tes pieds, féconds pour le bien.
A toi seule l'honneur de nos apothéoses,
Blonde vierge aux yeux bleus du Mont-Valérien.

Oui, Dieu seul règle toutes choses :

L'homme avait à ton nom jeté ses ris moqueurs ;
Déployant dans les airs ton manteau de lumière,
Viens des gloires d'hier balayer la poussière
    Avec ses plis vainqueurs !

De l'impie aveuglé le règne enfin s'achève ;
La sainte humanité respire d'un long deuil ;
    Des méchants le coupable orgueil
    S'évanouit comme un vain rêve.

    Notre antique Religion,
De ses parvis déserts un moment exilée,
    Reprend sa couronne étoilée,
    Et sourit à Napoléon !

GABRIELLE D'ALTENHEYM,
née SOUMET.

Paris, 2 décembre 1852.

LES TROIS CHATEAUX.

I.

HAM.

C'est là qu'il a grandi dans un calme propice,
Attendant son étoile ; il prenait son calice,

Afin de le bénir ;
C'est là qu'il méditait, rêveur et solitaire,
Sur les tressaillements qui parcouraient la terre ;
Qu'il cherchait l'avenir.

C'est là qu'il se voyait au plus fort de l'orage,
Du vaisseau de l'état sauvant tout l'équipage ;
C'est là, dans sa prison,
Que le pauvre captif voyait l'Europe entière
Demandant à marcher au front de sa bannière,
A l'abri de son nom !

Enfin c'est là, c'est là, dans ce cachot bien sombre,
Qu'il voyait devant lui se dresser la grande ombre,
L'ombre du grand guerrier,
Lui révélant tout bas sa merveilleuse histoire :
« Nul ici-bas n'aura plus éclatante gloire
Que vous, mon héritier !

Vous combattrez un jour contre la barbarie
De tous ces esprits faux ligués dans la patrie ;
En votre noble essor
Nul ne pourra vous suivre ; il faut que sur la terre
Du peuple vous soyez le flambeau tutélaire
Qui ne luit pas encor ! »

II.

L'ÉLYSÉE.

Le jour est arrivé. — Nous allons le connaître ;
Nous allons voir s'il peut nous gouverner en maître,
       Cet homme du destin.
Enfin nous allons voir son œuvre commencée,
Tout ce qui doit surgir du fond de sa pensée,
       De son front souverain.

Il ne faut point ici quelque vaine promesse,
Quelque sourire adroit, quelque peu de sagesse,
       Un homme à mettre en bas ;
Non, non, ce qu'il nous faut dans ce temps de misère,
C'est une main puissante à raffermir la terre
       Qui tremble sous nos pas.

C'est une œuvre admirable, un monument sublime
A jeter hardiment sur le bord de l'abîme,
Superbe monument, digne de l'Empereur !
Que les peuples soumis, dans leur terreur profonde,
Viendront tous admirer ainsi qu'un nouveau monde
Jetant au loin l'éclat de sa vive splendeur.

Puisqu'à ce monument, dans son ardeur première,
Il a posé sans crainte une éternelle pierre,

Puisqu'il est l'ennemi des hommes du néant,
Qu'il comprend notre siècle et sa pensée ardente,
Qu'il est de l'Empereur la lumière vivante...
Aujourd'hui rendons-lui la France, à ce géant !

III.

LES TUILERIES.

Oh ! l'on aura beau faire et l'on aura beau dire,
Le peuple ne connaît que l'homme de l'Empire,
Que le chef valeureux qui l'enivra vingt ans
Des mille bruits divers de la gloire des camps.
Il ne connait que lui. C'est le nom qu'il épèle
Le premier ; c'est le nom que plus tard il appelle
Quand il veut secouer le joug des nations
Ou fermer le volcan des révolutions.

Et cependant qui l'eut pu croire
Quand il fut pris à Waterloo,
Qu'on l'enchaîna, cet homme-gloire,
Même aux portes de son tombeau ?
C'était le temps de Sainte-Hélène,
Le temps où l'on était sans voix,
Où l'on s'en allait par la plaine
Chercher les rêves d'autrefois,
Où l'on demandait un nuage

Emporté vers l'autre rivage...
C'était le temps où l'Empereur,
Frappé par la vieille Angleterre,
Portait sa croix sur son calvaire,
Et grandissait par le malheur.

Aujourd'hui l'épreuve est passée,
Aujourd'hui le martyr-soldat
Peut encore, par sa pensée,
Changer la face d'un État ;
Aujourd'hui son nom qui rayonne
Porte avec lui sceptre et couronne.
Il est l'emblême du devoir....
Et des quatre coins de la France
Le peuple se lève en silence
Pour lui remettre le pouvoir.

Le peuple, en son instinct sublime,
Comprend justement la grandeur ;
Le souffle divin qui l'anime
Le domine dans sa splendeur.
Il a pour lui l'humble sagesse,
Tous les transports de la jeunesse ;
Seul il est grand à son réveil....
Et si dans son cratère il gronde,

C'est qu'il emporte le vieux monde
Pour le refaire à son soleil.

Aussi l'Empereur magnanime
Sera son rêve et son héros,
Soit qu'il tombe comme victime,
Soit qu'il commande à ses drapeaux.
Voyez-vous cette gloire immense ?
Nul n'aura jamais sa puissance :
Il est conduit par l'Eternel !
Quand tout n'est que deuil et poussière,
C'est lui qui donne la lumière;
C'est lui qui monte sur l'autel.

Non, non, ne croyez pas qu'un tel nom se remplace :
Il est partout, ce nom ; partout il a sa trace,
Quand on veut l'effacer, une invisible main
Le replace au sommet du pouvoir souverain.

Non, nul n'y peut toucher dans sa haine implacable !
Chaque parti l'implore en face du danger,
Et l'on voit même l'étranger
Lui demander parfois son éclat favorable.

Le Saint-Père aujourd'hui le bénit à son tour ;
Car c'est par lui qu'il vit dans sa Rome éternelle,

Que l'Église se renouvelle
Et jette au monde entier l'hymne de son amour.

Vienne presque l'admire ! — et la Prusse inquiète,
Oubliant d'Iéna la brillante conquête,
          Cherche son jour nouveau ;
Tous les rois, éperdus sur leur trône en poussière,
Voudrait le replacer dans sa gloire première
          Aux plis de son drapeau.

L'Angleterre elle-même—à peine on peut le croire—
N'élève plus si haut ses soldats et sa gloire;
          Tout prend un air de deuil ;
Car le fier Léopard tremble dans sa tannière
Devant ce grand martyr projetant la lumière
          Du fond de son cercueil.

C'est ce nom merveilleux qui toujours nous éclaire ;
Qui dit honneur et gloire au trône populaire,
          Et qui de l'ordre est le drapeau ;
Lui seul fait le progrès où l'Europe s'inspire !...
Peuple, avec ce grand nom nous sommes à l'Empire,
          Nous avons gagné Waterloo !

                    BAUDUIN DE WIERS.

A LUIGI-NAPOLEONE.

Del grande Imperador ognun diceva :
« Natura fé lo stampo e poi lo ruppe »
Mentiva il detto e'l dicitor insieme
Allorquando soâve e pura brezza
Annunzia al mondo fortunato aprile
Chè d'ORTENZIA il bramato e caro fiore
Di leggiadria pien veda la luce.

Lutezia tutta da transporto invasa
    N'empie l'aëre di festose grida :
    L'invitto *eróe*, privo ancor di prole,
    Infallibil speme in *Luigi* pone.

L'inflessibil destinato segna l'ore,
L'una fatale al dittator del mondo,
Propizia l'altra a l'*infallibil il speme.*

Il fato e come bimbo che domanda
    Senno e maturi di al fugace tempo.
Mestier dunque a Luigi attender aspra,
    Lungo sperienza a proprio danno appresa.

Lenti, severi studi e tristi veglie
  Lo fanno Uom di stato senza pari
  Volo la fama; e poco men d'un lustro
Alla Francia basto per farne conto.

Illustre nome gli spiana la via :
  Il popol vede in *Lui* salute e gioja
Al campidoglio quindi se *lo* guida,
  Cinte le *tempia* di rigal serto.

Cio fatto, e conto, la cetra si tace
Lasciando al *genio* coronar tant'-opra.

G. Rossi-Gallieno.

25 settembre 1852.

AU PEUPLE DE PARIS.

(1848.)

Peuple, assez d'écrivains d'humeur sombre et jalouse,
En haine de l'habit préconisent la blouse ;
A la tribune, au club, peuple, assez de parleurs
Mesurent tes besoins et tes désirs aux leurs ;
Assez d'ambitieux, forts sur la théorie,
Tourmentent le progrès jusqu'à la barbarie.

Mais il te reste encor bien assez de bon sens
Pour pouvoir estimer ce qu'il vaut, leur encens.
A ce bon sens permets qu'aujourd'hui j'en appelle;
Laisse jusqu'à demain la brouette et la pelle,
Daigne écouter ma voix, et ne sois pas fâché
Si d'éloges mon style est très peu panaché.

Depuis longtemps déjà, peuple, tu te déranges;
Il semble que le vent des doctrines étranges
Ait sur ta tête calme avec rage soufflé;
Rien qu'à te voir parfois, tel qu'un torrent gonflé,
Déborder au milieu de la place publique;
Rien qu'au sinistre éclair de ton regard oblique,
Aux plis olympiens de ton front menaçant,
Rien qu'aux accents railleurs de ta voix rude, on sent
Que plus d'une idée âcre au dedans te vicie,
Et que, prompt à s'armer de ton impéritie,
Un ramas éhonté d'orgueilleux niveleurs,
Pour en tirer profit, fait vibrer tes douleurs.
Quel changement!... Jadis tu fuyais l'utopiste;
Aujourd'hui, tu consens à le suivre à la piste;
Tu travaillais jadis et ne mendiais point;
Pour nous tendre la main ou nous montrer le poing,
A toute heure aujourd'hui tu descends dans la rue;
Et tandis que les bras manquent à la charrue,
Que pour tant de terrains encore improductifs

On réclame partout des laboureurs actifs,

Que plus d'un arbre meurt, que plus d'une racine,

Sous les baisers ardents du soleil se calcine,

Et que plus d'une fleur se fane dans un coin,

Faute d'un jardinier qui veuille en prendre soin,

Entre les quatre murs de quelque méchant bouge,

Tu vas te faire, toi, soldat du drapeau rouge.

C'est l'idéal trouvé par tous les courtisans !

Ils voulaient, disaient-ils, te nourrir de faisans

Plus truffés et plus gras qu'au rocher de Cancale,

Te monter promptement une maison ducale,

Habiller de velours ton corps à moitié nu !

Ce qu'ils t'avaient promis, dis, te l'ont-ils tenu !...

Ont-ils, dans ce pays qu'ils prétendaient soumettre,

Fait du bonheur public hausser le thermomètre ?

Dis, ont-ils su changer tes labeurs en plaisirs,

Ou rendre fructueux tes incessants loisirs ?...

Dis, ont-ils en palais transformé ta masure !

Non ! de ta gêne ils ont augmenté la mesure,

D'une paix longue ils ont stérilisé l'effet,

Ils ont vidé ta bourse et vidé ton buffet ;

Car l'esprit d'anarchie en eux, peuple, s'incarne,

Et l'aveugle ouragan qui force ta lucarne

Est moins destructeur qu'eux et te fait moins de mal.

Développant en toi l'appétit animal,

Ils t'ont bien dégoûté de ta modeste vie ;
Sur tes privations ils ont greffé l'envie,
Plus funeste, vois-tu, que le manque d'argent :
Voilà ce qu'ils ont fait, ô peuple intelligent !

Ils ont fait plus, ils ont armé le bras des femmes !
Ce n'est pas sans lutter qu'en Juin nous triomphâmes.
Nous qui sommes aussi du peuple et qui l'aimons,
La fumée a cinq jours suffoqué nos poumons,
Nous avons au *qui vive* aguerri notre bouche,
Habitué nos dents à mordre la cartouche,
Dans chaque carrefour, le long de chaque quai,
Nous avons, sac au dos, en masse bivouaqué,
Et dans nos légions, à l'ordre dévouées,
Les balles ont ouvert de bien larges trouées.
Il en est temps... Renonce à tes égarements !
Cesse de faire feu sur ces fiers régiments,
Puissants par la bravoure et par la discipline !
Ne va plus protester du haut de ta colline !
Pour de légers griefs, prétendus attentats,
Ne mets plus les pavés de notre ville en tas !
Et sachant qu'en ce monde imparfait où nous sommes,
La solidarité règne parmi les hommes,
Souviens-toi que, depuis comme avant Février,
Le riche patron seul fait le riche ouvrier.

(1852).

Oui, tu t'en souviendras ; oui, j'ai bonne espérance ;
Dieu ne permettra pas que périsse la France !
Vers le bien et le beau dirige tes efforts ;
Seuls, l'ordre et le travail rendent les peuples forts ;
L'urne, dorénavant, est ton champ de bataille ;
Cours en faire sortir un grand nom à ta taille.

PAUL JUILLERAT.

VERS

INSCRITS SOUS LE PORTRAIT DE LOUIS-NAPOLÉON.

Nul ne sait mieux que lui répandre avec son cœur
Et le bienfait qui sauve et le mot qui console ;
    Son regard promet le bonheur
    Et son règne tiendra parole.

LE COMTE DE G...
Août 1852. — Au château du Mesnil.

LE ROI DE ROME MOURANT,

DEVANT L'IMAGE DE SON PÈRE.

———

O toi qui fus plus grand cent fois que ta couronne,
Empereur, le passé de splendeur t'environne !...
Tout rempli de ton nom et de ta majesté,
L'avenir te conduit à l'immortalité !
Grâce au livre chéri qui m'apprit ton histoire,
Du sang que j'ai reçu je connais donc la gloire !
Mon âme s'illumine et c'est assez pour moi
De te savoir mon père et d'être né de toi !
Quelle existence, ô ciel ! à tous les chocs trempée !
Le sceptre, la balance et la plume et l'épée ;
Du soldat invincible impétueuse ardeur,
De l'écrivain puissant immense profondeur,
Esprit qui fait les lois, raison qui les impose,
Bras qui fait tout trembler au loin, quand il se pose,
Elans inattendus, sympathiques accents,
Qui courbent devant toi, les peuples frémissants,
Et pressant sur tes pas, d'où jaillit la lumière,
L'enfant de la cité, l'enfant de la chaumière !

Quel éclat ! quel destin ! pour toi seul, chaque jour
Met dans l'éternité les trésors de l'amour ?
Dans le vertige éclos des haines et du crime,
Un peuple épouvanté voyait s'ouvrir l'abime ;
Mais tout fuit à ta voix : misères et terreur,
Et chacun, en pleurant, te nomme son sauveur !
Le pays voit un terme à son âpre souffrance,
Les cœurs, longtemps fermés, s'ouvrent à l'espérance ;
Les lâches criminels, impuissants désormais,
Portent à l'étranger leur rage et leurs forfaits !...
Mais j'entends retentir l'hymne de la victoire !
O combats de géants ! radieuse mémoire !
Sol glorieux, jadis foulé par les Romains,
Nos soldats triomphants sillonnent tes chemins !
Soumettez-vous, Milan ! — Cède, fière Italie,
Et sous ton froid linceul longtemps ensevelie,
Renais au cri puissant du héros indompté,
Qui te rend la patrie avec la liberté !—
Quel est donc ce drapeau qui s'élance et qui vole ?
Qui donc fait, en passant, trembler le pont d'Arcole?
—C'est mon père ! il s'avance ! il marche ! Et son appui
Emporte le succès qui s'avance avec lui !
Quand du clairon vainqueur le Tibre encor résonne,
C'est le Nil maintenant, le vieux Nil qui frissonne !
Affrontant du Simoùn les mortels tourbillons,

Dans les sables brûlants glissent nos bataillons !

Avec vos rois couchés dans vos caveaux humides,

Devant Napoléon, courbez-vous, Pyramides !

De vos quatre mille ans secouant le repos,

Regardez, Pharaons, ce sont bien nos drapeaux!

Saluez !... Dévorant le désert et l'espace,

Avec Napoléon c'est la France qui passe !...

Mais la voix du pays a traversé les flots !

Elle appelle : il accourt !—Il brise les complots ;

De l'impie anarchie arrachant les entrailles,

Il étend cette main qui gagne des batailles !

Mais l'hydre terrassée avec ce bras de fer,

Entr'ouvre sous ses pas l'arsenal de l'enfer !

C'en est fait ! —Non ! Dieu veille et la nuit qui conspire

De son sein ténébreux fait éclore l'Empire : —

Oh ! quel cours de grandeurs et de prospérités !

Le commerce élargi féconde nos cités ;

L'art qui mourait sans lui, s'empresse de renaître ;

L'ouvrier a du pain, le pauvre a le bien-être,

Et le riche enhardi, sur les peuples souffrants,

Verse l'or rassuré qui coule par torrents : —

Mais de la guerre encor résonnent les fanfares !

Vers quels pays lointains, quels rivages barbares,

L'Aigle va-t-il, au monde imposant ses succès,

De son aile puissante entraîner les Français ?

Le vieux trône des Czars a tressailli de crainte.

Tombez, remparts ! tombez, Moscou, la ville sainte !

Dans sa course emportée au fond de l'univers,

Dieu l'arrêterait-il s'il n'avait les hivers ?

O douleur ! ô regret ! ô sinistre cortége !

L'Aigle s'est endormi sous un linceul de neige ;

Mais du héros vainqueur le noble front courbé

Se relève plus haut après qu'il est tombé.

Qu'importent ces soldats que la foudre accompagne !

De la France en danger immortelle campagne,

Prouve à ces étrangers, (éternelle leçon,)

Qu'il ne peut succomber que sous la trahison !

Et que Waterloo dise, écho franc et sonore,

Si le vainqueur du monde aurait dû vaincre encore ! —

Rochers de Sainte-Hélène, en vos sombres abris,

Accueillez saintement le plus saint des proscrits,

Et que de l'Océan le murmure réponde

A tous les cœurs flétris qui le pleurent au monde !

De tous les souverains le plus infortuné,

Voilà donc qui m'appelle et de qui je suis né !

Et je n'ai pu, caché dans mon ombre mortelle,

Répondre, pauvre enfant, à la voix paternelle ;

Je n'ai pu, l'arrachant à sa prison des mers,

M'élancer près de lui, briser ses nobles fers,

De son affreux état abréger la souffrance,

Le rendre libre enfin, pour le rendre à la France !
Mais que pouvais-je, hélas ?— Esclave en cette cour,
Quand la France vers moi pousse des cris d'amour,
Dois-je, faible, expirant et courbé vers la terre,
Voir s'éteindre avec moi la gloire de mon père ?
Ce grand nom doit-il donc disparaître en entier ?
Son sang n'aurait-il pas un jour un héritier ?
Dieu, qui des nobles cœurs sait retrouver la chaîne,
Ne fera-t-il pas naître un rameau de ce chêne ?
… Mais que dis-je ?.. à mes yeux, s'entrouvre l'horizon !
Il semble que là-bas,.. bien loin loin de ma prison,
Un chant d'enthousiasme à ce grand nom s'éveille….
Quelle acclamation vient frapper mon oreille ?
Le canon retentit !… le tambour bat aux champs !…
Environné d'amour et d'hommages touchants,
Marchant d'un pas rapide au front de son armée,
Le héros revoit-il la France bien-aimée ?
Oui.. c'est lui !…. c'est bien lui !… divin, transfiguré !..
— Vive Napoléon! —crie un peuple enivré. —
O triomphe ! ô bonheur !.. non, ce n'est pas un rêve !
Je lis dans l'avenir !.. notre gloire s'achève !
Notre nom ne meurt pas !… merci, mon Dieu, merci !
Pour moi, je puis mourir !… mon père, me voici !!

LÉON BEAUVALLET.

29 Novembre 1852.

PENSADOS D'UN LABOURUR,

POUETO PATOUÈSE.

A Bourdeou soun discours, en phrasos tan seriousos,
Assuro l'abeni, per de caousos curiousos,
Soun but de bouyat sa, per beyre lous mechouns,
Ero d'approufoundi, lous drects, et lous besouns.
Prouduis lou resultat d'uno grand' impourtenco,
Fa sourti del neant uno fort esperenço ;
Tout semblo s'adouci, bachi lou cambioment !
Beyrès la soumissiou pèr nostre président !

Lous puples d'un galop, begnon de tout coustat,
Begnon per contempla, lous grants homès d'estat,
Las coummunos tabès, en gardo natiounalo,
Se metion reng per reng, en ligno principalo,
Lous grants estats majors, et mairos et prefets,
Toutés d'un grant accort youffrission sus respêts,
Tantos d'acclamations, qu'en fatchos dins las bilos.

Carrièros, carrayrous, de moundè que per pilos,
Jettabon dè bouquéts, pertout bejats de flous, —
Pertout bejats drapeous, bagnèros en coulous.
L'Emperur de soun cap, què tout joun saludabo,
Cento benodictious, al puple te dounabo.

Remarquabês tabès, d'anciêmis serbitous,
Plusieurs dè decourats, mèdaillos pér aounous,
Begnon al succèssou, rappela lours campagnos,
Lous qu'an tant coumbatut, pèr planos et montagnos.

Lou grant homè n'es plus, aquél famus guerrié,
Dins planis de coumbats, pourtabo lou laourié,
El marchabo dabant, pèr foc et pér mitraillos,
Gagnabo pla soubent, las pus fortos bataillos;
Car sans las trahisons, débègno lou binquur,
La terro n'abio plus, qu'un réy, qu'un emperur.

Franço rélébo-te, bèses soun successou,
As rèyses estranges lour dira sa rasou,
L'Emperur bol la paz, désiro pas la guerro,
Sans la nécessitat, quittara pas sa terro.

A bist lou grant cami, marquat pèr l'Emperur, —
E lou ba countinua; sara l'entreprenur. —
Puple réjouis-té, bisquen dins l'espérenço,

Dounén-y d'un accort touto la confienço,
A Napouleoun trés, dounên-y de boun cor ;
Soun titrè soun aounou, què bal maï qu'un trésor,
Fasquén de beux pér él, car lou Ciel ba y douno.
Bibo, Napouleoun, qu'à gagnat la couronno !!

LARROQUE RUELLE,
Laboureur à Bio, près Montauban.

LE COQ ET L'AIGLE.

Devenu grand en restant juste,
Vous faisant moins craindre qu'aimer,
La France vous salue Auguste,
Sans avoir Octave à blâmer.
S'unissant sous votre devise,
Elle qui, sans vous se divise,
Sort enfin de trois ans d'affronts :
La couronne pour qui nous sommes,
De trente cinq millions d'hommes,
Sire, en vous couvre tous les fronts,

Honte aux tartuffes de tribune
Qui, toujours en rivalité,
Arment ensemble leur rancune
Pour un duel de royauté !
Ennemis du monde et d'eux-même,
Ces conspirateurs par système
Espéraient-ils grossir leurs rangs,
Lorsqu'ils font leur temple d'un bouge,
Et se drapent du manteau rouge,
Teint du sang de tous leurs parents ?

La France, qui n'est pas ingrate,
Préfère, devant l'aquilon,
Le doux pouvoir de Pisistrate
Au droit des masses de Solon.
Leur culte aveugle en politique,
Chante à Robespierre un cantique,
Porte Marat au Panthéon !
Quand deux rois ont gouverné Sparte,
Sans cesser d'être Bonaparte,
Soyez bientôt Napoléon !

Vous succédez au roi de Rome,
Noble enfant mis en interdit!
Qu'aurait-il fait une fois homme ?
Son règne seul nous l'aurait dit,

Sa naissance eût été plus riche,
Si, pour nos maux, le sang d'Autriche
Dans ses veines n'eût pas coulé ;
Entre votre oncle et vous, sa place
Laisse un vide, mais cet espace
Par deux grands noms sera comblé.

Si vigilant qu'il se dise être,
Le coq belliqueux des Gaulois,
Quoique plus généreux que traître,
Compte JUIN parmi ses exploits.
Bien que, par un bonheur insigne,
Une ordonnance l'ait cru digne
De figurer sur un cimier,
Qui de nous peut porter envie
A l'oiseau qui cherche sa vie
Dans la fange et dans le fumier ?

Aux combats où le sort l'expose,
Si l'Aigle tient de l'épervier,
Adouci par vous, il repose
A l'ombre de votre olivier.
Ceux qu'abrite souvent son aile,
Trouvent que sa griffe cruelle
Ne déchire point à demi ;
Qu'il soit ou non oiseau de proie,

Jamais dans sa serre il ne broie
Que les membres de l'ennemi !...

En un jour de longue souffrance
A l'Empereur on reprocha
Que la guerre épuisait la France ;
Ce n'est pas lui qui la chercha.
Gardant son prestige, l'épée
Sans honte reste inoccupée,
Où la raison doit commander ;
Sous votre pouvoir salutaire,
Le fer qui dépeupla la terre,
Va servir à la féconder !

En ranimant l'agriculture,
Qui du corps, avant tout, prend soin,
Vous songez à la nourriture
De l'âme, au céleste besoin !
En quittant ses fertiles plaines
Pour visiter les granges pleines,
On sent le bonheur du fermier ;
L'artiste aussi, voyant son Louvre
Qui devant lui plus vaste s'ouvre,
Croit vivre sous François Premier !

Surpris au milieu de sa route,

Trahi, vaincu par le hasard,
Héros de la France en déroute,
Nous avons vu tomber César.
Continuant ses grandes œuvres,
En dépit des mauvais manœuvres
Qui cherchent à vous entraver,
Vous acheverez l'édifice
Qui coûta tant de sacrifice,
L'arche appelée à nous sauver !

Poursuivant votre digne ouvrage,
Sur un beau sol que trop souvent
Submergent les flots de l'orage,
Pour en faire un sable mouvant,
Puisse à jamais la Providence
Vous donner, avec la prudence,
La volonté qui rend vainqueur,
Pour que toujours votre génie,
Qui terrassa la félonie,
Soit au niveau de votre cœur.

ARTHUS FLEURY.

26 novembre 1852.

LA FÊTE DES AIGLES.

Nous avons vu, dans notre belle France,
Du rouge au blanc changer notre drapeau ;
Noble étendard, le lys ornait ta lance,
L'Aigle y brilla d'un prestige nouveau ;
Cet aigle, hélas ! en un jour de tourmente,
Fut dans l'exil expier ses succès :
Naguère, enfin, sur le drapeau français
Un coq montrait sa crête triomphante.

L'aigle reprend son vol audacieux :
Il fend les airs et plane dans les cieux !

Fortune et gloire, au gré des destinées,
Chez les humains ont d'étranges retours ;
L'aigle fut roi pendant quatorze années,
Puis on le crût détrôné pour toujours.
De l'Empereur l'enfant mis en ôtage,
Paya bientôt son tribut à la mort ;

Mais un neveu, protégé par le sort,
Devait un jour prendre son héritage.

L'aigle reprend son vol audacieux :
Il fend les airs et plane dans les cieux!

De saint-Louis on garde la mémoire ;
Car ce grand roi fut un législateur :
Louis quatorze, au comble de la gloire,
A promené son char triomphateur :
Louis dix-huit fonda l'ère nouvelle
Des libertés qu'appelait le pays ;
Un autre prince, encor nommé Louis,
De l'Empereur poursuit l'œuvre immortelle.

L'aigle reprend son vol audacieux ;
Il fend les airs et plane dans les cieux!

Au Champ-de-Mars on prépare la fête,
Qui va de l'aigle inaugurer l'éclat,
Et nous verrons au banquet qui s'apprête
Le général à côté du soldat ;
Voici venir du fond de l'Algérie
Les chefs fameux des sauvages tribus :
Leur nom ajoute une gloire de plus
A la splendeur de la mère-patrie !

L'aigle reprend son vol audacieux :
Il fend les airs et plane dans les cieux !

La lyre en main, que ne suis-je un Orphée
Pour célébrer cet immense appareil,
Ces fiers canons, ces armes en trophée
Resplendissant aux rayons du soleil !
Jadis on vit nos phalanges guerrières
A la victoire ouvrir un noble essor ;
Que ces drapeaux, ornés d'un aigle d'or,
Soient du progrès les nouvelles bannières !

L'aigle reprend son vol audacieux :
Il fend les airs et plane dans les cieux !

J. LAGARDE.

MON BULLETIN DE VOTE.

On vient faire un appel à notre amour pour lui ?
Unissons-nous, Français ! et songeons qu'aujourd'hui
Il doit sortir un mot, et ce seul mot, c'est : Oui !

P. BANÈS (J. RENAUD).

LE REFRAIN DU TISSERAND.

Reste navette, bien aimée,
Reste en repos pour aujourd'hui!
Cesse ta course accoutumée,
Je veux un peu parler de lui.

Je veux parler de lui, c'est Dieu qui nous l'envoie,
Pour adoucir les maux, pour ranimer la joie
    Du peuple qui bénit son nom.
J'entends autour de moi les ouvriers, mes frères,
Entrevoyant la fin de leurs longues misères,
        Crier : Vive Napoléon !

Reste navette bien aimée,
Reste en repos pour aujourd'hui !
Cesse ta course accoutumée,
Je veux un peu parler de lui.

C'est que dans ses écrits où l'esprit étincelle
On lit son noble cœur, son âme grande et belle :

Il n'a qu'un but, le peuple ! un peuple libre, heureux !
Sa grande volonté prélude aux grandes choses!
Où croissaient des chardons bientôt naîtront les roses!
Et les fruits vont venir où nous semions des vœux !

Reste navette, bien aimée,
Reste en repos pour aujourd'hui !
Cesse ta course accoutumée,
Je veux un peu parler de lui !

Non, non, mes bons amis, ce n'est pas un vain rêve !
Nous la verrons briller l'étoile qui se lève,
Eblouissante de clarté !
Et nous suivrons de l'œil sa course lumineuse
Et puis nous nous dirons avec la France heureuse :
Gloire à celui que Dieu nous donne en sa bonté !

Reste navette, bien aimée,
Reste en repos pour aujourd'hui !
Cesse ta course accoutumée,
Je veux un peu parler de lui !

Pour chanter dignement la force et la sagesse,
Que n'ai-je la santé, que n'ai-je la jeunesse
Qui nous font marcher en avant ?
Mais l'âge et le travail m'en ont ôté la force,

Semblable au saule creux qui n'a plus que l'écorce,
    Et peut tomber d'un coup de vent.

    Reste, navette bien aimée,
    Reste en repos pour aujourd'hui !
    Cesse ta course accoutumée,
    Je veux un peu parler de lui !

Mais peut-il dédaigner la simple fleur d'automne
Qui paraît un instant, que la neige moissonne,
    Et qui meurt au froid des hivers ?
Moi, je n'ai pas l'orgueil des maîtres de la lyre :
Mon cœur, c'est mon génie et le cœur qui m'inspire
    Me fera pardonner mes vers.

    Ma navette, reprends ta place,
Pauvre, il faut revenir au travail, mon appui !
    Reprends ton vol, passe et repasse !
    D'autres parleront mieux de lui !

                MAGU.

LUDOVICO NAPOLEONI.

O vir quem deitas, de nobis provida, misit !
O spes rectorum magna ! o formido malorum !
Salve ! ter salve ! festina solvere jussa

Divina, errorum velamen scinde, tenebras
Hauri, nostrum almum solem quære atque redona,
Errantes passus titubantis corrige nostræ
Gentis, et externas furiarum mitte per oras
Indociles natos, vitium acriter icere perge
Internum! mores, ita peste vorace soluti,
Innocui fient. Sic Francia nostra quiescet
Nuper febre tremens, et res quæcumque resurgent.
Oh quid! sumo togam magni doctoris inexpers
Ac humilis! dona veniam, rogo; promptus in orbem
Naturâ addictum redeo, et maturo silere.
Laus tibi cunctipotens, et honos et gloria semper!
Cumque dies aderit vigesima et una novembris,
Vota mea hæc: statue imperium, sceptrumque perenne
Pone in stirpe tuâ, faveat tibi diva potestas;
Factorum memoris populi te sublevet aura,
Et jam Napoleo nunc nomine tertius esto.

HAUTEVILLE.

LE PORT DANS L'ORAGE.

I.

Et tous les fronts baignés de livides sueurs,
Cherchant de l'avenir les douteuses lueurs,

Se tournaient vers ce ciel cendreux et monotone
Dont nos pâles climats s'attristent en automne !
Religion, famille et patrie, — en ces jours
Tout semblait menacé de sombrer pour toujours.

Prince, vous étiez là ! Votre regard sublime
Avait bien mesuré l'épouvantable abîme !
Vous vous êtes levé, vous disant : Il est temps !
Et prompt comme l'éclair qui sort de la tempête,
De nos braves soldats vous avez pris la tête :
— « En avant ! suivez-moi, fidèles combattants ! »

Un seul jour a suffi pour cette tâche immense !
Des avocats gonflés d'orgueil et de démence,
En excitant partout les basses passions,
Ont tenté vainement de séduire la foule ;
Vous avez balayé, comme une mer qui roule,
Ces pâles artisans des révolutions !

La France a respiré : la France était sauvée !
Alors, de toutes parts, prince, s'est élevée
Une acclamation, écho de tous les cœurs ;
Des villes, des hameaux, des vallons, des montagnes,
Des vaisseaux sur la mer et du fond des campagnes,
Ont monté jusqu'au ciel cent mille cris vainqueurs !

Chacun vous a béni : Le prêtre dans le temple,

Le penseur, grave et doux, qui de loin vous contemple,
Le savant studieux, le poète rêveur ;
L'ouvrier patient qui tout le jour travaille,
Le matelot penché sur l'onde qui tressaille,
Chacun vous a crié : — « Salut, phare sauveur !

» Salut, ô noble cœur ouvert aux grandes choses!
Salut, esprit profond qui, remontant aux causes,
Comprenez les effets au vulgaire cachés!
Salut, gloire et courage! Au fort de la tempête
Dieu vous a suscité : vers lui levez la tête ;
La force vient d'en haut avec la foi ;... — marchez!

» Marchez! vous ont-ils dit, auguste pasteur d'hommes!
Marchez, nous vous suivons; et tous tant que nous sommes,
De nos vœux, de nos cœurs secondant vos efforts,
Partageant les labeurs d'une tâche sublime,
Oui, tous nous vous suivrons d'un élan unanime,
Car la France est le peuple aux généreux transports.

» Marchez! inaugurez une époque sereine:
La France, qui du monde est encore la reine,
Ne veut qu'être un flambeau rayonnant désormais.
Vous êtes le soleil vers qui la France aspire
Neveu de l'EMPEREUR, remontez à l'empire ;
De Napoléon trois l'Empire, c'est la paix! »

II.

La paix — vous l'avez dit — est la sœur de la gloire !

Et lasse de tenter la guerre et la victoire,

Lasse de conquérir des canons, des drapeaux,

La France maintenant marche vers le repos.

Aux peuples la paix ouvre un avenir prospère ;

Et vous, prince, en qui seul la nation espère,

Assez de soixante ans de révolution !

Soyez ferme, et fidèle à votre mission !

C'est ainsi que l'on fonde ! ainsi que s'environne

De l'amour vrai du peuple — appui de la couronne,

Le prince, élu puissant, placé plus haut que nous,

Pour le droit, pour le bien, pour le bonheur de tous !

III.

Plus de dissensions impies !

De tant de révolutions

Les rêves et les utopies

Ont enfin leurs solutions !

Que cette tâche est magnifique !

Quel avènement pacifique,

Quelle œuvre accomplie au grand jour !

Aussi, c'est partout une fête,
C'est la solennelle conquête
De la France en un seul amour !

Tout cœur s'exalte et remercie ;
Toute pensée et toute main
Dans un même but s'associe
Pour louer ce grand fait humain !
Arrière l'envie et la haine !
La France féconde et sereine
N'a plus qu'un cri, n'a plus qu'un nom ;
Ce nom sur chaque lèvre expire,
Comme il palpite sur la lyre :
Napoléon ! Napoléon !

C'est une joie universelle !
C'est un rayon dans tous les cœurs !
C'est une sève qui ruisselle !
C'est un écho de mille chœurs !
Comme une gloire triomphante,
L'ivresse que ce nom enfante
Se double par le souvenir ;
Car ce nom veut dire génie,
Car ce nom veut dire harmonie,
Car ce nom veut dire avenir !

Allons, plus de vaines colères !
Plus de clameurs de carrefour,
Plus de discordes populaires,
Plus d'obscurités dans le jour !
Plus de cœurs ulcérés, plus d'âmes
Dont les instincts méchants, infâmes,
Voudraient encor semer le feu !
Plus d'ambitions insensées,
Plus de ténébreuses pensées
Dont s'est toujours détourné Dieu !

Prince ! vous avez fait renaître,
Dans ce grand peuple qui vous suit,
Une lumière qui pénètre
Partout où s'étendait la nuit.
Un applaudissement immense
S'attache au nom par qui commence
L'œuvre qui doit mûrir un jour :
Car toute généreuse idée,
Que le génie a fécondée,
Dans les cœurs fait naître l'amour.

Et vous, ô puissances rivales !
Les yeux tournés vers l'avenir,
Que de tant de luttes fatales
S'efface aussi le souvenir !

A cette France, notre mère,
Rendez un hommage sincère,
Saluez son front radieux ;
C'est la France des temps antiques
Dont les phalanges héroïques
Ont chassé bien loin les faux dieux !

Nations fortes, généreuses,
Le temps des guerres est fini;
Des générations heureuses
L'arc-en-ciel luit dans l'infini ;
Car, pour cette ère qui commence,
La paix a jeté sa semence
En germes de prospérité !
C'est le calme après la tempête,
C'est la gloire moins la conquête,
L'union dans la liberté !...

LE COMTE DENIS DE THEZAN.

Paris, 14 octobre.

LE CHEMIN DE DAMAS.

Prince, nul plus que moi n'aima la République : —
Jeune et tout imprégné du dogme évangélique,
Mon cœur brûlait de voir sa divine onction
S'infiltrer dans les mœurs de notre nation.
Bien d'autres, comme moi, pleins de vie et de sève,
Caressèrent longtemps cet ineffable rêve!.....
Mais à l'enthousiasme, à la bouillante ardeur,
Succédèrent enfin le calme et la froideur.
— C'est que le but brillant qu'on nous disait possible,
Fuyait, fuyait toujours, mirage inaccessible ; —
C'est que, pris aux discours d'utopistes diserts,
Nous foulions vainement le sable des déserts,
Égarés sur les pas de tel ou tel Moïse,
Sans approcher jamais de la terre promise!

La Liberté, versée avec profusion,
Engendrait le désordre et la confusion ;
Et qu'était-ce, après tout, que cette triste Chambre,

Que ton patriotisme a fait fondre en Décembre ?
Un foyer permanent de révolutions ;
Un pandémonium ouvert aux factions ;
Un sénat de docteurs, de médecins frivoles,
Luttant de pédantisme et de vaines paroles,
Se taquinant entre eux, critiquant leurs travers,
Prescrivant à l'envi cent remèdes divers,
Tandis qu'attendant tout de leur vaste génie,
Le malade, la France, — était à l'agonie !

Ah ! plus d'un cœur sincère, un instant ébloui,
A vu son rêve d'or bien vite évanoui,
Et s'est dit, contemplant les douleurs de la France, —
Les Arts abandonnés, — le travail en souffrance :
« Qui nous préservera du gouffre où nous courons ?
» Vienne, vienne un sauveur, et nous le bénirons ! »

Oui, le vaisseau fuyait vers un affreux rivage,
Menaçant d'engloutir la France et son destin !
Entendez-vous les cris d'une horde sauvage
Qui savoure d'avance un horrible festin ?...

Le jour baisse : — la nuit étend son voile sombre ; —
Nulle étoile ne luit au firmament en deuil ; —
Et chacun croit sentir le navire qui sombre
Échancrer sa carène aux flancs noirs de l'écueil !....

Soudain, des rangs muets de la foule immobile,
Un homme au gouvernail s'élance hardiment !
Les récifs sont doublés par sa manœuvre habile,
Et le navire en mer vogue paisiblement !.....

« — Qui donc nous a sauvés du terrible naufrage?
» — Que son buste s'élève et brille au Panthéon !
» — Qui donc nous a sauvés? » répétait l'équipage...—
Huit millions de voix dirent : « NAPOLÉON ! »

NAPOLÉON ! — Voilà l'idole populaire
Que la France poursuit d'un culte héréditaire !
— Nom qui fait tressaillir le génie et le cœur, —
Grand comme l'univers, — saint comme le malheur !

A toi, noble héritier du héros magnanime,
Le peuple s'est donné par un vote unanime !
Il s'est dit, tout ce peuple, en volant sur tes pas :
« Non, un NAPOLÉON ne nous trompera pas ! »

Ta mission est belle ! — Aux pages de l'histoire
Tu ne veux pas graver ton nom par la victoire ;
Mais chaque ère a son homme, et, pour devenir grand,
Il ne faut pas toujours être un fier conquérant !

Oui, Prince, règne en paix ! — Notre France renferme,
Enfoui dans son sein, plus d'un précieux germe

Qui, pour s'épanouir rayonnant et vermeil,
Ne demande au bon Dieu qu'un regard du soleil !

Oui, tu protégeras les Arts et l'Industrie ;
On pourra te nommer Père de la Patrie ;
Et ton nom restera dans le ciel radieux,
Des hommes dont l'histoire a fait des demi-dieux !

Henri Leriche.

17 novembre 1852.

TE DEUM.

Te Deum ! Oui, c'est toi que l'univers salue,
Monarque tout-puissant de l'immense étendue,
Rédempteur et Sauveur en qui nous espérons !
Te Deum ! Oui, c'est toi que les fils de la terre
Invoquent humblement, le front dans la poussière ;
    Oui, c'est toi que nous adorons !

C'est toi, car aujourd'hui tu nous sauves encore ;
Car des hauteurs du ciel tu rappelles l'aurore
Pour dissiper la nuit qui s'étendait sur nous.

Éternel créateur de ces voûtes profondes,
C'est toi que nous chantons, toi qu'en face des mondes
     Nous proclamons à deux genoux !

C'est toi, car le péril a passé comme l'ombre;
Car, jetés malgré nous sur des récifs sans nombre,
Nous allions tous périr, quand nous t'avons nommé :
« Seigneur! Seigneur! Seigneur! ton peuple aimé succombe! »
A peine avions-nous dit, que notre Ennemi tombe,
     Et tombe à jamais désarmé !

Et pourtant, ô mon Dieu, quelle noire tempête!
Quels flots de conjurés qu'aucun danger n'arrête,
Sophistes sans pudeur, sicaires sans remord !
Tous, dans leurs vœux hideux, se partageaient la France,
Tous, remplis à la fois d'une horrible espérance,
     Levaient l'étendard de la mort!

Le jour était marqué pour l'affreux sacrifice ;
Pas une ville, hélas! qui n'eût, sombre complice,
Ses égorgeurs tout prêts à frapper sans retard ;
Pas un lieu, quelque obscur qu'il paraisse, où le crime
N'eût d'avance indiqué l'innocente victime,
     Et fixé l'heure du poignard.

Mais ils comptaient sans toi, qui retiens et protéges,
Seigneur!... Pour renverser leurs complots sacriléges,

13

Il n'a fallu qu'un souffle... Où sont-ils maintenant?
Où sont-ils? — J'ai cherché la feuille après l'orage,
Et je n'ai plus revu les algues du rivage
　　　　Qu'emportait le flot bouillonnant!

Te Deum! Oui, c'est toi que l'univers salue,
Monarque tout-puissant de l'immense étendue,
Rédempteur et Sauveur en qui nous espérons.
Te Deum! Oui, c'est toi que les fils de la terre
Invoquent humblement, le front dans la poussière;
　　　　Oui, c'est toi que nous adorons!

C'est toi; car ton esprit s'est posé sur un homme,
Et cet homme a sauvé la France qui le nomme
L'arbitre de son sort, son chef et son soutien.
C'est toi qui lui versas les flammes du génie,
Et cette foi profonde, immuable, infinie,
　　　　Qui ne recule devant rien!

Quand l'a-t-on vu trembler, malgré l'Hydre aux cent têtes
Qui poursuivait pourtant ses horribles conquêtes?
Quand lui vit-on le front moins calme qu'aujourd'hui?
C'est qu'il croyait, Seigneur; c'était là sa puissance;
C'est qu'il sentait sa force et qu'il savait d'avance
　　　　Que tu combattrais avec lui!

Et son bras, saisissant le monstre formidable,
L'a dompté, l'a brisé, l'a couché sur le sable.
Oh! célébrons encor notre libérateur;
Chantons sa gloire au nom du peuple magnanime
Qui sombrait, qui roulait au plus creux de l'abîme,
      Et qui va renaître au bonheur!

Français, rendons-lui grâce au nom de ceux-là même
Qui tombèrent martyrs dans la crise suprême;
Je vois, je vois leurs bras se lever vers les cieux,
Pour le remercier d'avoir sauvé leurs frères
De ce jour effroyable où fils, épouses, mères,
      Devaient tous succomber comme eux!

Enfin, pour couronner l'hymne de la patrie,
Rendons-lui grâce au nom de l'Europe affermie;
Rendons-lui grâce au nom de la Société,
De la Société qui semblait condamnée,
Et d'écueil en écueil errait, désordonnée,
      Ivre de fausse liberté.

Gloire à lui! Mais c'est toi dont le souffle l'inspire,
Seigneur! Ah! daigne encor l'éclairer et l'instruire,
Mets à ses deux côtés un ange protecteur.
Conserve en lui l'esprit de force et de justice,
Pour qu'il s'élève encor et pour qu'il accomplisse
      Tout le bien que rêve son cœur!

Te Deum ! Oui, c'est toi que l'univers salue,

Monarque tout-puissant de l'immense étendue,

Rédempteur et Sauveur en qui nous espérons.

Te Deum ! Oui, c'est toi que les fils de la terre

Invoquent humblement, le front dans la poussière ;

Oui, c'est toi que nous adorons !

Édouard Turquety.

LA PATRIE

Οὐκ ἔτ' ἀμπνύνθην, κατ' ὄναρ δὲ δεινὸν,
Στηθέων αἰσχρὸν ἀπὸ δεσμὸν ὠθεῖν
Ὂν μάτην σπούδαζον, Ἄναξ, κραταιῶς
    Αὐτός ἔλυσας.

Σοῦ Θεὸς σεμνῷ στεροπὴν καρήνῳ
'Αμφιβεβληκὼς, μέγαν ὦρσε θυμὸν
Εἰς κακῶν βέντος πυμάτων πεσοῦσαν
    Πατρίδα σώζειν.

Ἑστίαν, βωμοὺς, κλέος, ἀσφάλειαν,
Πᾶν ὅσον λαῖος ἀπολωλὸς ἤδη,
Εὐγενὴς ἡμῖν ἀνέστησεν Ἥρως
    Ἤματι τήνῳ.

Νῦν μὲν ἔνδοξός μοι ἀμύνει αὖθις
Αἰετὸς παντῇ κράτεος δαήμον·
'Αλλὰ πῇ ῥίπτεον ὄνυχας δύναιτ' ἄν
    Εἰ μὴ ἐνὶ σκήπτρῳ.

V. Montillot,
prêtre-desservant.

Arrentières, 23 octobre 1852.

LA FRANCE SAUVÉE.

CANTATE.

MUSIQUE DE M. VICTOR MASSÉ [1].

RÉCIT.

Des méchants t'avaient prise et l'on te croyait morte,
O France maternelle, ô France auguste et forte,
Hôtesse au front riant, guerrière au front d'airain,
Qui jadis au banquet où tu fêtais le monde
     Mêlais dans ta course profonde
     Les flots du Nil aux flots du Rhin!

     Assis sur les remparts des villes,
     Les Prophètes abandonnés
     Maudissaient les luttes civiles,

[1] Exécutée sur la scène de l'Académie impériale de musique, par Mmes Tedesco, Lagrua et Duez; MM. Roger, Brémond et Merli, le 28 octobre 1852.

Et tant de traîtres déchaînés.

« Hélas! disaient-ils, la patrie

« Va défaillir toute meurtrie,

« En appelant en vain ses fils!

« Vierge condamnée aux misères,

« Aigle étouffé par des vipères,

« Achille abattu par Pâris!

« Les factions coalisées

« Fouillent les tables de la loi!

« Les ambitions divisées

« De tout révolté font un roi!

« L'enfer rit : car le temple croule,

« Et les penseurs, parmi la foule

« Ivre de son impunité,

« Le front penché sur les abîmes,

« Regardent monter les victimes,

« Et rêvent à l'éternité! »

Les temps viennent! destin sévère!
Pour racheter ta gloire et maintenir tes droits,
France, il faudrait sur un autre Calvaire,
Voir s'élever une autre croix!

CHŒUR D'HOMMES.

Siècle funeste!

Triste pays !

Bonté céleste,

Tu nous trahis !

Abjure, ô France,

Ton espérance,

Dans tes sanglots !

Aucun pilote

Pour cette flotte

De matelots !

Siècle funeste !

Triste pays !

Bonté céleste,

Tu nous trahis !

UNE VOIX DE FEMME.

Non ! la plainte est un crime et le doute un blasphème !

Dieu protége d'en haut la nation qu'il aime,

    Et qu'il prédestina !

Peuples ! avancez-vous vers la terre promise !

Vous trouverez encor, pour vous guider, Moïse

    Debout sur le Sina.

CANTABILE ET CHŒUR DE FEMMES.

La Providence attendrie
Prend pitié du deuil humain !
Tes douleurs, sainte patrie,
N'auront pas de lendemain !

O splendeur qui recommence !
Le vengeur impérial
Va ceindre pour la défense
Le glaive aux méchants fatal !

Pour dompter la mort déchue,
Il a ton ame et son nom !
Ton soldat, France éperdue,
C'est encor Napoléon.

La Providence attendrie
Prend pitié du deuil humain ;
Tes douleurs, sainte patrie,
N'auront pas de lendemain !

CHŒUR D'HOMMES.

Napoléon, astre dans l'ombre noire,
Le héros ressuscite aux feux d'un nouveau jour !
Il foudroya jadis, il apaise au retour !
L'Empire, c'est la paix ! ce serait la victoire

TROIS VOIX D'HOMMES ET CHŒUR.

Tu raffermis notre courage éteint !
Napoléon, notre vœu t'accompagne !
Prends, c'est ton droit, le glaive à Charlemagne,
L'aigle à César, le globe à Charles-Quint !

Pour te payer de notre délivrance,
Chaque foyer pour soldat t'offre un fils !
Le père était à l'homme d'Austerlitz ;
    Dieu protége la France !

Tout ce qui souffre espère en ta bonté ;
Tout ce qui croit en ta clémence espère !
Sur chaque erreur et sur chaque misère
Verse à la fois lumière et charité !

Les laboureurs regagnent l'assurance
Dans leurs moissons maudites autrefois !
L'art triomphant chante avec ses cent voix :
    Dieu protége la France !

RÉCIT ET CHANT TRIOMPHAL.

Ah ! la terre se calme et ne veut plus souffrir !
Sire ! pour le salut des âges qui vont suivre,
Sacrez votre pouvoir ! la race qui fait vivre

A perdu le droit de mourir!

Après le combat la victoire!
Prince, viens rapprendre à l'histoire
Les sept jours de Création
Où le premier des Bonaparte,
En brisant l'idole de Sparte,
Refit l'Église de Sion!

Viens! sur les tours de Notre-Dame
Nous pendrons l'antique oriflamme,
Et nous y récrirons ton nom!
Ton nom que le peuple répète
Dans chaque appel de la trompette,
Et dans chaque écho du canon!

MARCHE TRIOMPHALE.

Va! sois béni dans ta force sereine;
Pour exempter l'avenir de la haine,
Pour consoler Paris de Sainte-Hélène,
Signe avec Dieu le contrat solennel!
A l'Univers impose notre exemple!
Le ciel sourit, l'humanité contemple!
Le tambour bat, le clairon sonne! au temple,
Grand Empereur de l'empire éternel!

PHILOXÈNE BOYER.

DOMINE SALVUM FAC IMPERATOREM.

Rebus angustis animosus esto,
Annuet votis genitor supremus ;
Ne malis cedas, Jehova potenti.
    Numine fretus.
In die belli clypeo salutis
Castra defendat tua, de Sionis
Arcibus celsis, tonitru tremendo
    Fulminet hostem!
Quas Deo mactas odor hostiarum
Gratus ascendat placiturus astris,
Et tua, ô Princeps, holocausta cœlo
    Pinguia fiant.
Hinc tibi semper bona largiatur
Quae pium pectus cupit, et sigillo
Consili quidquid meditare firmet
    Regia cœli.
Sospes heu! vivas, et agent triumphos,
Festa certabunt celebrare franci,
Cantibus sacris dominique laude

Templa sonabunt.

Vota complebit residens Olympo,
Arbiter belli, cità fons salutis,
Dextra de cœlo jaculata funus
    Conteret Hostem.

Viribus fidant propriis superbi,
Jactitent currus et equos feroces ;
Una spes nobis erit invocare
    Numen amicum.

Hi quidem turpi cecidère casu,
Nos caput lauro extulimus decorum,
Et triumphali dedit apparatu
    Palma redire.

Imperatori tribuas salutem
Quâ die sanctum, Deus, invocamus
Nomen, exaudi populi fidelis
    Fervida vota.

Gautier-Chabans.

Mamers, 20 octobre 1852.

FLEURS ET COURONNE.

Ville des Capitouls et de Clémence Isaure,
Toi, qui parmi tes fleurs vois les lauriers éclore

Sous les ardents baisers d'un soleil radieux,
Toi que Marseille admire et que Rome jalouse,
Poétique cité, rayonnante Toulouse,
       Amour de la terre et des cieux !

Je t'ai vue et de joie et d'orgueil enivrée,
Quand de Napoléon la présence sacrée
Jusqu'au fond de ton cœur remuait ton amour !
L'enthousiasme saint débordait de ton âme,
Lorsqu'il versait sa vie en paroles de flamme
       Sur les flots du peuple... sa cour !

Dieu le veut ! Dieu le veut ! ce refrain de nos pères,
Ce mot magique écrit sur nos vieilles bannières,
Comme un immense chœur, plus puissant que l'airain,
Cri de guerre jadis, aujourd'hui chant de fête,
Ebranlait, en glissant des murailles au faîte,
       Les vieux clochers de Saint-Sernin !

Tu tremblais, ô Daurade ! et toi, fière colline !
Comme au jour où, vengeant l'empire qui décline,
Plus formidable encor avant qu'il succombât,
Soult, d'un nouveau triomphe illuminant sa gloire,
Prenait à l'ennemi sa dernière victoire
       En livrant son dernier combat !

Au sein du Capitole, orgueilleux de son lustre,
Sur son socle de marbre a frémi chaque illustre,
Et depuis Charlemagne, empereur glorieux !
O cité de Raymond ! religieuse et sainte !
Jamais tes murs n'ont vu bruire en leur enceinte
Ni d'hommages plus purs, ni de cris plus joyeux !

Mais toi, qu'au milieu d'eux je crois revoir encore,
O mon prince ! à travers ces chemins qu'on décore,
Parmi les cœurs bruyants et les cœurs recueillis,
Tu venais, doux et calme, en ta course rapide,
Sous un soleil brillant qui flamboyait splendide
　　　　Comme le soleil d'Austerlitz !

Aux yeux d'un peuple ému qui palpite et frissonne,
Tu parais, salué par le canon qui tonne,
Sous un arc pavoisé de tes nobles couleurs,
Tandis que, frémissant sous le mors qu'il tourmente,
Ton cheval l'œil au vent, et la bouche écumante,
　　　　Foule aux pieds la moisson des fleurs.

Quel immense concours de foules inconnues
Des hameaux, des forêts et des villes venues ?
Riches, pauvres, puissants, étrangers, riverains !
Casanières tribus par l'amour entraînées,
Courant comme jadis s'enfuyaient leurs aînées

Devant leurs seigneurs suzerains !

Là, de ses bras nerveux te presse et t'environne.
Le rude Béarnais qu'un béret bleu couronne,
Roulant de grosses pleurs dans ses yeux attendris ;
Et l'enfant étonné, qui sent ses veines battre,
Demande à son aïeul si c'est leur Henri quatre
      Qui rentre en vainqueur à Paris.

C'est le fils de Luchon à la souple stature,
Laissant flotter les plis de sa rouge ceinture ;
Ceux que le vallon d'Aure enferme en ses détours ;
Là, valeureux chasseur, c'est l'enfant de Barèges
Qui sur les pics aigus, dans la nue ou les neiges
      Atteint l'isard et frappe l'ours.

Celui là qui te nomme, et te suit, et t'assiége,
Inflexible et hardi, c'est l'enfant de l'Ariége,
Dont le sang est de feu, dont l'œil lance l'éclair,
Qui pour tous les combats nous porte des armures,
Qui pour tous les périls donne des âmes mûres,
L'Ariége qui produit des hommes et du fer !

Tous vieux soldats, vaillance aux périls endurcie,
Qui revinrent glacés de la froide Russie
Ou de la chaude Egypte à l'horizon de feu ;

Et tous, enfants, vieillards, prêtres, vierges et femmes,
Vous acclament ensemble et des voix et des âmes !
Car vous êtes pour eux, prince, l'élu de Dieu !

Ton nom après ces jours d'angoisse et de souffrance
Est le signal vivant de joie et d'espérance !
Ton grand nom est pour eux le premier des drapeaux!
Car il leur dit salut, charité, providence ;
Car il leur a promis la paix dans l'abondance
    Et le travail dans le repos !

Car il est le garant de ces libertés sages
Que fondèrent les temps, que respectent les âges !
Car c'est l'indépendance esclave de l'honneur !
Car il scèle à jamais les conquêtes antiques,
En plaçant la justice et les droits politiques
    Dans l'égalité du bonheur.

De ce jour, le plus beau de sa brillante histoire,
Ta fidèle cité gardera la mémoire;
Elle t'a consacré son christ et son seigneur.
Et comme un fiancé ramène son épouse,
    Vous entrez prince dans Toulouse,
    Mais vous en sortez Empereur!

                ACHILLE JUBINAL.

Lith. par E. Desmaisons d'après Gabriel Lefebure

LA REINE HORTENSE

Impr. Lemercier Pa 18

LA REINE HORTENSE.

Dans leur sollicitude ardente, maternelle,
Dans leurs jours patients, dans leur veille fidèle,
Les mères ont raison de couver sous leur aile
Les enfants endormis dans leurs frêles berceaux ;
Leur tendresse est souvent plus qu'un amour de mère;
C'est un acte suprême invisible à la terre,
C'est un secret de Dieu qui porte en son mystère
    Un homme ! un messie ! un héros !

Ainsi Lœtitia, la Cornélie antique,
Qui sentit se gonfler dans son flanc prophétique
    L'œuf auguste d'un Empereur,
Femme sévère et simple, aux grandes destinées,
Qui couvait dans son sein des têtes couronnées
    Sans se douter de sa grandeur !

Ainsi, toi, Joséphine, ainsi, toi, noble HORTENSE,
Toi que Dieu désignait dans sa magnificence
Pour rallier le monde à ton grand nom repris,

14

Toi que ce Dieu vengeur marqua du sceau suprême,
En cachant dans ton sein le plus beau diadême
        Dont il ramassait les débris!

Oh ! oui, tu faisais bien, mère attentive et forte,
Lorsque tes fils chéris formant ta seule escorte,
Tu bravais l'ouragan qui menaçait leurs fronts !
Oh ! oui, tu faisais bien, âme stoïque et fière,
D'en appeler à Dieu par la seule prière
        Et de marcher sous les affronts !

Tu faisais bien, cachant ton fils sous ta tendresse,
De traverser la ronce où saignait ta faiblesse,
Comme le fils de Dieu sur le sanglant chemin ;
Délicate du corps et puissante de l'âme,
Tu faisais bien d'aller devant toi, pauvre femme ;
Car Dieu comme le Christ te tenait par la main!

Tu faisais bien, malgré tes douleurs, ta souffrance,
D'emporter pour tout bien ton amour pour la France,
        Lorsque tu lui laissais ton or !
Tu faisais bien, grand cœur, lorsque seule, exilée,
Tu parcourais le monde, errante et désolée,
        D'espérer et d'aimer encor !

En vain tu demandais, pour reposer ta tête,

Un simple abri, le seul que t'offrit la tempête ;
Comme la fleur qui roule à son souffle irritant,
Tu t'arrêtais un peu, puis repartais tremblante,
Disputant ton cher fils à l'horrible tourmente
    Qui mugissait en t'emportant.

Lorsqu'enfin, écoutée en tes secrètes larmes,
Tu trouvais le repos payé par tant d'alarmes
    Pour y poser tes pieds meurtris,
Sans regret du passé tu souriais heureuse,
Excusant les méchants, car ton âme pieuse
    Pardonnait tout devant ton fils !

C'est alors qu'on te vit régner en souveraine;
Car la mère abdiqua les charmes de la reine
    Pour son tendre et pieux labeur ;
Associant la grâce aux leçons maternelles,
Tu serras de plus près ton aiglon sous tes ailes !
    Tes sentiments ont fait son cœur !

Epiant jour à jour ses instincts, son courage,
Tu suivais cet esprit quoique ardent, déjà sage,
    Empreint de calme et de bonté ;
Tu suivais doucement dans son élan suprême
Ce petit valeureux qui s'oubliait lui-même
    Pour courir à la charité !

Comme fait une mère en elle et sans rien dire,
Tu le voyais parler, penser, vouloir, sourire;
        Tu grondais, sous ta douce loi,
Ce prodigue d'amour qui, jusqu'à sa chemise,
Donnait tout au malheur, et, la tête soumise,
        Revenait tout nu devant toi !

Prévoyant le jeunehomme aux grandeurs de son âge,
Tu parlais avec Dieu d'un auguste héritage,
        Et Dieu regardait triomphant ;
Car lorsqu'on étouffait le chêne à Sainte-Hélène,
Dieu regreffait les fleurs sous sa puissante haleine,
        Et les plantait sur ton enfant.

Oh ! leçon ! oh ! grandeur ! ce que le monde oublie
Dieu le prend, le relève et toujours le relie ;
        Rien de grand ne meurt tout entier.
Napoléon, Hortense, à vos deux âmes fières,
Nobles dans leurs splendeurs, nobles dans leurs misères.
Dieu donna le martyre, il vous rend le laurier !

        Dans la sphère qui t'illumine
        Eveille-toi, mère divine,
        Le jour du soleil est levé !
        Eveille-toi dans ta tendresse !
        Eveille-toi dans ta jeunesse !
        Le jour prédit est arrivé !

Immatérielle parure,
Reprends ta blonde chevelure,
Ton regard voilé de bonté!
Reprends tout ton charme de femme,
Et surtout reprends ta belle âme,
Ta céleste et pure beauté!

Reprends tes accents de génie!
Hortense, reprends l'harmonie
Qui coule à flots d'or dans ta voix!
Chante tes notes argentées,
Chante les larmes aimantées,
Que l'ange chante au Roi des rois!

Mêle tes accents à la fête
Que, plein d'espoir, le monde apprête
A ton fils d'amour couronné!
Penche sur lui ce cœur qu'il nomme,
Inspire et chéris ce grand homme
Qui dans ton sein de femme est né!

Du ciel où tu vis reposée,
Assiste sa grave pensée!
Qu'il règne par ta main béni!
Puisque ta vie est immortelle,

Ta surveillance est éternelle;
Le nom de mère est infini!

Comme autrefois, active et tendre,
Il t'appellera pour t'entendre;
Il connaît si bien tes accents!
Les élus parlent à la terre!
L'enfant est partout dans sa mère!
La foi réunit les absents!

Heureux le germe né des grandeurs infinies!
Heureux le fils éclos des entrailles bénies
Dont la grâce de femme, aux charités unies,
    Fit d'amour son premier berceau!
Heureux le prince aimé dans les flancs de sa mère!
Dieu fit comme le beau le bien héréditaire,
    Et l'arbre greffe l'arbrisseau.

Mais bien heureux surtout le prince, au cœur fidèle,
Qui vivait d'elle enfant et qui, morte, vit d'elle
Et par sa propre gloire au monde la rappelle,
    La nommant par d'autres bienfaits!
Béni soit cet enfant! car l'homme qui commence
Par être un noble fils, possède à sa naissance
La sublime vertu de la reconnaissance,
Vertu qui fait le prince et donne les sujets!

HERMANCE LESGUILLON.

VOX POPULI.

MÉDITATION.

Une nuit, parcourant, dans ma sombre attitude,
Les déserts que Paris garde à la solitude,
Je rêvais à part moi ; qui ne rêve en ce temps ?
Etant de ceux, surtout, qui depuis cinquante ans,
Dans le fleuve orageux des hommes et des choses,
Ont vu tourbillonner tant de métamorphoses.
Je rêvais de la France : et, des pleurs dans les yeux,
Comprimant des deux mains mon cerveau soucieux,
Je poursuivis, longtemps, d'un interrogatoire
Tout ce qu'un demi-siècle a dévoré d'histoire :
La vieille République, emblême de terreur,
Les faisceaux du Consul, l'aigle de l'Empereur,
Deux Bourbons disparus sur une pente oblique,
Une autre Monarchie, une autre République,
Cauchemar de quatre ans, qui ne nous laissait voir
Qu'un abîme entr'ouvert, chaos de désespoir ;

Puis, un soudain miracle, un dictateur suprême
Qui nous sauve du gouffre en s'y posant lui-même,
Mais qui devant, hélas! finir à jour précis,
Ne laissait à nos deuils que dix ans de sursis.
Et voilà les destins qui cahotent la France!
Et voilà notre histoire! une angoisse, une transe,
Un délire fiévreux sans lucides moments,
Quelle succession de bouleversements,
De pouvoirs proscripteurs, de trônes légitimes,
De droits pris et repris, de bourreaux, de victimes!
Que de tâtonnements, d'épreuves et d'essais!
Rien ne peut donc tenir sur ce vieux sol français!
A peine un monument dont nous posons la base
Semble toucher au faîte, il tombe, il nous écrase;
Les pouvoirs les plus forts que nos mains ont construits,
Elevés en trois jours, en trois jours sont détruits.
Peuple démolisseur! dans tes dédales sombres,
Tu trébuches sans cesse à travers les décombres,
Sans que nul bras humain puisse te retenir;
O présent lamentable! ô lugubre avenir!

C'est ainsi qu'explorant l'illimité domaine
Que notre âge déroule à la pensée humaine,
Je marchais au hasard, sans savoir où j'allais.
Tout à coup, je me heurte aux murs de ce palais

De ce dôme guerrier, pieux conservatoire,
Où dorment nos soldats tronçonnés par la gloire.
J'entre, ou je crois entrer dans ce calme séjour ;
J'arrive, en traversant une seconde cour,
Jusqu'au temple bâti sous la sublime voûte,
Où d'innombrables voix retentissaient... J'écoute :

VOIX DU PEUPLE.

C'est toi que nous venons invoquer à genoux,
Fantôme impérial, toujours vivant pour nous !
Vers le port du salut, c'est toi qui nous diriges ;
Ressuscite ton règne avec tous ses prestiges ;
Ressuscite, de force et de gloire escorté,
Ton Empire, le seul qui, sur nos bras porté,
N'a pas été par nous, brisé comme du verre,
Mais par l'écroulement du ciel et de la terre ;
Le seul qui fait vibrer nos généreux instincts,
Le seul pour qui nos vœux ne se sont pas éteints.
Nous respirons, sans doute, après bien des tourmentes;
Mais l'air est encor plein de terreurs alarmantes ;
De la crise fermée encor tout palpitants,
Nos bonheurs sont déjà décimés par le temps ;
Notre fuseau fatal devant nous se dévide ;
Par un chemin plus long nous marchons vers le vide;

Et, fuyant à grands pas pour ne plus revenir,
Chaque heure nous emporte un jour de l'avenir.
Cet étroit avenir nous le voulons immense,
Indestructible; il faut que ton nom recommence ;
Que ton trône vacant s'ouvre pour accueillir
L'héritier de ton droit, qui peut seul le remplir.
Ce n'est pas d'aujourd'hui que notre espoir l'y porte :
Nous l'avons proclamé d'une voix assez forte,
Dès qu'il vint de l'exil dans la grande cité,
Qui bondit sous le choc d'une électricité.
Et depuis qu'il nous a tirés du gouffre immonde,
Depuis que son génie équilibre le monde,
Qu'il tient le gouvernail d'un bras souple et nerveux,
Combien ont redoublé les idolâtres vœux,
Les élans de la foule, ardente, impérative,
Les éclatants appels pour que son règne arrive !
Le ciel, après un mois, est encore assourdi
Des acclamations du Nord et du Midi.
Jamais vote plus grand, plus fort, plus volontaire ;
Depuis qu'il est des rois et des peuples sur terre,
Jamais peuple n'avait encor parlé si haut,
Jamais il n'avait dit de la sorte: Il le faut !
Vienne donc le grand jour ; qu'on ouvre les comices :
Tout ce qu'il emporta de nos justes prémices,
Les hourrahs, les vivats, les frénétiques cris,

Nos bulletins ouverts les porteront écrits.

Qu'il soit notre Empereur : ardents à nous soumettre,

Nous régnerons ensemble en le prenant pour maître ;

Car, nous nous prêterons un mutuel appui ,

Car, il vit dans le peuple, et le peuple dans lui.

Ce sera nous grandir de l'exhausser lui-même ;

Son front impérial chargé du diadème,

Nous en répartira les radieux fleurons ;

En couronnant César, nous nous couronnerons !

Ainsi parlait le peuple. A ces derniers murmures

Succéda, dans la nuit, un froissement d'armures :

VOIX DE L'ARMÉE.

Napoléon premier ! reconnais tes soldats,

Ceux ou les fils de ceux que vingt ans tu guidas,

De ceux qu'ont promenés les ardents vexillaires

Sous les feux du tropique et des glaces pôlaires,

De ceux que l'île d'Elbe a vus former ta cour,

De ceux que fit bondir ton triomphant retour,

De ceux qui, dévoués à ta lutte énergique,

Teignirent de leur sang le sol de la Belgique ;

Entends-nous tous, groupés autour de ton cercueil.

Ton dernier souffle est mort sur un brûlant écueil,

Sans que ta grande image, à travers d'autres règnes,

Ait cessé de flotter autour de nos enseignes ;
Mais ce qui fut une ombre, un songe décevant
Redevient aujourd'hui NAPOLÉON vivant.
Qu'une salve de cris, trop longtemps comprimée.
Lui dicte donc la loi du peuple et de l'armée ;
Jusques à ton niveau, sur le même pavois,
Qu'il se montre : Salut à NAPOLÉON TROIS !
C'est le cri de la paix, le cri de la bataille,
Le seul par qui le cœur plus chaudement tressaille
Sous les vieux étendards qui nous servent d'abri ;
L'aigle que nous portons ne connaît que ce cri.

En ce moment, au fond de la nef solennelle
S'ouvrit, à deux battants, la funèbre chapelle ;
Une immense lueur, aux reflets doux et purs,
Du cloître militaire illumina les murs ;
Les drapeaux vétérans frémirent sous le dôme,
Et le temple entendit la voix du grand fantôme.

VOIX DE L'EMPEREUR.

Peuple qui m'aimais tant, et qui me fus si cher,
Soldats, qui ne faisiez avec moi qu'une chair !
Que vos cris anxieux ne percent plus la nue ;
Votre vœu s'accomplit ; l'heure est enfin venue ;
Elle sonne pour vous au cadran du destin.

Vivant, je l'aperçus dans un vague lointain ;
Maintenant qu'affranchi de ma forme première,
Tout m'apparaît, devant le foyer de lumière,
Je lis, en traits distincts, le mot mystérieux
Des secrets de la terre interdits à vos yeux,
Celui qui, de son trône auguste, impérissable,
Contemple nos grandeurs comme des grains de sable,
N'a retardé ce jour que pour nous faire voir
Notre faiblesse infime auprès de son pouvoir.
Quand sur mon jeune front il jeta l'auréole,
Quand sur l'autel du sort il posa mon idole,
Plus haut qu'où n'aspira jamais l'orgueil humain ;
Quand il fit choir mon trône en retirant sa main,
Qu'il moissonna mon fils, fleur à peine bercée,
Qu'il sema dans l'exil ma race dispersée,
Ce grand régulateur avait aussi voulu
Qu'après un laps de temps aujourd'hui révolu,
De sa tombe apparente, à son appel sortie,
Reviendrait, tout à coup, ma jeune dynastie,
Dont les anneaux liés à mon premier chaînon
Dérouleront un cours d'Empereurs de mon nom.
Puissent avec ce nom, riche mais lourd partage,
Mon âme et ma pensée être leur héritage !
Ils ne peuvent régir la France qu'à ce prix,
Les hommes de mon temps ne m'ont pas tous compris;

Ils ne voyaient en moi qu'une foudre, une épée ;
Mais j'étais, devant Dieu, la charrue occupée
A déchirer le sol, à creuser le terrain
Où le monde nouveau recueillera le grain.
Croyez-vous, qu'égaré par un sombre génie,
Je voulusse marcher, dans ma course infinie,
Ainsi que Gengis-Kan, Tamerlan, Attila,
Et tant d'autres sous qui le globe vacilla,
Pour ne laisser au bout de ma route sauvage
Qu'extermination, solitude, esclavage ?
Croyez-vous, qu'insensible aux publiques douleurs,
J'aurais pu voir couler tant de sang et de pleurs,
Si je n'avais jugé qu'une telle culture
Pouvait seule suffire à la moisson future,
Et que nos heureux fils jouiraient longuement
Des malheurs paternels, fatigues d'un moment ;
Non, je guidais le siècle et j'avais sa pensée ;
La phase de la guerre une fois traversée,
Votre Empereur n'eût pas dormi sur ses drapeaux,
Mais, changeant de triomphe, actif en son repos,
Il eût pour chaque jour inventé quelque gloire ;
Il eût multiplié sur tout le territoire
Du Louvre au Capitole et du Tage au Texel,
Les monuments nouveaux du peuple universel,
Un monde inattendu d'éclatantes féeries ;

Il eût vivifié les hautes industries ;
Sur tout ce qui surgit de plus grand, de plus beau,
Il eût entre vos mains allumé le flambeau ;
Il eût voulu montrer aux peuples de la terre
Son peuple, par la paix grand comme par la guerre,
Le faire autant heureux qu'il l'avait fait puissant,
Et vieillir dans ses bras en le rajeunissant.
Le ciel n'a pas si loin mené mon entremise ;
Je n'ai vu que les bords de la terre promise ;
La foudre me surprit au milieu du chemin,
Mais celui que la France intronise demain
Est digne d'accomplir ma sublime corvée,
De conduire à sa fin mon œuvre inachevée,
De servir d'architecte à l'édifice ardu
Que mes pierres d'attente ont laissé suspendu.
Vieux de sagesse avec la force du jeune âge,
A son compte il reprend mon dur pèlerinage ;
Que son règne commence où fut brisé le mien.
Peuple qu'il a sauvé, tu seras son soutien ;
Et moi, du haut des cieux, de ma tente éternelle,
Les yeux ouverts, debout comme une sentinelle,
Auprès du Roi des rois, lui gardant mon appui,
Je veillerai sans fin sur la France et sur lui.

Il se tut ; tout rentra dans une nuit profonde.

Mais, bientôt, une voix qui n'est pas de ce monde,
Et qu'à peine comprend l'oreille de la foi,
Comme à travers un voile arriva jusqu'à moi :

VOIX DE L'AVENIR.

Heureux ceux qui, voyant l'Empire à cette aurore,
Pourraient, à son midi, le contempler encore !
O France ! dans ton sein, quels trésors grandiront !
Quelle majesté calme éclairera ton front !
Quel homme n'envira de l'avoir pour patrie !
Comme l'arbre rêvé par le roi d'Assyrie,
Dont les rameaux, chargés de mille fruits divers,
Montaient aux cieux, touchaient aux bouts de l'univers,
Tu t'épanouiras en gloires continues ;
Tes branches, atteignant l'horizon et les nues,
Étendront, comme un toit, leurs ombrages fleuris,
Où les enfants vivront abrités et nourris.
Miraculeux tableau ! tout ce qui fut un rêve,
Un projet, un espoir, éclôt, grandit, s'achève :
La magique vapeur, s'élançant de nos ports,
Du monde américain a rapproché les bords ;
Le rail-way tient la terre en ses réseaux immenses,
Le sol qui dévora tant de riches semences,
Le royaume africain, par un large tribut,

Centuple, avec orgueil, l'or et le sang qu'il but.

Ouvrez les yeux : voici des œuvres plus vivantes :

L'élu du peuple, après de longues épouvantes,

Construit un nouvel ordre avec de vieux débris ;

Une invincible force entraîne les esprits ;

Le siècle est fécondé par un souffle qui passe,

Il s'élance, il devine, il cherche un autre espace.

Comme un bras tout puissant active les essieux

De la terre qui suit le soleil dans les cieux,

L'élan de la pensée, irrésistible fronde,

Vers un point lumineux précipite le monde.

Tel qu'une fourmillière, un bourdonnant essaim,

Tout un peuple s'agite, avec la flamme au sein :

Et comme, sur le mont où l'arche eut son refuge,

Les géants, apparus après le grand déluge,

Bâtirent, dans l'effroi d'un déluge nouveau,

Une tour qui du ciel atteignit le niveau,

Ce peuple, en larges blocs, se dresse un édifice

Qui déroule le nom de *France* au frontispice ;

Palais, tel que jamais n'en contruisit un roi,

Formé d'or, de granit, de pensée et de foi ;

Renfermant sous l'ampleur de sa voûte infinie

Le Commerce, les Arts, le Travail, le Génie ;

Monceau pyramidal d'assises et de rangs,

Bâtis par l'architecte en style différens,

Qui, sur le dernier bloc de leur longue spirale,
Font resplendir aux cieux l'image impériale.

BARTHÉLEMY.

VELLÉDA.

Quand l'Europe entière écrasait
Le grand Empereur et la France,
Ma voix encore vous disait :
Enfants, conservez l'espérance !
Jeune garde, ne cédez point !...
Mourez plutôt que de vous rendre !
Dans ce pays tout vient à point
Lorsqu'on peut quelques jours attendre.

Puis, quand la Restauration,
Arborant sa blanche bannière,
Enveloppa la nation
Dans les plis d'un vaste suaire,
Je dis : ne vous endormez point
Aux piéges qu'on cherche à vous tendre !..

Dans ce pays tout vient à point
Lorsqu'on peut quelques jours attendre.

Ce fut long ; mais un beau matin,
Je vis le drapeau tricolore
Flotter sur un clocher lointain ;
L'Aigle seul y manquait encore.
Je vous dis : ne marchandez point !
L'Aigle aussi viendra vous surprendre...
Dans ce pays tout vient à point
Lorsqu'on peut quelques jours attendre.

Quand l'exil brûlant dévora
Notre Empereur à Sainte-Hélène,
Quand son fils unique expira,
Captif, loin des bords de la Seine,
Aux autres moi je ne dis point :
Au retour cessez de prétendre !...
Dans ce pays tout vient à point
Lorsqu'on peut quelques jours attendre.

Plus tard, afin de s'attacher
L'enthousiasme populaire,
Du héros on alla chercher
Dans l'exil l'urne funéraire.

Son neveu captif seul n'eut point
Sa place au convoi d'Alexandre.....
Dans ce pays tout vient à point
Lorsqu'on peut quelques jours attendre.

Au neveu du grand Empereur
La République, par surprise,
Refusait encor le bonheur
D'entrer dans la Terre promise.
Mais lui seul ne renonça point
A ce qu'il avait droit de prendre...
Dans ce pays tout vient à point
Lorsqu'on peut quelques jours attendre.

C'est à l'impérial pavois
Que, de par le peuple, il aspire ;
Pour lui ses innombrables voix
Relèvent le trône et l'Empire ;
Le Phénix, qu'on n'attendait point,
Renaît tout-à-coup de sa cendre.
Dans ce pays tout vient à point
Lorsqu'on peut quelques jours attendre.

EUGÈNE DE MONGLAVE.

LE MIRACLE DE LAZARE.

Avant que de vos mains la volonté soudaine,
Des fers qu'on vous forgeait n'eût jeté bas la chaîne,
Ils disaient : « Il s'endort à l'ombre de son nom ;
« Le pouvoir est un poids pour un front si débile ;
« Qu'il le laisse à quelqu'un plus fort ou plus habile. »
        Mais vous avez répondu : Non !

Vous avez dit : « Il faut que ce peuple que j'aime,
« Ce peuple qui m'attend et n'a foi qu'en moi-même,
« Se repose à présent et soit enfin heureux. »
Il fallait pour cela surmonter mille obstacles ;
Mais à de tels que vous, pour de pareils miracles,
        Il suffit du mot : Je le veux !

A l'espoir maintenant le doute a laissé place :
D'un si beau dévoûment, Prince, tout vous rend grâce ;
Le jour, d'un peuple entier c'est le concert flatteur ;
Et, la nuit, lorsque tout, excepté vous, sommeille,

Un murmure confus frappe encor votre oreille,
C'est la voix du grand Empereur.

L'Empereur !... désormais son ombre consolée
Peut reposer en paix dans son beau mausolée ;
Il sait que pour la France un plus beau jour a lui.
Le héros endormi dans sa couche de gloire
A, pour perpétuer son grand nom dans l'histoire,
Un héritier digne de lui.

La France avec bonheur entre vos bras se jette.
Vous prenant par la main pour vous mettre à sa tête,
Elle ravit son fils à l'exil autrefois ;
A son tour aujourd'hui l'enfant sauve sa mère :
Lorsque tout était sourd à sa douleur amère,
Vous avez entendu sa voix.

Les arts commencent à renaître
Sous votre souffle inspirateur.
Comme au commandement d'un maître,
Le commerce perd sa langueur.
Source d'une immense richesse,
Nos vaisseaux à toute vitesse
Vont aux confins de l'univers,
Et bientôt, en repassant l'onde,
Vous apportent du bout du monde
Les vœux de cent peuples divers.

Sous vos habiles mains tout se transforme et change;
De tous nos vieux soldats l'héroïque phalange,
Que la France dota d'un repos glorieux,
Bénit le bras puissant qui, pour charmer leurs âmes,
Remet sur nos drapeaux et sur nos oriflammes
> L'aigle si chère à nos aïeux.

Oh! c'est beau d'inonder ainsi des cœurs de joie...
S'ils vous avaient laissé marcher dans votre voie,
Les hommes qui naguère entravaient tous vos pas,
Oh! déjà que de bien vos mains auraient pu faire!
Mais quand vous émettiez quelque vœu salutaire,
> Ils disaient : Nous ne voulons pas!

Car il est des mortels dont l'âme impatiente
Accuse de paresse une sève un peu lente :
Pour la hâter, dans l'arbre ils fouilleraient son flanc.
Ils sont, dans leur erreur, de ce parti qui pense
Que de la liberté la robuste semence
> Ne germe bien que dans le sang.

Tous les partis vaincus doivent baisser la tête :
Ils ont semé le vent, c'est pour eux la tempête.
Exilés désormais sur le sol étranger,
Qu'importe si de loin leur bouche vous blasphème?
Prince, de l'avenir vous teniez le problème :
> La patrie était en danger!

En outrageux défis leur cœur en vain s'emporte :
Mais quand jadis sur vous Ham refermait sa porte,
On était avec vous bien autrement cruel ;
Vous hâtez de vos vœux le jour de la clémence !
Que le calme renaisse et bientôt de la France
    Ils pourront contempler le ciel.

    D'hommes nouveaux, d'hommes d'élite,
    Vous avez fait un noble choix.
    Vous allez chercher le mérite
    Jusque sous les plus humbles toits.
    A tous vous ouvrez la carrière,
    Et des princes de la lumière
    Vous vous entourez en tout lieu ;
    Puis, après la sagesse humaine,
    Vous avez, vertu souveraine,
    Pour vous guider le doigt de Dieu.

Sous cet appui marchez sans repos et sans trêve !
De la France qui prie accomplissez le rêve !
Le vaisseau de l'État voguait vers un écueil ;
Ce vaisseau dans ses flancs portait le sort du monde ;
Pilote courageux, pour le sauver de l'onde,
    Il ne vous fallut qu'un coup d'œil.

Maintenant, grace à vous, tout espère et respire ;

Tout marche, tout fleurit comme aux jours de l'Empire:

Vous avez accompli ce prodige nouveau.

Tel on vit autrefois, au champ de la Judée,

A la voix du Sauveur, par l'esprit fécondée,

     Lazare sortir du tombeau.

Prince, de l'avenir vous êtes l'espérance :

De gloire et de bonheur vous comblerez la France ;

Mais s'il faut pour cela qu'on sacre votre front !

N'allez pas repousser le sceptre qu'on vous donne,

Imitez l'Empereur et ceignez sa couronne....

     Tous les Français applaudiront !

ÉMILE CORNE.

LE RETOUR DES AIGLES.

Sous les efforts de l'Europe liguée,

La France a vu l'Empire s'écrouler,

Et, tout sanglants, d'une aile fatiguée,

Vers d'autres cieux ses aigles s'envoler.

Mais le canon qui gronde aux Invalides,

De leur retour est un avant-coureur...
Reviens à nous, Aigle des Pyramides,
Et reconnais la voix de l'Empereur !

Depuis trente ans, vers nos champs de victoire,
La France en deuil n'osait tourner les yeux,
Et, pour rouvrir un sillon dans l'histoire,
Elle attendait ses aigles glorieux.
Napoléon, dans son neveu, respire,
De la patrie il réveille l'écho.
Voici briller le soleil de l'Empire...
Reviens à nous, Aigle de Marengo !

Mais un jeune aigle a déployé son aile :
Calme, il apporte un rameau d'olivier,
Et nous ramène au feu de sa prunelle,
Nos aigles chers, couronnés de laurier.
Revenez tous, immortels émisssaires
Du Mont-Saint-Jean, d'Austerlitz et d'Eylau !
Reviens aussi, la foudre dans tes serres,
Aigle vengeur, aigle de Waterloo !

Ah ! rendez-nous l'Empire et ses féeries !
La France parle avec sa grande voix :
Napoléon, debout aux Tuileries,
N'a plus besoin d'un cortége de rois.

Déjà le peuple au neveu du grand homme
A confié ses destins inconnus...
Oui, c'est le peuple aujourd'hui qui le nomme !
Aigles sacrés, vous êtes revenus!

PAUL LACROIX.

(Bibliophile Jacob).

10 mai 1852.

L'OISEAU-ROI.

Sol redit.

I.

Un jour, planant bien haut sur un champ de bataille,
Tandis que le canon vomissait la mitraille,
L'aigle se balançait dans un vol incertain ;
Lorsqu'atteint jusqu'au cœur par la balle étrangère,
Au sein de l'Océan, sur un roc solitaire,
Pour ne plus se lever, il s'abattit soudain.

L'Europe en tressaillit !... Sitôt après sa chute,
Le monarque meurtri dans cette immense lutte,

N'entendant plus le bruit que ses ailes jetaient,
Rapprochèrent leur glaive, et, fiers de leur conquête,
Devinrent tout-à-coup, en relevant leur tête,
Des maîtres insolents, d'esclaves qu'ils étaient.

Le jour de nos malheurs fut leur jour de victoire.
Jour de deuil éternel ! jour de triste mémoire !
Pressés l'un contre l'autre, et se donnant la main,
Ils vinrent tous ensemble autour de nos murailles
Entonner sourdement l'hymne des funérailles,
L'oreille et l'œil tendus vers l'horizon lointain.

Car ils craignaient toujours, tenant ses foudres prêtes,
De voir l'aigle planer au-dessus de leurs têtes;
Ils craignaient que soudain, reprenant son grand vol,
L'Oiseau-Roi s'élançât de son roc solitaire,
Les brisât d'un coup d'aile, et sous sa large serre
Les broyât en passant, et les clouât au sol.

Oui, quand ils sont entrés dans notre capitale,
Mordant à pleines dents la gloire impériale,
A la fois frappant l'Aigle et relevant les Lys;
On les a vus trembler et pâlir d'épouvante;
Car ils croyaient encore, au sein de la tourmente,
Entendre au loin gronder le canon d'Austerlitz.

L'Aigle n'était pas mort !. . Constante sentinelle,
Il veillait nuit et jour. Parfois, à tire d'aile
Il s'envolait aux cieux consulter l'avenir ;
Et son œil, d'un seul bond franchissant la distance,
Au fond de l'horizon regardait si la France
Ne lui faisait encor signe de revenir.

II.

Salut, géant des airs ! nous, les fils de nos pères !
Te voilà revenu ! viennent les jours prospères !
    Ta vue a réchauffé nos cœurs.
Tu nous as rappelé notre gloire féconde,
Car c'est toi qui jadis jusques au bout du monde
    Guidas nos étendards vainqueurs.

En te voyant paraître, au fond de ma pensée
J'ai vu comme un reflet de ta splendeur passée ;
    J'ai vu tes valeureux soldats
Bronzés par le soleil, noircis par la fumée,
Et les nobles·drapeaux de notre Grande-Armée
    Usés à force de combats.

Du sommet élevé des hautes Pyramides,
Les siècles conviés à tes fêtes splendides
    Ont fait entendre un cri d'espoir.

Et nos vieux vétérans qui dormaient sous la terre,
Éveillés en sursaut, sur leur lit funéraire
     Se sont levés pour te revoir.

Et puis, lorsque leurs fils, qu'un saint délire enflamme,
En jurant de mourir, t'ont pressé sur leur âme,
     Et sont tombés tous à genoux ;
Un éclair a passé sur leur figure pâle ;
Et tous, en refermant leur pierre sépulcrale,
Ils se sont dit : c'est bien, ils sont dignes de nous !

Oui, vos fils vous vaudront... A l'ombre de son aile,
Ils veilleront toujours sur la France immortelle,
     Serrés en bataillons épais.
Leur gloire pour nous tous n'en sera pas moins chère ;
Si vous avez été, vous, les Dieux de la guerre,
     Ils seront les Dieux de la paix.

Qui n'aurait pas pour toi de la reconnaissance,
Oiseau-Géant, pour toi qui plaças notre France
     A la tête des nations,
Quand tu vins annoncer, armé de ton tonnerre,
Qu'un Jupiter nouveau promettait à la terre
     La fin des révolutions !

III.

Mais ces temps sont passés ; une nouvelle aurore
Se lève, et de ses feux l'horizon se colore.
Français, ayons tous foi dans l'élu du Seigneur ;
Car Dieu, du haut du ciel qui protége la France,
      A mis dans ses mains la puissance,
      Et la sagesse dans son cœur.

D'autres ont eu besoin, dans leur fortune altière,
Sous leurs pas de géant, de rougir la poussière
Du pied du froid Kremlin au morne Escurial.
Son aigle, sans laisser de sang après sa trace,
      Traversera pourtant l'espace,
      Comme l'autre Aigle impérial.

Et tout son but est là. Calme au sein de sa gloire,
Il saura, sans frapper, remporter la victoire.
Sans armure et sans glaive on peut être soldat.
Souvent, par la pensée un empire se fonde,
      Et l'on peut conquérir le monde
      Sans bataillons et sans combat!!

F. MAZÈRES.

Toulouse, 10 mai 1852.

LA LIBEETÉ D'AB-EL-KADER.

—

19 octobre 1852.

Un pouvoir qui n'est plus a gouverné la France
Comme un fils d'Israël administre un comptoir,
Calculant, avant tout, le profit ou la chance,
Et perdant son renom pour grossir son avoir.

Le trône ainsi compris devient une boutique.
On a beau dire au Peuple : « Enrichissez-vous tous !
Bien fou qui songe encore à la chose publique ;
Contre ton droit d'aînesse accepte ces gros sous. »

Trop fier pour écouter un cynique langage,
Que répond l'homme en blouse à ces courtiers-marrons?
« L'honneur du pauvre Peuple est l'unique héritage ;
Et j'ai sous l'Empereur gagné mes éperons. »

Oui, l'honneur pour le Peuple est un baume, un dictame,
Tout ce qu'il a sauvé du feu des factions ;

Pour soutenir son corps, il ne vend pas son âme ;
Car l'honneur est aussi le pain des nations !

Ce Peuple chevalier, vous le comprenez, Sire !
Il est fils des Gaulois, des Francs et des Romains.
Et votre *Moniteur*, que partout on peut lire,
Fera battre aujourd'hui des millions de mains.

« C'est un acte imprudent ! » dira la malveillance,
« Philippe d'Orléans ne l'eût jamais commis. »
— De ses faux alliés que Dieu garde la France !
Elle peut se charger de tous ses ennemis.

En quel temps la vit-on de leur nombre alarmée,
Depuis les jours fameux du paladin Roland ?
J'en appelle aux Bayards de notre jeune armée :
Marchandent-ils jamais leur sueur et leur sang ?

De notre nation celui qui veut médire
L'accuserait plutôt d'aimer trop le danger.
Oui, vous avez bien fait : vous avez signé, Sire,
Le plus beau bulletin de la guerre d'Alger.

On sait de nos soldats la valeur intrépide,
Rome n'a pas fait mieux sur le sol africain ;
Au nom de Jugurtha, le monarque numide,
D'où vient donc que leur front s'assombrissait soudain?

16

C'est que le remords pèse à des gens de courage !
Au mépris de la foi qu'on ne saurait trahir,
Le lion du Désert languissait dans sa cage ;
Trois fois honneur à vous qui venez de l'ouvrir !

S'il oublie à son tour la parole donnée,
Vous irez le combattre, et Dieu vous conduira !
Par lui la trahison n'est jamais couronnée;
Fais ce que dois d'ailleurs , advienne que pourra !

Qu'auraient dit les Anglais, si l'Émir héroïque
Dans le château d'Amboise eût trouvé son tombeau?
« Eh quoi ! la foi française est une foi punique !
Notre vieille rivale a flétri son drapeau. »

Et comparant alors Amboise et Sainte-Hélène,
Ils auraient essayé d'étouffer un remords ;
Mais de leurs prisonniers quand ils brisent la chaîne,
C'est que le fossoyeur vient enlever les corps !

Et lorsque du hasard la faveur sans seconde
En leurs perfides lacs fait tomber l'aigle altier,
Ils le clouent sur un roc, à l'autre bout du monde,
Pour laisser le champ libre au vautour carnassier.

Ce peuple de marchands eût trouvé fort commode
De balancer ainsi ses comptes avec nous.

En fait de droit des gens, John Bull pratique un code
A rendre, comme on sait, un procureur jaloux.

Sur nos vieux démêlés passant enfin l'éponge,
Laissons notre rivale aux genoux de Plutus.
La paix a ses douceurs, et chez nous nul ne songe
A rouvrir de sitôt le temple de Janus.

Il est des attentats, pourtant, que rien n'expie ;
Celui qui fut commis sur le Bellérophon,
Et l'hospitalité si lâchement trahie,
Feront à jamais tâche au rouge pavillon !

Le pavillon français tant battu par l'orage,
Mais toujours fier et pur, aura dans l'Orient
Un prestige de plus, le jour où sur sa plage
Débarquera l'Émir, libre comme le vent !

L'ennemi des Français, leur captif, pourra dire
S'ils respectent leur foi sans souci du danger.
Oui, si Dieu seul est grand, vous avez signé, Sire,
Le plus beau bulletin de la guerre d'Alger !

                                JULES GOURMEZ.

POUR UN SOURIRE DE L'EMPEREUR,

PRIÈRE D'UN PETIT ENFANT DE DEUX ANS.

Dieu de toute bonté, mon âme à peine éclose
S'entr'ouvre à la prière, ainsi qu'au vent la rose,
Et d'un parfum caché révélant le trésor,
A tout ce qu'on te dit veut ajouter encor.

Ma mère, chaque soir exaltant ta louange,
Dit qu'à tes yeux, Seigneur, je suis un petit ange,
Et que les noms chéris que murmure son cœur,
En passant par ma voix, te sont plus doux, Seigneur!

Sans qu'on m'en dise rien, j'ai voulu de moi-même
Attirer ta bonté sur un de ceux que j'aime :
J'ai dans un beau cortége aujourd'hui vu passer
Un Prince auquel ma bouche envoya son baiser.

Il daigna me sourire, et j'appris de ma mère
Qu'il était Empereur et gouvernait la terre;

Qu'il nous avait sauvés d'un immense danger,
Et qu'à son noble cœur aucun n'est étranger ;

Que l'enfant, grâce à lui, boit un lait de sagesse ;
Qu'un avenir brillant s'ouvre pour la jeunesse,
Qu'à l'abri de son sceptre on peut croître et grandir,
Et qu'il a su forcer le monde à le bénir.

Je n'ai qu'un cœur d'enfant, j'ai deux ans ; c'est à peine
Si les petits agneaux à cet âge ont leur laine ;
Mais cet homme, ô mon Dieu ! si bon, si bon pour nous,
Que puis-je lui donner pour un bienfait si doux ?

Je ne possède rien en ce monde où j'arrive ;
Mais de ton ciel d'azur j'habite encor la rive,
Et mes petites mains, implorant ton appui,
Obtiendront tes trésors et tes grâces pour lui.

Conserve-lui toujours cette bonté sublime
Qui pardonne sans cesse et qui jamais n'opprime ;
Donne-lui ta sagesse et ton regard divin,
Pour trouver la vertu qui se cache en chemin ;

Donne-lui de longs jours pour achever son œuvre,
Et faire de la France un merveilleux chef-d'œuvre ;
Donne-lui le bonheur, ce mirage éternel
Que l'on cherche ici-bas comme un reflet du ciel ?

Donne-lui!... Mais tu sais mieux que moi ce qu'il aime;
Je remets tous mes vœux à ta bonté suprême :
Si j'ai pu jusqu'à toi m'élever un instant,
Ah! c'est que ton esprit a passé sur l'enfant!

Ton esprit m'a donné la grâce et la lumière
Pour te prier, mon Dieu, pour sourire à ma mère,
Pour aimer mon pays du profond de mon cœur,
Et faire de mes bras un trône à l'Empereur!

MARIA DELCAMBRE.

Saint-Cloud, 2 décembre 1852.

AU PRINCE PRÉSIDENT.

Quand, d'un long cri, le Midi vous acclame,
Quand, noble écho, le Nord en fait autant,
Quand luit sur vous une céleste flamme,
Pourriez-vous, Prince, hésiter un instant!
Avec orgueil céignez une couronne
Qui du soleil reflète la splendeur !

Dieu vous choisit, la France vous la donne,
 Prince, faites-vous Empereur !

Vous avez su combler, d'une main ferme,
Le noir abîme entr'ouvert sous nos pas ;
A nos malheurs vous avez mis un terme ;
Oh ! maintenant ne nous délaissez pas !
Des vieux partis s'éteindra la furie,
Et vous serez encor notre sauveur ;
Entendez-vous la voix de la patrie ?
 Prince, faites-vous Empereur !

Grâce à vos soins la paix est revenue,
La douce paix qui fait fleurir les champs ;
Et du soleil qui dissipe la nue
Les doux rayons raniment cœurs et chants :
De tous côtés, prince, la gaîté brille :
De tous côtés, un gigantesque chœur
Jette ce cri de la grande famille :
 Prince, faites-vous Empereur !

Rêves heureux de vos ardentes veilles,
L'agriculture a repris ses travaux ;
Notre industrie enfante des merveilles,
Et les beaux-arts des prodiges nouveaux ;
Sous vos efforts le commerce prospère,

Il enrichit marchand et laboureur ;
Et tout vous dit : Vous êtes notre père !
  Prince, faites-vous Empereur !

Sachez-le bien, le Peuple vous adore ;
Il voit en vous son illustre Empereur.
Lorsque passait le sanglant météore,
Il invoquait son nom avec ferveur.
Dieu l'entendit ; Dieu, du haut de son trône,
Vous suscita dans ce jour de terreur ;
Sur votre front, placez donc la couronne !
  Prince, faites-vous Empereur !

Vous avez vu ce peuple qui vous aime,
Jeter partout des fleurs sur votre char ;
Sur votre front, poser le diadême,
Avec amour chercher votre regard ;
Il vous nommait le sauveur de la France,
Et priait Dieu, pour vous, avec ferveur ;
Ne trompez pas sa plus douce espérance,
  Prince, faites-vous Empereur !

                               A. BERTHOMIEU.

Octobre 1852.

LA FÊTE DES ARTS.

CANTATE

Exécutée en présence de S. A. I. au théâtre de l'Opéra-Comique.

La Musique (*Mme Ugalde*). — La Poésie (*Mlle Lefebvre*). — La Sculpture (*Mlle Wertheimber*). — Un Africain (*M. Bataille*).

LA SCULPTURE.

La France est satisfaite et le monde est tranquille ;
Car le monde a toujours sur nous les yeux ouverts.
Et quand la paix descend sur cette immense ville,
Le calme de Paris s'étend sur l'univers.
Sire, votre œuvre est faite, oui, deux fois elle s'ouvre,
L'ère de Périclès, d'Auguste et de Léon ;
  Un aigle plane sur le Louvre,
  Une croix sur le Panthéon,
Et le peuple applaudit le soleil qui découvre
Ce rêve colossal des deux Napoléon.

LA MUSIQUE.

Venez tous, redites encore

Le même nom, le même chant,
Venez des hauteurs de l'aurore,
Venez des plaines du couchant.
Aujourd'hui nous verrons le Louvre
Par Napoléon achevé ;
Aujourd'hui sa main le découvre,
Le monument qu'il a rêvé !

CHŒUR.

Venons tous, redisons encore, etc.

LA MUSIQUE, LA SCULPTURE, LA POÉSIE.

Que disent ces voix lointaines ?
Leur chant apporte un grand nom !
Est-ce encor l'hymne d'Athènes
Saluant le Parthénon ?
A voir cette foule immense,
Ces arceaux de fleurs couverts,
On croit que Paris commence
La fête de l'univers !

RÉCITATIF.

Sire, votre œuvre est faite ! oh ! combien peu d'années
Il faut pour accomplir ce qu'un jour nous fait voir,
Lorsque d'un grand pays les forces sont données

A l'énergique main du suprême pouvoir !

Pour que le bien se hâte, il faut qu'un seul domine :

Le pouvoir divisé n'a qu'un bras impuissant ;

Quand un seul dit : *Je veux !* toute œuvre se termine,

Et les plus longs travaux s'achèvent en naissant.

Ainsi, notre vieux Louvre, imposante merveille,

Qu'un grand roi commença, que l'Empereur aimait,

Palmyre du désert et ruine la veille,

Voit sa dernière pierre à son dernier sommet.

Sous l'œil de son glorieux maître,

Sous un ciel devenu serein,

Ce Louvre attend ceux qui vont naître :

Un peuple de marbre et d'airain.

Ce palais aux voûtes nouvelles,

Déjà plein de noms triomphants,

Étend aujourd'hui ses deux ailes

Pour abriter tous ses enfants.

L'AFRICAIN.

Entre les cités la première,

Paris, aux rayons éclatants,

Nous venons chercher ta lumière

Éteinte chez nous par le temps.

Sur nos monts, comme l'aigle antique,

Ton aigle trouve un libre accès ;
La vapeur, sur la mer d'Afrique,
Est un pont sur le lac français.

Le jour où votre main puissante
De l'émir ouvrit la prison,
Dans la tribu reconnaissante
Vous enchaîniez la trahison.
Histoire jamais effacée !
L'Afrique vous doit son réveil ;
Le rayon de votre pensée
Illumina notre soleil.

LA POÉSIE.

Deux grands noms que la gloire inonde
Éblouissent toujours nos yeux ;
De tels noms règnent sur le monde,
Quand le monde a foi dans les cieux !
LOUIS !... NAPOLEON !... ô France :
Réjouis-toi quand nous donnons
Le sceptre d'or et la puissance
A lui qui porte ces deux noms !

LA MUSIQUE.

Oui, les arts fleuriront. Cette illustre journée

Réunit tous les arts en lumineux faisceau.

Hortense, mère auguste, artiste couronnée,

Du prince impérial a béni le berceau.

> De sa mère chérie
>
> Il se souvient toujours.
>
> O France ! ô toi, patrie
>
> Des beaux-arts, nos amours !
>
> Mémoire que révère
>
> Son cœur reconnaissant :
>
> La lyre d'une mère
>
> Le berçait en naissant.

QUATUOR.

> Du palais la porte s'ouvre,
>
> Et semble nous convier
>
> A peindre aux parois du Louvre
>
> La palme de l'olivier ;
>
> L'aigle qui vient de s'abattre
>
> Sur ce vieux palais des rois
>
> Unit les noms d'Henri-Quatre
>
> Et de Napoléon-Trois.

(La toile du fond se lève et laisse voir un décor représentant le Louvre
terminé.)

CHŒUR FINAL.

Gloire au travail! l'œuvre est finie,
L'œuvre des deux Napoléon.
Le Louvre est fait; gloire au génie!
Les beaux-arts ont leur Panthéon!

MÉRY

LES TROIS 2 DÉCEMBRE.

1804-1805-1851.

Dans un deux décembre, élevant son trône,
D'où son bras puissant fulminait les rois,
Un Napoléon ceignit la couronne,
Se fit empereur et dicta des lois;
Dans un deux décembre offrant l'existence,
Un Napoléon sans haine et sans peur,
Couronna son peuple et sauva la France.
Le deux décembre est le jour de l'honneur.

Dans un deux décembre, armant la victoire,

Qui suivit toujours ses héros soumis,
Un Napoléon tout couvert de gloire
Gagna la bataille au champ d'Austerlitz.
Dans un deux décembre, armant son génie,
Qui de son grand oncle atteint la hauteur,
Un Napoléon gagna la patrie.
Le deux décembre est le jour de l'honneur.

Dans un deux décembre aux champs des batailles,
Un Napoléon guidant nos guerriers,
De nos ennemis fit les funérailles,
Et para nos fronts d'immortels lauriers.
Dans un deux décembre, en faveurs précoces,
Un Napoléon, par un coup sauveur,
Fait pour les Français d'héroïques noces.
Le deux décembre est le jour de l'honneur.

Dans un deux décembre, aux cris de la terre
Que faisait trembler le feu des canons,
Un Napoléon fut dieu de la guerre,
Et nous couronna d'immortels rayons.
Dans un deux décembre, aux bravos du monde,
Un Napoléon, roi législateur,
S'est montré le dieu de la paix féconde.
Le deux décembre est le jour de l'honneur.

GAGNE.

LA PAIX ARMÉE.

I.

Un trône a disparu sous des torrents de lave ;
Des hommes, rassemblés au milieu des débris,
Ramassent le pouvoir comme on fait d'une épave ;
Sauront-ils le garder ainsi qu'ils l'ont surpris ?

Non ! car le Tout-Puissant ne bénit la victoire
Qu'alors que du vainqueur il a guidé le bras :
Dans nos cruels discords, dans ces luttes sans gloire,
     Son Élu ne se montrait pas.

Bientôt l'urne aux partis ouvre ses flancs propices :
Chacun d'eux à son gré nous prépare un sauveur ;
Mais le peuple a voté, libre dans ses comices,
     Pour l'héritier de l'Empereur.

L'oracle est accompli : c'est la voix populaire,
Le cri d'un peuple entier ; non la voix d'un parti,

Ou le cri d'un faubourg qu'un traducteur faussaire
    Vient appeler *Vox populi.*

Dès-lors tous contre un seul : on l'attaque, on l'assiége ;
Sa chute est imminente et son sort est prédit ;
Tous se donnent la main pour mieux lui tendre un piége ;
Il les précipite, et la France applaudit ! !

II.

    Marche ! poursuis ta destinée,
    Prince, notre espoir, notre orgueil :
    Sans toi l'Europe, condamnée
    A des jours de honte et de deuil,
    Tombait en proie à l'esclavage,
    Ou, s'indignant dans sa fierté,
    Livrait une lutte sauvage
    Aux yeux du monde épouvanté.

Ah ! quand Napoléon dictait à Sainte-Hélène
Ce pieux testament, où son plus cher désir
Était de reposer sur les bords de la Seine,
(Où sa gloire était née, il eût voulu mourir)
Avait-il pressenti qu'un jour la Providence,
Après avoir longtemps châtié nos erreurs,

Replacerait son nom sur le trône de France,
Et viendrait d'un seul trait effacer nos malheurs?

Va! ton peuple t'appelle en sa reconnaissance ;
    Va! tu peux compter sur sa foi ;
De cités en cités marche avec assurance !
    Car le Seigneur est avec toi !

    Sa main puissante et tutélaire
Préservera toujours de tout lâche agresseur
Le soutien de la foi, celui qui de saint Pierre
    A défendu le successeur.

C'est lui qui sur ta tête affermit la couronne
    Que te décerne notre amour ;
    Du noble éclat qui t'environne,
Le pays tout entier resplendit à son tour.

    Le peuple sait que ton génie
    Le dotera, dans l'avenir,
    De ces trésors que l'utopie
    A cherchés sans les obtenir !

L'Empire, c'est la paix, et c'est encor la gloire ;
La gloire, ce brillant aux reflets inégaux
Qu'illumine parfois l'astre de la victoire,
Et qui parfois scintille à des astres rivaux.

Mais la conquête aussi veut dire : l'industrie,
Le commerce, les arts ! L'artisan, le soldat,
Se dévouant tous deux pour illustrer l'État,
Sont de nobles enfants de la même patrie !

Que jamais l'étranger menace nos drapeaux,
Il verra que la France est exempte d'alarmes ;
    Si nos guerriers sont au repos,
    Ils sont au repos sous les armes !

JAIME.

LE PRISONNIER DE HAM.

Au pied de la prison, et des noires tourelles,
Où, le fusil chargé, veillent les sentinelles,
    De pauvres gens viennent prier.
Comme en un lieu béni, chaque jour, à toute heure,
Ils adressent leurs vœux vers la triste demeure
    Du doux appui de leur foyer.

« Sa bonté, disent-ils, rend de l'ouvrage aux pères,

La couverte à nos lits, l'espoir au cœur des mères ;
Dans notre huche met le pain.
Ce qu'il faudra donner pour que chaque famille
L'hiver ait des habits, la flamme qui pétille,
Lui-même il l'écrit de sa main.

« Des vertus du chrétien c'est le parfait ensemble !
Il dit à nos enfants : Heureux qui vous ressemble,
Lui dont l'âme est pleine de foi !
Quand pour leurs jeunes cœurs la Table sainte est prête,
Par de nouveaux bienfaits il signale la fête,
Puis il nous dit : priez pour moi !

« Le gouverneur défend de lui porter les armes.
Tout signe de respect fait naître ses alarmes ;
Il nous dit : c'est un ennemi !
Mais sa belle âme alors dans ses yeux vient se peindre,
Et nous, le cœur ému, nous disons : comment craindre
De nos toits le meilleur ami ? »

Quel est ce prisonnier pour qui la forteresse
N'a pas assez de fers, le pauvre de tendresse,
Et qu'ils gardent comme un trésor ?
L'Empereur le disait : c'est *l'espoir de la France,*
C'est lui qu'il faut chercher au jour de la souffrance;
Je l'aime, il possède un cœur d'or.

Voilà ce qu'on disait dans Ham, à la veillée,
Et quand du voyageur la surprise éveillée
  Du captif demandait le nom,
On répondait : Ce nom couronné par la gloire,
Ce grand nom, notre orgueil ! le plus grand de l'histoire,
  C'est le nom de Napoléon !!!

Hélas ! oui, c'était lui !.. Lui, dont le nom résonne
Et dont le front devait porter une couronne !
Louis-Napoléon. du Grand Homme héritier,
Dans un lieu sombre et froid, gémissant prisonnier !
Mais il se résignait. « Ce qu'il faut à ma vie,
» Disait-il, c'est l'étude et l'air de ma patrie !
» On peut sans son épée être utile au pays,
» Je servirai le mien, du moins par mes écrits. »

On lui mesurait l'air avec inquiétude,
Mais de beaux dévoûments peuplaient sa solitude !
Voyant ses deux amis et son bon serviteur
Pour vivre auprès de lui, bénir leur esclavage,
Un noble orgueil alors, ranimant son courage,
  Faisait palpiter son grand cœur !...

Quelquefois sur son front, une ombre de tristesse
Venait de ses amis alarmer la tendresse :
Vous souffrez, disait-on ?.. ce travail rigoureux... —

Mais lui les rassurait : Je songe aux malheureux !
Je songe à notre France, au bien qu'on pourrait faire !
Qu'aux désirs de mon cœur je voudrais satisfaire !
Hélas ! si j'étais roi, je voudrais que toujours,
On puisse, en travaillant, se donner d'heureux jours.
Enfin la poule au pot, comme dit Henri quatre;
Mais lui, pour sa couronne, il lui fallut combattre,
Et moi, du peuple seul je la veux recevoir;
Mon Empire est la paix ! Sans fers, gardes, ni hampe !
Beaux rêves d'un captif!.. voilà pourquoi ma lampe
     Si tard brille aux barreaux le soir !

Ainsi passaient les jours, et les mois, les années !
Mais Dieu qui lui gardait de hautes destinées,
Éprouvait son courage au creuset du malheur ;
Puis quand il le jugea Prince selon son cœur,
Que pour de grands desseins sa grande âme fut prête,
Il lui montra du doigt l'étoile sur sa tête !

Et pendant son sommeil, l'appelant par trois fois,
Un ange dit : Salut à Napoléon trois !
Par l'étude, au réveil, il étouffe le songe,
Car il est prisonnier, et le chagrin le ronge...
Mais son père le nomme à son lit de douleur,
Qui pourrait l'arrêter?.. Murs et gardes ! qu'importe !

Il faut de la prison, mais il faut bien qu'il sorte ! ..
Arrière !.. Place à l'Empereur !..

Oui, place à l'Empereur ! Nous courions vers l'abîme !
Un homme se révèle en un élan sublime !
A sa voix le calme renaît !
Comme autrefois le Christ au fort de la tempête,
Et les flots sous ses pieds, et les vents sur sa tête,
D'un seul geste les enchaînait.

Oui, place à l'Empereur !.. qui, d'une main hardie,
Sur le vaisseau brûlant éteignant l'incendie,
Se présente seul contre tous !
Puis ayant mis un terme à nos longues tortures,
Par un baiser de paix, il panse nos blessures,
Et répand le bonheur sur nous.

A ses bienfaits, volant de province en province,
Les pauvres, les souffrants ont reconnu leur prince,
Napoléon libérateur !
Le pays à ses pieds dépose la couronne;
Je l'accepte, dit-il, si le peuple la donne...
Le peuple la donne au Sauveur !

Sire, l'on vantera votre noble courage !
On lira dans l'histoire, il fut juste, il fut sage,

Le sauveur de notre foyer ;

Sans pouvoir décider, par votre vertu même,

Qui met à votre front le plus beau diadême,

L'Empereur ou le prisonnier !. . .

LOUISE BOYELDIEU D'AUVIGNY.

L'EMPIRE EST FAIT

L'Empire est fait !

Ce mot d'ironique jactance

N'est plus un vain mot, c'est un fait !

L'Empire est fait : il est fait pour la France ;

Il en devient l'orgueil, l'avenir, l'espérance.

L'Empire est fait !

L'Empire est fait !

Malgré votre fausse énergie

Se vantant, comme d'un haut fait,

De nommer crime aux yeux de la patrie

L'acte qui la sauva de la démagogie,

L'Empire est fait !

L'Empire est fait !

Non pas par la force des armes,

Par un politique forfait,

Par les droits du canon, au milieu des alarmes ;

Mères, sur vos enfants ne versez plus de larmes :

L'Empire est fait !

L'Empire est fait !

Chez nous, plus de ligue et de fronde ;

Courbons-nous devant ce bienfait,

Devant cette pensée admirable et féconde,

Qui dit à l'univers, pour la paix de ce monde :

L'Empire est fait !

H. DE SAINT-GEORGES.

2 décembre 1852.

NAPOLEONI III

GALLIARUM IMPERATORI.

Gallia, sat lacrymis sat mœsta huc usque fuisti,

Jamque tuæ guttis sat maduêre genæ :

Incipe, mœsta Parens, tantum lenire dolorem,
     Incipe nuncque tuas tergere mœsta genas.
Aurea namque tibi redeunt Saturnia secla,
     Claraque progenies Gallica regna tenet.
Vir patet egregius legit quem Gallia magnum,
     Quo forti genitus principe Patre fuit.
Olli quis Patruus? populos qui et regna subegit
     Gallorum Imperio, strenua bella gerens!
Talia dùm loquor insolitum undique, et undique murmur
     Lætum per vulgus sidera celsa petit.
Victrices aquilæ redeunt volitantque superbæ,
     A quibus et reliquæ multa verentur aves.
Militibusque caput signo præfulget avito,
     Lumine nuncque suo fulget uterque Polus.
Scit bene quid referant domitus jam, signa, Britannus
     Gætorum turbæ, Sarmaticique soli.
Fumat adhuc sanguis, trepidant sicca ossa pavore.
     Hostis ab invicta quæ cecidêre manu.
Tu quoque nunc, Lodoix, referens hæc signa parentum,
     Denuo, Tu, Gallis pandis ad astra viam.
Di Tibi virtutem dederunt artemque regendi
     Imperia, inviso non adeunda pede.
Undique namque boves tuti peragrantur in arvis,
     Ferrea et incultum sentit aratra solum.
Atque Ceres altrix, vestit quæ frugibus agros.

Crinibus intonsis spicea serta gerit.
Lacte madent pecudes, præbent distenta capellæ
    Ubera pastori lacte referta suo.
Ingenuæ florent artes, floretque juventus
    Quæ chartæ assiduo docta labore viget.
Bellica quid virtus? præstat magis omnibus una,
    Dicere sic ausim, non habitura parem.
Templaque christiadum bellis civilibus arsa,
    Sublimi tollunt vertice ad astra gradum.
Vel mare per medium dites mercator ad Indos,
    Navigium credit fluctibus æquoreis.
Denique Religio, mores, et commoda magna,
    Incolumi Duce te Napoleone vigent.
Hos ego dum tenui versus modulabar avena,
    Gallorum Lodoix Regna pererrat ovans.
Cui populus colit IMPERII DIADEMATE frontem,
    Quæ solet ingentis prodere molis opus.

                · LOUIS BRUNETTI.

Viviers, 1852.

LE NOM ET L'HOMME.

Nos chefs, nos citoyens rassemblés sous vos yeux,
Les organes des lois, les ministres des Dieux,
Vont, libres dans leur choix, décerner la couronne.
Sans doute elle est à vous, si la vertu la donne.

I.

Le Dieu qui protége la France
Et veille sur son vieil honneur,
Par ta voix, nous rend l'espérance
De jours de gloire et de bonheur.
De César l'immortelle étoile,
En ce grand jour, perce le voile
De tes erreurs, ô Peuple-Roi !
Merci pour la France chérie,
Prince, merci pour la Patrie !
Napoléon, salut à toi !

Le jour où ton brûlant courage
Sur les traîtres coalisés
S'abattit et, dans son orage,
Engloutit les partis usés ;
Le jour où, du linceul sublime
Qui couvre sa dépouille opime,
Ton bras arborant un lambeau,
Fit surgir ses vieux Héraclides,
Le demi-dieu des Invalides
A tressailli dans son tombeau !

Ce fut une grande journée,
Écho d'un âge glorieux !
Grande à l'égal de son ainée,
Et pure de sang précieux.
Prince, ta puissante énergie
A secoué la léthargie
Où se mourait le nom Français ;
De l'Oural jusqu'aux Pyrénées,
Vois les nations prosternées
Devant l'Austerlitz de la paix !

Poursuis donc !—de Tytans-Pygmées
Les haineuses ambitions,
Par ta colère désarmées,
Laissent en paix les nations.

Salut à cette nouvelle ère !
Plus de deuil, de sang, plus de guerre !
La cruelle rivalité
Ne forge que des fers au monde...
La paix, dans sa marche féconde,
Sème en tous lieux la liberté !

II.

L'histoire qui l'a dit veut le redire encore :
Ton nom qu'au monde entier chante un écho sonore,
Répétant gloire, amour, génie, ordre, grandeur,
Ce sympathique nom de puissant Empereur,
Cet emblôme sacré de Patrie et de France
Devait, ô mon pays, être ta providence !
Quand deux fois l'anarchie, en guerre avec les lois,
Te laissait épuisé, haletant, aux abois ;
Radieux météore, en sa course sublime,
Deux fois ce même nom, a surgi de l'abîme,
C'est que ce nom, vois-tu, c'est ton instinct, c'est toi,
C'est que ce nom jamais ne t'a manqué de foi ;
C'est que toujours, vois-tu, quelque nouveau prodige,
En le sanctifiant, en grandit le prestige ;
C'est que l'Europe, en vain, deux fois le détrôna ;
L'enfant naît, le bégaye et lui sourit déjà ;
C'est que te résumant, nation incarnée,

Il dit victoire, honneur;—C'est qu'à chaque journée,
Il t'impose une gloire, il te lègue un bienfait !
C'est que tout ton bonheur, c'est lui qui te le fait !
C'est que, sur le rocher qui porte l'anathème,
Un râle disait : France, un vœu : Peuple, je t'aime !
C'est qu'un jour, s'oubliant à ta prospérité,
Il t'avait, sur les Rois, fait une royauté !

III.

Quand le ciel a parlé, qu'est-ce donc qui t'arrête,
Prince, et pourquoi tarder à poser sur ta tête,
Toi, le prédestiné, toi, son libérateur,
La couronne que t'offre un peuple admirateur ?
Depuis ce jour, d'affreuse et néfaste mémoire,
Où s'abima, vivant, l'homme qui fait sa gloire,
Où la stigmatisa le soufflet d'un vainqueur,
Où, la mort dans le sang, le deuil vit en son cœur,
La France, incessamment grandissant son idole,
T'a frayé le chemin qui mène au Capitole.
L'encens fume à l'autel, la foule avec ferveur,
Accourt t'y saluer Napoléon sauveur !
Elle ordonne, obéis ! Crains d'être sacrilège ;
Car sa voix est la voix du Dieu qui la protége !

EUGÈNE ANGUENOT.

Nancy, 10 octobre 1852.

SONNET A S. A. I.

Hélas! pauvre curé, privé de presbytère,
Il me faut essuyer et la pluie et les vents;
Car comment éviter l'inclémence du temps?
Pedibus cum jambis j'ai six milles à faire.

Quand il me faut remplir mon divin ministère,
Hélas! souvent je fais attendre les vivants!
Et quelquefois trop tard, près du lit des mourants,
J'accours pour recueillir leur suprême prière.

Prince religieux, pour soutenir l'autel,
Nous proclamons en vous l'élu de l'Éternel;
Aussi, pour vous fêter, tandis que tout s'apprête,

Je ne puis rien trouver digne de votre cœur,
Que de vous demander où reposer la tête
Près du temple sacré qu'habite le Seigneur.

Un jeune Curé.

Il est inutile d'ajouter que, huit jours après, la prière était largement exaucée.

L'ÉLU DE L'EMPEREUR.

Aggredere ô magnos, aderit jam tempus, honores!
VIRG.

Approche, il en est temps, monte aux honneurs suprêmes.
TISSOT.

Entendez ! c'est la voix des canons pacifiques ;
C'est l'airain frémissant dans les flèches gothiques
    Qui répand des concerts joyeux :
Voyez ! c'est le drapeau fier de mille batailles,
Qui sur nos vieilles tours et nos vieilles murailles
    Déroule ses plis glorieux.

Les cités d'alentour dans la nôtre accourues,
Comme un fleuve vainqueur s'élancent dans nos rues,
    Brisant tout ce qui les retient ;
Un cortége s'arrête à la place prescrite ;
Mais la foule à longs flots roule et se précipite
    Au-devant de celui qui vient.

18

Le voilà ! Tous les fronts se découvrent : silence !
Le cœur entre l'amour et le respect balance :
     La lèvre murmure son nom...
Puis une explosion éclatante et sublime
Part, et l'écho lointain redit de cîme en cîme
     Ce cri : « Vive Napoléon ! »

C'est le cri des combats, c'est le cri de la gloire :
Il conquit l'Univers, poussé par la victoire
     Et répété par le canon ;
C'est le cri de la paix bienfaisante et féconde,
Le dernier cri d'espoir de la France et du Monde :
     « Vive, vive Napoléon ! »

On dit que l'Empereur, un jour aux Tuileries,
Parcourant soucieux les vastes galeries,
     Entre ses bras prit un enfant ;
Que ses lèvres de feu sur ce front blanc pressées
Lui firent pour toujours de sublimes pensées
     Un diadème triomphant.

Le grand homme tomba ; les débris de l'Empire,
Drapeau noirci de poudre et que le plomb déchire,
     Furent dispersés par le sort ;
L'un d'eux, de ces revers l'âme toute occupée,

Au foyer de l'exil suspendit une épée
    Dont le maître, hélas ! était mort.

Glaive de l'Empereur, qui t'osera reprendre ?
Et qui, t'ayant repris, apaisera la cendre
    Tiède encore de ce martyr ?
C'est ce jeune héros dont la main te mesure,
Et dont le cœur, brûlant de venger ton injure,
    Appelle l'instant de partir.

Mais l'ère de la paix sur les peuples se lève ;
Prince, vous avez ceint ce redoutable glaive,
    Fait pour la taille d'un géant :
Des partis déchaînés l'hydre en vain vous regarde ;
Votre puissante main, s'abaissant sur la garde,
    Les replonge dans le néant.

Oui ! s'il est des destins qui soient dès l'origine
Écrits en traits de feu par une main divine,
    Le vôtre, Prince, est de ceux-là.
Vous avez eu toujours foi dans votre génie,
Et le peuple déjà dit qu'une voix bénie
    Un jour d'en-haut vous appela.

Le peuple ! ah ! lui surtout vous comprend et vous aime,
Dirigé comme vous par cet instinct suprême

Que les sages écoutent peu,
Il a cru, quand encor tout était dans le doute;
En vous voyant passer, il criait sur la route :
« Salut à l'envoyé de Dieu ! »

Remplir les bons d'amour et les méchants de crainte,
Rendre aux faibles la force, à toute chose sainte
Le prestige des temps passés ;
Revêtir de respect l'autorité flétrie,
De toutes ses grandeurs couronner la patrie :
Quel rêve ! et vous l'accomplissez !

Et parmi tous les droits que pour vous on réclame,
Il n'en est qu'un qui soit cher à votre grande âme,
Celui de faire des heureux.
Quand on vient à vos pieds déposer la couronne,
Vous dites : « Attendez ; il faut que l'heure sonne. »
Et puis, vous détournez les yeux.

Il faudra bien pourtant que cette heure attendue,
Et que vous seul encor n'avez pas entendue,
Sonne enfin pour notre bonheur !
Le neveu de César doit s'appeler Auguste,
Vous êtes grand et bon, vous êtes fort et juste,
Vous régnez : VIVE L'EMPEREUR !

L. RICHAUD.

Avignon, 24 septembre 1852.

SON AME ET SON NOM.

Napoléon, soleil, magnifique symbole
De vertu, de gloire et d'honneur,
Éclaire comme une auréole
Son jeune front libérateur.

Une ère nouvelle commence!
Diadême du souvenir,
Son nom est le passé de notre belle France
Et son âme en est l'avenir!

JULES PAUTET DU ROZIER.

GLOIRE A LUI.

Assez la poésie, au luth échevelé,
Dans le monde d'hier promenant ses conquêtes,

A bercé trop de cœurs, et gonflé trop de têtes ;
Nous avons recueilli bien assez de tempêtes !
     Les vents ont trop longtemps soufflé !

Oui !... Car au monde il faut la paix et l'espérance.
Et ce ne sont pas ceux qu'enfièvre la souffrance
     Qui nous les donneront ;
Ce sera, croyez-en la sainte expérience,
Ceux qui portent bien haut l'amour de l'ordre au front.

Ceux-là qui n'ont pas craint, quand la brûlante lave
D'un peuple déraillé qu'on trompe et qu'on déprave,
     Coulait aux carrefours fangeux ;
Qui n'ont pas craint, au feu du cratère qui bave,
     D'en traverser le torrent orageux.

Gloire donc à celui qui d'un fouet énergique
A su du temple saint de la société
Chasser tous ces vendeurs de la chose publique,
Utopistes, rêveurs à la morale inique,
     Qui s'appelaient la Liberté !

Que la Démocratie au sourire farouche,
Que sa mère l'Envie, habile à détester,
En murmurent, tout bas, dans l'ombre de leur couche.

Qu'importe ? n'est-ce pas leur lot de protester
Contre l'ordre et la loi qui lui ferment la bouche?

     Honte à leurs apôtres jaloux !
Car cette liberté sans limites, sans guide,
Ce n'est que le mépris des libertés de tous ;
Et leur fraternité, toujours l'œil en courroux,
     Ce n'était que le fratricide.

Mensonge que ces mots à qui l'orgueil sourit !
Oui, les biens détournés de leur but sont nuisibles.
La liberté n'est pas ailleurs qu'où Dieu l'inscrit,
Ainsi qu'il n'est d'égaux et de frères possibles
     Que dans le Christ et par le Christ.

Gloire donc à celui qui fit rester dans l'ombre
Cet essaim de rêveurs qui, sans souci d'autrui,
Voulait refaire un monde à leur image sombre :
Et n'ont couvert le sol que de débris sans nombre...
     Gloire à lui ! Gloire à lui !

                      LOUIS TREMBLAY.

L'EMPEREUR N'EST PAS MORT.

I.

Dans l'immense Océan, où s'égare ton vœu,
Pauvre France! Il n'est plus l'Empereur magnanime:
Comme l'Hercule antique, au sourire de feu,
Le martyre l'étouffe en son linceul sublime...
L'Europe alors se voile et tremble, et ne croit pas
Se reposer tranquille, au-dessous de cette ombre,
Qui grandit à toute heure, et malgré le trépas
Tient encore aux vivants par des fibres sans nombre.
De vos succès d'hier retenez les transports,
Vainqueurs qu'on applaudit sans pudeur pour la France,
Écoutez! Dieu là-haut écrit votre sentence :
Le peuple dit tout bas : l'Empereur n'est pas mort.

Mais la France a deux fois déjà changé de chaînes,
Et refait à son gré ses lois, et l'avenir ;
En vain de Waterloo, le sombre souvenir

Se drape avec fierté dans de royales haines,
L'Empire, hélas! s'efface au milieu des bravos
Que même les ingrats trouvent pour la puissance;
La Victoire éperdue écrase ses héros
Sous un double fardeau de honte et de souffrance.
Eloigne-toi, chère Aigle, et cache tes amours :
La Providence est mère aussi, pour ta couvée !
Qui donc déclarerait ta conquête achevée !
Le génie, avec Dieu, seul régnera toujours !

L'Empereur ! il revient, il renaît dans sa cendre ;
Et ses soldats flétris ont retrouvé des pleurs ;
Mais ils ne sont point las cependant de l'attendre.
Ce n'était qu'un absent qui savait leurs douleurs.
... Le voilà, c'est le cri qui grandit et qui tonne !
Et les morts d'Austerlitz font vibrer la colonne
Dont l'ode gigantesque exalte nos exploits...
Salut ! trois fois salut ! superbe Renommée !
Ton poème homérique est cette vieille armée,
Qui palpite d'honneur en défendant les lois.

II.

Ce nom est fait de flamme et vivra d'âge en âge !
Prince ! de vos destins il traçait la grandeur ;
Ce nouveau Te Deum, c'était votre héritage !

Le peuple en adorait la naïve splendeur.
O Prince, quand l'exil enlaçait votre enfance,
Et que les yeux levés vers l'étoile de la France,
Votre mère priait pour la France... et pour tous !
Nous, tous petits enfants attendris et sincères,
Nous vous aimions déjà dans l'âme de nos pères,
Dont le sang libéral avait coulé pour vous.

Ah ! la grâce et la foi, Prince, ont béni nos larmes,
Et déjà vous régnez pour déposer les armes,
Et suivre du pardon l'ineffable conseil ;
Car les grands ont d'abord le divin privilége
D'élever le vaincu que plus rien ne protége,
Et de le réchauffer d'un peu de leur soleil.

Gloire donc au revers, que Dieu métamorphose !
Votre Oncle olympien reparaît dans nos cieux !
Vous voilà remonté dans son apothéose
Pour en signer aussi le blason radieux ;
O Prince, ce blason que la gloire éternise
Et que n'ont pu flétrir le malheur ni le sort,
C'est celui de la France, en voici la devise :
Vive Napoléon !... l'Empereur n'est pas mort !

RACHEL G. BLONDEL.

27 novembre 1852.

LE PEUPLE ET DIEU.

Le seul bien de l'État fait son ambition.
VOLTAIRE.

« D'où viennent jusqu'à nous ces rumeurs inconnues?
Disent, dans leur effroi, les Nations émues;
   Le sol s'ébranle sous nos pas!
Est-ce, vers l'occident, quelque bruit de conquête?
On dirait, sur les mers, la voix de la tempête;
   Peuples, ne l'entendez-vous pas? »

Non! non! rassurez-vous! C'est la voix de la France;
Elle jette à l'Europe un cri de délivrance,
   Profond, immense, solennel!
Un cri retentissant comme un coup de tonnerre!
Et du nord au midi, les échos de la terre
   Répondent aux échos du ciel!

Temples du Dieu vivant, superbes basiliques!

Revêtez de splendeur vos nefs et vos portiques ;
　　Ce jour n'eut jamais de pareil !
Répétez l'hymne saint des plus pompeuses fêtes !
Monuments triomphaux, illuminez vos faîtes
　　De feux à pâlir le soleil !

Interrogez l'histoire et la poudre des âges,
Et dites si jamais de plus justes hommages
　　Tombèrent sur un plus grand nom !
Ah ! tu ne démens pas ta race glorieuse,
Et la France s'écrie, enfin victorieuse :
　　Gloire à Louis-Napoléon !

Qu'ils soient ensevelis dans leur propre infamie,
Ceux qui vont, réveillant la vengeance endormie !
　　Artisans de publics malheurs !
Hommes pétris d'orgueil et de haine profonde,
Se faisant, sans remords, pour dominer le monde,
　　Un piédestal de nos douleurs !...

Honte à ces promoteurs de doctrines impies !
Propagateurs ardents d'absurdes utopies,
　　De ce siècle infernal poison !
Esprits audacieux, jetés dans les extrêmes,
Jaloux de voir régner, jusqu'en nos foyers mêmes,
　　Le désordre de leur raison !

Comme on voit à travers des sphères étoilées,
Loin des mondes connus bondir échevelées,
    Les comètes au vol de feu,
Sinistres messagers, dans leur course infinie,
Toujours près de troubler la céleste harmonie
    Qui des soleils monte vers Dieu !

Et tandis que grondaient les volcans populaires,
Lorsque montait le flot de toutes les colères,
    Que faisaient nos législateurs ?
De courage brûlants et de leur sang prodigues,
Couraient-ils opposer d'impénétrables digues
    A ces torrents dévastateurs ?

Hélas ! loin de s'unir pour sauver la patrie,
Les partis, chaque jour, avec plus de furie,
    Sapaient le pouvoir incertain !
Et lorsqu'autour de nous tout devenait plus sombre,
On dit... le croyez-vous ?... qu'ils attendaient dans l'ombre
    La plus large part du butin !...

Ce qu'ils faisaient ? mais, non ! je ne veux pas répondre ;
L'inexorable histoire est là pour les confondre !
    Ah ! qu'ils apprennent désormais,
Qu'en ces piéges adroits que leurs mains savent tendre
Les rois trop confiants ont pu se laisser prendre ;

Mais un Bonaparte!... jamais!

A frapper ce grand coup il te fallut résoudre!
C'était le seul moyen de conjurer la foudre,
    Qui menaçait peuples et rois;
Et la France, pour toi reconnaissante mère,
Loin de te condamner pour cet autre Brumaire,
    T'absout huit millions de fois!

Oh! c'est qu'à tous les yeux, cette rouge fournaise,
Devant qui pâlirait même Quatre-vingt-treize,
    Jetait de sinistres clartés!
Ceux que n'égarait pas une aveugle démence,
Les sages, les penseurs, voyant le gouffre immense,
    Reculèrent épouvantés!...

Prince! poursuis le cours de ton destin propice!
De l'ordre social reconstruis l'édifice,
    Toi, le neveu de l'Empereur!
On dit que dans tes nuits sa grande ombre t'inspire:
Quel exemple plus grand pour fonder un empire,
    Pourrait-il enflammer ton cœur?

Au sommet du pouvoir tu n'en crains pas l'ivresse;
La France se confie en ta haute sagesse:
    Tu sais, Prince, ce qu'il lui faut!

Des révolutions comble le sombre abîme ;
N'as-tu pas pour t'aider, en cette œuvre sublime,
    Ici le peuple, et Dieu là-haut !

                                LIQUIER.

Anduze, le 11 janvier 1852.

INAUGURATION

DE LA STATUE DE L'EMPEREUR

A LYON,

En présence du Prince.

D'où viennent ce concours, ces transports, ces fanfares ?
Ah ! c'est qu'on a vu luire un de ces jours si rares
Dont l'orgueil des cités se pare avec honneur :
De même qu'autrefois sa mère la Romaine,
C'est que Lyon en fête au piedestal amène
L'image d'un héros et d'un triomphateur....

    Voilà bien ses traits, son visage....
    L'aspect seul de sa fière image

Fait courir un frisson de feu....
L'Aigle, royale sentinelle,
A semblé secouer son aile
Comme au souffle du Demi-Dieu !....

Voyez, on dirait qu'il respire....
Sur sa bouche nait un sourire,
Sa main se pose sur son cœur;
Il semble, au Peuple qui l'honore,
Etre prêt à jeter encore
Un mot sympathique et vainqueur !

L'art transfigure et divinise !
Sur lui, la *redingote grise*,
Sur son front, le *petit chapeau*.....
Attributs plus forts que des armes !
Devant qui l'Europe en alarmes
Cent fois inclina son drapeau.

Et l'on dirait que ses batailles
Viennent au sein de ces murailles
Comme un cortége triomphal,
Pour former, de lauriers coiffées,
Une ceinture de trophées
Au marbre de son piédestal.

Peuple, armée, accourez en foule

Comme un immense flot que roule
La mer sur son gouffre béant ;
Vos cris d'amour et d'espérance,
Pour écho vont avoir la France....
Venez saluer le géant !

Venez, vieux braves, c'est le vôtre ;
Si d'un bout de l'Europe à l'autre
Il vous guida dans ses combats
Sans que votre valeur fut lasse,
C'est surtout ici votre place...
Accourez vers lui, vieux soldats !

Mais cette imposante statue
Que le talent a revêtue
De majestueuses splendeurs,
Hélas ! ne saurait nous entendre,
Et, bronze sourd, ne peut comprendre
L'élan qui fait bondir nos cœurs....

Mais sous nos yeux, faveur insigne !
Du grand homme émule bien digne,
N'avons-nous pas son héritier ?
Oui, dans cette tête stoïque,
Dans cette poitrine héroïque,
L'Empereur revit tout entier.

En lui l'Empereur nous écoute....
Entendez au loin sur sa route
 Voler cette acclamation,
Comme sur l'aile de la foudre,
Comme la flamme sur la poudre :
Napoléon ! Napoléon !....

C'est le cri de reconnaissance,
Où vibre l'âme de la France
En présence de son sauveur,
Dont la généreuse énergie
Osa de la démagogie,
Enchaîner l'aveugle fureur.

Honneur à lui ! Triomphe et gloire
A son courage, à sa victoire !...
De lui, pour sa prospérité,
La France a droit de tout attendre ;
Et, près de ce bronze, il vient prendre
Des leçons d'immortalité !

Libérateur de la patrie !
Notre âme, de joie attendrie,
Ne peut que louer et bénir
En toi, le présent magnanime

Reflétant le passé sublime,
Mais l'œil tourné vers l'avenir !

GABRIEL MONAVON.

Bourgoin, 20 septembre 1852.

CANTATE [1],

Salut ! Héritier du Héros
Qui rassura la France en triomphant du crime !
Comme lui, tu sauvas le pays de l'abîme
Et fis l'ordre sur le chaos !

I.

Quand de Février les tempêtes
Nous poussaient d'écueil en écueil,
Lorsque la foudre sur nos têtes
Semait autour de nous le deuil,

[1] Chantée sur le grand théâtre de Marseille, devant S. A. I., le 26 septembre 1852.

Un nom, le plus grand de l'histoire !
Au ciel brilla comme un divin rayon ;
Symbole de salut, et de force, et de gloire,
Ce nom, c'était le tien, Louis-Napoléon !

    Deux fois ton nom sauva la France,
    Deux fois tu fus l'élu des cieux,
    Et ton front, de la Providence,
    Porte le signe radieux !

II.

    Entends-tu ces chants d'allégresse,
Qui, d'échos en échos, s'élèvent dans les airs,
    Et vers le Ciel, en saints concerts,
Montent comme un parfum de joie et de tendresse?
    Oh ! gloire à toi, Napoléon !
    Sois béni, sauveur de la France !
    Qu'en tous lieux ton glorieux nom
    S'échappe en cri de délivrance !
    Dans son amour reconnaissant,
    Le pays, toujours grand et juste,
    Voudrait voir sur ton front auguste
    Briller le signe tout-puissant !

Salut ! Héritier du Héros
Qui rassura la France en triomphant du crime,

Comme lui, tu sauvas le pays de l'abîme,
    Et fis l'ordre sur le chaos !

ESPRIT PRIVAT.

LES DEUX GLOIRES.

I.

En approchant des murs de notre capitale,
L'étranger, à l'aspect de l'Arc audacieux
Qui décrit dans les airs sa courbe triomphale,
Se trouble, et tout-à-coup passe en baissant les yeux.
C'est que ce monument, frère de la Colonne,
En projetant au loin l'ombre de nos exploits,
Apprend aux ennemis que sa grandeur étonne,
Qu'il peut faire surgir tout un peuple à la fois.
Sur ses robustes flancs, comme autant de prodiges,
Le burin a tracé les travaux glorieux
Des preux qui, dans ces jours, effacent les prestiges
Des héros du passé dont on a fait les dieux.
Des rives du Danube aux bords riants du Tage,

Des champs glacés du pôle aux sables des déserts,
On les vit promener l'étendard du courage,
Plus grands que l'ennemi jusque dans leurs revers.
En relisant leurs noms, on croit entendre encore
Le bronze foudroyant qui sème le trépas ;
On pense à ce génie actif, brûlant d'éclore,
Qui fit des généraux de nos simples soldats ;
On voit planer au loin cet aigle des batailles
Qui traçait par le feu son vol dans l'univers ;
Puis, l'on suit en pleurant les humbles funérailles
Du foudre désarmé qu'emprisonnaient les mers.

II.

Mais, pendant qu'au milieu des foudres étouffées
Je rêve, interrogeant nos pages de granit,
Quel bruit frappe les airs? s'échappant des trophées,
Un nom vibre, et le peuple en masse le bénit !
Porté sur le pavois des immenses suffrages,
Un grand homme apparaît, l'olivier à la main ;
Instruit par la tourmente, il chasse les orages,
Et brise en souriant l'obstacle du chemin.
Il commande : à sa voix s'élançant dans la lice,
Les Beaux-Arts, rassurés, reprennent leurs ébats ;
Le pays se transforme : une active milice
S'arme pour l'Industrie, et non pour les combats.

Rencontrant un appui qui dompte les colères,
L'Eglise ne voit plus ses autels abattus ;
L'orgueil humain s'incline, et la croix de nos pères,
Au sein du Panthéon, ramène les vertus.
Ah ! le génie encor sur le trône respire :
Dans le camp du travail il place ses hauts faits,
Et le noble héritier des grandeurs de l'Empire
Poursuit l'œuvre de gloire en fécondant la paix.

Comte Louis de Trogoff.

LES PRÉLUDES DE L'EMPIRE.

—

Siècles de Périclès, d'Alexandre et d'Auguste,
De la poudre des temps, dans votre pompe auguste,
Levez-vous! ce n'est pas le soleil d'Austerlitz
Qui réchauffe aujourd'hui vos membres refroidis ;
Levez-vous, ce n'est pas le sphynx des Pyramides,
Dont l'oracle descend dans vos tombes humides :
C'est un peuple vainqueur, c'est un peuple puissant,
Dont la gloire aujourd'hui n'a plus besoin de sang.

C'est la paix noble et fière, assise avec ses guides,
Sur l'affût du canon qui dort aux Invalides ;
C'est la paix fécondant les arides chemins
Un hydre sous les pieds, l'olivier dans ses mains.

> Nous souillant de leur main flétrie,
> Les fils des modernes Titans
> Poursuivaient de cris insultants
> Les gloires de notre patrie.

> On nous vit, couronnés de fleurs,
> Aller nous asseoir à leurs fêtes,
> Et la France, dans ses fureurs,
> Nous jetait au lac des tempêtes.

Un génie apparut ; l'ouragan des partis
Se tut en frémissant à sa voix immortelle :
La France souleva ses bras appesantis,
Sentant dans tout son être une sève nouvelle.

Lorsque chassant la nuit, le jour, du haut des monts
Dans la plaine descend et ranime la terre,
Mille joyeux concerts s'élèvent des vallons,
Le monde se réveille et bénit la lumière.

Quand l'arc-en-ciel succède à l'orage apaisé,
Et brille sur le sol souillé de fange immonde.

Sur son esquif sauvé, le pilote épuisé
Se relève et bénit la main qui calme l'onde.

Peuples, bénissez le pouvoir
Qui vous sauve des vents d'orage;
Un grand monument va s'asseoir
Où ne brillait qu'un vain mirage.

Les abeilles sont de retour
Dans la ruche de la patrie,
Et les frêlons de l'anarchie
Ont fui leur paisible séjour.

L'Aigle, de son aile puissante,
Garde le temple de l'honneur,
Et l'Art, dans sa sphère brillante,
Au foyer régénérateur
Rallume sa lampe mourante.

Du haut de son ciel constellé,
C'est la foi qui revient plus belle,
Et, découvrant son front voilé,
Sourit, en déployant son aile.

Des fêtes ! peuples, célébrez
Les beaux jours dont le phare immense

Emprunte ses rayons sacrés
Au plus grand astre de la France!

ALFRED DE MEILHEURAT.

A SON ALTESSE IMPÉRIALE

LE PRINCE LOUIS-NAPOLÉON.

Des grossen Kaisers Krone
Setz' auf Dein Haupt Dir nur! —
Im alten Rheimses Dome
Ihm Frankreich Treue schwur.

Und ward die Treu' gebrochen,
Verbannt der grosse Held,
Du hast ein wort gesprochen,
Weit schallt es in der Welt :

« Nur Frankreichs glück und Segen
Ist meiner Sendung Ziel ;
Und muss ich ziehn den Degen,
Der mir zum Erbtheil fiel,

Ich beug' vor Englands grosse,
Vor Russlands Gold mich nicht;
Nur Kühn ins Schlachtgetöse,
Zu mir der Kaiser spricht! —

Und ist es mir gelungen
Zu schaffen Glück und Ruhm,
Dann wird wohl einst besungen
Mein neues Kaiserthum. » —

Drum rasch, erlauchter Sprosse,
Mein Fürst Napoleon,
Das Schwert zur Hand! zu Rosse!
Und auf das Haupt die Kron!

JOSÉPHINE HESSE VON HESSENTHAL,
Fille du général von HESSENTHAL.

Breslau, en Silésie.

LE DOIGT DE DIEU.

France, reviens au rang suprême,
Où tu montas sous l'Empereur!
Napoléon que le peuple aime,
Te rendra l'antique splendeur.

Au premier peuple de la terre,
Il faut plus qu'une royauté ;
L'Empire reprend sa carrière
De valeur et de liberté.

Heureux qui, regardant sa gloire,
N'y trouve ni regrets ni pleurs !
La France gagne une victoire
Sans entendre un cri de douleurs !

Au premier peuple de la terre, etc.

Du sein de l'urne électorale
Son nom s'élance comme un vœu,
Et pour sa pourpre impériale
Napoléon du doigt désigne son neveu.

Au premier peuple de la terre, etc.

Partisans de l'ancien régime,
Ralliez-vous à son drapeau !
Qui sauve un peuple est légitime ;
Rois ! est-il un sacre plus beau !

Au premier peuple de la terre, etc.

Peuples ! sa sagesse féconde
Vous promet une ère de paix !

Le ciel fait du salut du monde
L'attribut du trône français !

Au premier peuple de la terre, etc.

HENRI BRÉE (*de Dunkerque*).

CHANT DE GLOIRE,

MUSIQUE DE S. M. LA REINE HORTENSE,

Composée, en 1830, au château d'Arenenberg, en Suisse.

I.

Quand l'Empereur, dieu de l'histoire,
Au front des rois gravait sa gloire,
Le peuple, fier dans sa mémoire,
Éternisait son nom si beau !
Dans son Neveu, l'Élu suprême,

Exécuté sur le théâtre du Capitole, le 5 octobre 1852, en présence
de S. A. I., fils de la Reine.

C'est encor lui que le peuple aime.

De nos grandeurs il est l'emblême :

Napoléon, c'est le flambeau !

CHŒUR.

Vive la France

Qui se souvient !

Dans la gloire est la délivrance.

Ce qui fut grand toujours revient.

II.

Salut à Toi, qui nous rends l'Autre !

Du règne illustre illustre apôtre,

Ta majesté vient de la nôtre.

César eût fait ce que tu fais.

L'ordre te doit sa renaissance :

C'est dans l'amour qu'est ta puissance.

Ta force est la reconnaissance :

Tu te fais grand par tes bienfaits.

Vive la France, etc.

III.

L'Aigle a repris son vol de flamme.

Le peuple ardent, qui te proclame,

Veut avec toi vivre de l'âme!
Il faut qu'hier brille demain.
Va, si jamais on crie : Aux armes !
Nous te suivrons, tous, sans alarmes.
Les jours de gloire ont tant de charmes,
Et notre foudre est dans ta main !
> Vive la France, etc.

IV.

Quand la patrie en toi respire,
Du Nom sauveur quand tout s'inspire,
L'honneur nous dit : Vive l'Empire !
Que le vieux monde aux pieds foula.
Nous nous devons de le reprendre.
La gloire est lasse de l'attendre;
Napoléon doit nous comprendre.
L'Empire est fait, la France est là ! !

CHŒUR.

Vive la France
Qui se souvient !
Dans la gloire est la délivrance.
Ce qui fut grand toujours revient.

L. BELMONTET.

L'ARC DE TRIOMPHE

DE GERMANICUS CÉSAR.

Santones Imperatorem te salutant.

(Inscription de l'Arc de triomphe de Germanicus.)

Prince, c'était un jour de pompe funéraire :
— Combien plus éclatant le jour qui nous éclaire ! —
  Une femme, une mère en pleurs,
Pressant contre son sein la cendre conjugale,
Venait de débarquer sur la rive natale,
  Touchant écho de ses douleurs ?

Et de Brindes à Rome, et des monts aux vallées,
Un peuple entier errait en troupes désolées,
  Tribuns, magistrats, chevaliers,
Sénateurs et consuls, les soldats sous les armes
Mêlaient l'hymne plaintif au silence des larmes,
  Et la prière aux chants guerriers.

Ils s'avançaient ainsi vers le tombeau d'Auguste;
Lorsqu'on y déposa la dépouille du juste,
     Rome brillait de mille feux;
Toute une ville en deuil gémissait, éperdue,
Pleurant son héros mort, la liberté perdue,
     Et ses cris montaient jusqu'aux cieux.

Celui qu'honoraient Rome et toute l'Italie,
Dont la cendre dormait dans l'urne ensevelie,
     C'était César Germanicus.
Le soldat, que ce nom d'un noble amour enflamme,
Mieux qu'au tombeau d'Auguste, élevait dans son âme
     Un temple à toutes les vertus.

Comme vous il était l'héritier d'un grand homme.
Il a vécu trop peu pour le bonheur de Rome;
     Assez pour l'immortalité.
Vivez, Prince, vivez; symbole d'espérance,
Votre nom glorieux sera, comme la France,
     Béni par la postérité.

Car au cœur des Français, bien mieux que sur le sable,
Vous voulez vous bâtir un monument durable.
     Votre dévoûment nous est cher.
La gloire avec la foi sont vos seules compagnes,

20

Et vous faites partout, des villes aux campagnes,
     Le pain du pauvre moins amer.

Le ciel veille sur vous. Les partis en colère
Rêvent les jours sanglants de Rome sous Tibère ;
     Mais le Droit vaincra le Hasard.
Comblez d'un peuple entier le généreux délire,
Et que dans quelques jours, enfin, nous puissions dire:
     Auguste succède à César!

Que le nom des Césars se mêle à cette fête !
Deux fois, ce monument de l'art fut la conquête,
     Vous en salûrez la grandeur ;
Car, pour fondre à jamais dans la même pensée
Et la gloire présente et la gloire passée,
     Prince, il vous salue EMPEREUR !!!

                     HENRI FEUILLERET.
Saintes, 11 octobre 1852.

LES ÉTAPES D'AUGUSTE.

Le ciel, par ses décrets, protége encor la France ;
Il inspira nos voix consacrant ta puissance,

Héritier d'un héros!

Tu vas régner sur nous pour le monde et l'histoire,

Pour rendre illustre un nom déjà couvert de gloire,

Et doux à nos drapeaux!

Nos soldats outragés, courbés dans la poussière,

A ta voix sont debout pour suivre ta bannière

Et venger leurs affronts.

Sous le plomb meurtrier ils ont repris leurs armes,

Ils ne les rendront plus!... Avec toi plus d'alarmes,

Et plus de honte aux fronts!...

Sans force et sans grandeur devant l'Europe entière,

La France allait gémir sous l'impuissance altière

De tribuns insensés!...

Soudain, tu lui rendis son rang et sa puissance,

Son avenir perdu, sa gloire, et l'espérance

De ses beaux jours passés.

Mais l'horizon s'éclaire; au loin vont les tempêtes,

Au loin va l'ouragan qui pesait sur nos têtes;

Le ciel devient serein:

Il s'illumine encor d'un double éclair de gloire!...

Deux jours seront inscrits au temple de mémoire

Sur l'éternel airain.

Pour la postérité, pour nos fils d'un autre âge,
Déjà Clio s'apprête à buriner la page.
>> Héritier d'un grand nom !
Reprends tes droits sur nous, accepte la couronne ;
Napoléon Premier par nos voix te la donne
>> Du haut du Parthénon !...

Vois la foule accourir sur tes pas, empressée,
T'attendre avec son cœur, te suivre en sa pensée
>> Dans un suprême élan.
Pour ces groupes épars, ton nom, source féconde
D'enthousiasme vrai, d'allégresse profonde,
>> Devient un talisman.

Ecoute cette enfant, crois ce qu'elle va dire :
C'est la fille du peuple, et Jeanne d'Arc l'inspire ;
>> Ecoute ses accents :
Elle vient te prédire, au nom de la guerrière,
Un règne illustre et grand de gloire et de lumière,
>> Qui doit survivre au temps.

Le peuple paysan qui t'a nommé son père,
Qui te doit son salut, ce peuple te vénère
>> Et te couvre de fleurs.
Crois-en sa sympathie. Au jour de nos alarmes,

On le vit, pour mourir, se rallier en armes
     Autour de tes couleurs.

A ses serments toujours il sut rester fidèle !
L'Empereur le consacre, en sa page immortelle,
     En mots sortis du cœur !
« Les grands seuls ont trahi ! sans eux, sans leur parjure,
» Jamais sur notre sol n'aurait plané l'injure
     » De l'étranger vainqueur ! »

A ton aspect, soudain mille peuples t'acclament ;
Les cœurs brûlent d'amour, et les glaciers s'enflamment,
     Pour éclairer tes pas.
La France entière accourt et t'offre sa couronne ;
C'est Dieu qui nous protége et veut qu'on te la donne ;
     Ne la refuse pas !

Qui ne tressaille encore à ta noble parole ?
Elle fonde, elle étend de l'un à l'autre pôle
     La concorde et la paix !...
L'Europe en gardera l'impression profonde,
Qui doit survivre au temps, en rassurant un monde
     Sauvé par tes bienfaits.

En notre beau pays, il n'est plus de rebelles ;
Soumis par tes vertus, ils te seront fidèles.

Et tu peux dire aussi,
Mais bien mieux que César, pour ton nom, pour ta gloire,
Ces trois mots consacrés dans une grande histoire :
Veni, vidi, vici!!!

Le Capitaine GUICHARD.

LE PREMIER JOUR DE NAPOLÉON,

SIMPLE RÉCIT.

> Honores, ut quis amore in Germanicum
> aut ingenio validus, reperti, decretique.
>
> TACITE.

Sur la terre d'exil, sa première prison,
J'ai vu poindre cet aigle au bout de l'horizon.
C'était vers le milieu d'Août dix-huit cent trente :
Je venais de quitter Berne la nonchalante ;
J'avais vu de Fribourg la flèche et les remparts,
Les pics savoisiens couronnés de brouillards;

Mon pied avait franchi sur leurs étroites cîmes,

Les rochers du Jura portés sur des abîmes ;

J'avais vu la nature admirable d'horreur,

Je la voulais plus douce avec moins de terreur :

Thun, au lac argenté, vint consoler ma vue ;

Et voilà que soudain, oh ! surprise imprévue !

Comme pour saluer mon entrée en ses murs,

Moi, touriste étranger, rimeur des plus obscurs,

Le canon fait gronder sa voix retentissante,

Bruit inaccoutumé dans la ville innocente !

Mon hôte, ancien soldat vieilli sous nos drapeaux,

Qu'une paix de seize ans condamnait au repos,

D'un ton tout amical et tout plein d'allégresse,

Me conta le motif de la publique ivresse.

Alors que je rencontre un de ces vieux guerriers,

Dont la gloire et la mort ont fauché des milliers,

Debout encore après tant de larges batailles,

Tant de brillants exploits, d'illustres funérailles,

Je m'incline, et je dis, soulevant mon chapeau:

Salut, nobles débris de notre vieux drapeau !

Salut, derniers géants de notre grande armée,

Qui du grand Empereur fîtes la renommée !

Vous êtes encor là, pour prouver à nos yeux,

Dans ce siècle égoïste et fort peu glorieux,

Que ces faits éclatants dont s'étonna la terre,

Ne sont pas inventés comme les chants d'Homère.
Le vieillard avait vu Montenotte et Lodi ;
Sa première blessure était de Rivoli.
Il se voyait plus jeune alors de trente années,
Mettant ce jour au rang de ses belles journées ;
En ce jour de triomphe et de bonheur pour lui
Un reflet de l'empire à ses yeux avait lui !...
Un illustre proscrit du congrès germanique
Était venu s'asseoir au foyer helvétique.
Fils et neveu de Rois, Bonaparte est son nom :
C'est pour lui ce matin qu'a tonné le canon.
Qu'importe à l'exilé la couleur et la forme !...
C'est un Napoléon, il lui faut l'uniforme !
Les artilleurs bernois l'ont accueilli joyeux;
Quel honneur dans leurs rangs que ce nom glorieux !
Et, du prince français, au banquet qui s'apprête,
Un toast doit arroser la première épaulette.
Le sort favorisait ainsi mon dernier vœu :
N'ayant pu voir le fils, je voyais le neveu!
Admis à ce festin, je m'en souviens encore,
Je portais sur mon sein le ruban tricolore,
Que les jours de juillet avaient ressuscité ;
Le prince n'y jeta qu'un regard attristé;
Un rayon soucieux sur sa tête pensante,
Accusait le regret de la patrie absente ;

Il me toucha la main, morne et silencieux;

Une larme du cœur s'échappa de mes yeux.

Puis, je ne le vis plus, que de loin et dans l'ombre,

Souriant, mais distrait, l'œil pensif et l'air sombre,

Calme au milieu des bruits et des ris du festin ;

Comme s'il méditait sur un autre destin;

Comme si, devançant les faits et les années,

Il se voyait parmi des têtes couronnées,

Lui, prince dépouillé, du trône descendu,

Au milieu des soldats humblement confondu.

J'étais loin de penser que ce jeune homme austère

Errant au Nouveau-Monde, en Suisse, en Angleterre,

Viendrait, après vingt ans d'exil et de malheur,

Sauver encor la France... et serait Empereur !

Au mot de Liberté chacun croyait encore :

Le pouvoir de juillet était à son aurore,

Escomptant l'avenir, et le peuple oublieux

Ne songeait même pas à *Napoléon deux.*

Mais un Dieu tout puissant veillait sur la patrie,

Lui gardant un vengeur après l'avoir flétrie.

Vous êtes son élu, Prince des jours nouveaux,

Et sa main protectrice a conduit vos travaux ;

Régnez en paix, régnez sur cette belle France,

Qui vous doit sa splendeur après sa délivrance.

Rendez lui par vous seul, après ses longs malheurs,

Les jours et les vertus de ses rois les meilleurs:
Ajoutez votre page à sa brillante histoire :
Donnez-lui du bonheur, c'est plus que de la gloire.

EMILE VANDER-BURCH.

LE VOTE DE NAPOLÉON Ier.

L'Empereur va parler, levez vos étendards,
Guerriers ! et l'arme au bras saluez sa présence !
Il sort du mausolée élevé par la France,
Au bruit du bronze en feu grondant sur nos remparts !

« Mes manes sont contents ! c'est un autre moi-même !
» C'est moi, qui, par sa main, ai sauvé tes enfants,
» O France, tu tombais et sa valeur suprême
» Te replace au niveau de mes jours triomphants !

» Au plus brave appartient la couronne et la gloire !

» L'avenir au repos est l'espoir des Français !

» Bordeaux l'a proclamé : l'Empire, c'est la paix !

» Mais vienne l'ennemi, ce serait la victoire ! »

A lui donc notre amour, à lui notre bonheur !

Et toi, Dieu de l'Empire, ombre auguste et terrible !

Napoléon, repose en ton linceul paisible !

    Dieu nous a rendu l'Empereur !

GIGANON,

Ex-aide major de la Grande Armée.

Orléans, 16 octobre 1852.

SOUVENIR DU JARDIN D'HIVER.

Les pompes du pouvoir recèlent bien des larmes ;

Ce destin qu'on envie est fecond en douleurs,

Mais son rude chemin garde aussi quelques charmes :

    On y cueille parfois des fleurs.

Il est des jours bénis où reluit la justice,
    Où le peuple n'est plus complice
    Du mensonge des factions ;
Où l'heureux bienfaiteur trouve sa récompense,
Où l'unanime voix de la reconnaissance
    Eteint la voix des passions.

Ainsi fut la journée où, sous de tels auspices,
La voix des Lyonnais saluait votre nom,
Où du Jardin-d'Hiver les ombrages propices
    Abritaient un Napoléon !
Ah ! ce n'était point là cet hommage stérile,
    Cet enthousiasme facile
    Qu'ordonne un programme trompeur ;
C'était le libre élan de mille voix amies
Dans un seul cri d'amour et de respect unies :
    C'était le programme du cœur !

Lyonnais, aimez-moi ! C'est là notre devise ;
Avant que votre bouche en eût formé le vœu,
Nous l'avions, dans nos cœurs, depuis longtemps apprise,
    Car elle nous venait de Dieu.
Qui vous voit du malheur écouter les prières,
    Qui voit les cités ouvrières
    Grandir sous votre autorité,
Connaît l'homme où le pauvre a mis son espérance.

Et qui puisa lui-même, au sein de la souffrance,
    Son amour pour l'humanité.

La terre des Césars a revu nos phalanges,
Leur cendre s'est émue au pas de nos guerriers;
Rome, lasse du joug de ses tribuns étranges,
    A béni nos nouveaux lauriers.
Soyez aussi béni pour ces combats prospères;
    De l'antique foi de nos pères,
    Vous avez rescellé l'anneau;
Et le Tibre a pu dire à l'Europe attentive
Qu'il avait cru revoir, guerroyant sur sa rive,
    Les vétérans de Marengo !

Ah ! vous vivrez heureux, Prince : la Providence,
A qui les mérita gardera ses faveurs;
Et, quel que soit un jour l'arrêt de sa puissance,
    Comptez, comptez sur tous nos cœurs.
Notre cité, toujours fidèle en sa franchise,
    Dira sa nouvelle devise :
    Aux Lyonnais vous êtes cher !
Et parmi les splendeurs de votre rang suprême,
Si vous êtes heureux de revoir qui vous aime,
    Pensez, Prince, au Jardin-d'Hiver !

                  MAURICE SIMONNET.

Lyon, 1850.

L'ACHÈVEMENT DU LOUVRE.

I.

Je ne sais pas, vraiment, si quelque jeune Armide
Ouvre sa main prodigue à ce siècle splendide :
C'est l'Orient en fleurs éclos dans une nuit ;
Spectateur étonné, j'écoute tout ce bruit,
Et crois voir, à l'aspect de ces vastes spectacles,
La lampe d'Aladin enfanter des miracles.

O Paris ! la déesse et la reine des arts,
Dont l'orgueil sait aimer la pourpre des Césars,
Toi, l'amante du bruit et de la gloire immense,
Viens applaudir des mains :—une autre ère commence !
Ton rêve n'est-il pas de voir tout respirer ?
Eh bien ? Paris, approche, et tu vas t'admirer !

Louvre ! Napoléon comprenait ton symbole,
Lorsqu'il t'environnait de sa grande auréole,
Et que de sa voix brève il dictait tous les plans

Qui devaient rajeunir l'œuvre de sept cents ans.
C'était là son projet. L'Empereur, dans sa gloire,
Voulait tout réunir, par un hardi bonheur,
Aux ailes des Beaux-Arts celles de la Victoire,
L'épée avec le bras, la tête avec le cœur !

Gigantesque projet et large et magnanime !
De vingt palais épars faire un palais sublime,
Faire un nouveau Lazare élevé du tombeau,
Tirer un monde entier de son ancienne ornière,
Et, comme un Océan flottant dans la lumière,
Placer un Champ de Mars au milieu d'un réseau !

Hélas ! il n'a pas pu, le vaste et grand génie,
Réaliser lui seul cette tâche infinie.
Le Temps, maître des jours et tyran souverain
Le ravit !—Et la Gloire eut des larmes d'airain !...
Puis l'oubli recouvrit ce projet homérique.
On n'avait que des nains qui criaient :—Chimérique !

Mais sous le mausolée où le grand homme dort,
En voyant ses projets et ses grand rêves d'or,
Comme sous le pouvoir d'un bras inépuisable,
Revêtir dans nos jours une forme palpable,
Son âme a dû frémir et son cœur palpiter ;
Un saint enthousiasme a dû le transporter ;

Tout ce qu'il a compris, tout ce qu'il n'a pu faire,
Son noble descendant l'accomplit aujourd'hui.
Pour chanter ces travaux il faudrait un Homère!
Homère, prends ta lyre! un nouveau jour a lui!

II.

Napoléon! voilà l'homme du nouveau monde;
Il réveille, il transforme un sol plein de gravier;
Tout ce qu'on voit de grand, c'est sa voix qui le fonde;
De ce siècle étonnant c'est l'étonnant levier.

Le premier Empereur a commencé notre âge,
Le nouvel Empereur le reprend au milieu;
L'un fut le fondateur, l'autre achève l'ouvrage,
Et tous les deux sont grands, tous deux conduits par Dieu!

O guides merveilleux, et que toute âme admire!
Envoyés parmi nous par l'esprit éternel!
Deux fois, grâce à leurs bras le globe entier respire,
Deux fois, Napoléon a relevé l'autel!

Hommes transfigurés et que la foule adore,
Marchant à pas géants dans les sentiers humains,
Et, comme le soleil sur les grands monts qu'il dore,
Illuminant le monde à leurs rayons divins!

France ! lève ton front courbé par l'anathème,

Car Napoléon III vient de briser tes fers,

Et posant sur ton front son jeune diadème,

Te couronne avec lui reine de l'univers !

LÉON DE BERNIS.

LE COURRIER DE LA FORÊT NOIRE,

BALLADE ALLEMANDE [1].

Gazette de Cologne, 1er décembre 1852.

La forêt était sombre et verte ;

Et dans la route, au loin de noirs rameaux couverte,

Le courrier galopant marchait un train d'enfer.

Hop ! hop ! hop !

— Cavalier, tu vas comme l'éclair !

Où cours-tu donc si vite ?

Et quittant la sacoche,

Du cavalier qui vient le bûcheron s'approche.

[1] D'après la traduction française de M. G. ROSENFELD.

— Aurai-je avant la nuit traversé la forêt ?
Eh ! bon homme ?

        — Oui, si ta course est rapide..
Oui, si de ses détours tu connais le secret.
— Fort bien ! et qui pourra me l'enseigner?

        — Un guide.

— Mais où le prendre ?

        — Devant toi !
— Alors, mon brave, monte en croupe et sois solide !
Hop ! hop ! hop !

        — Mais tu vas comme le vent ? pourquoi ?

        — Je porte la grande nouvelle.
Serre-moi dans tes bras et tiens-toi bien en selle...
Oui, la grande nouvelle.. !

        — Alors conte-la moi !
A ma femme, aux garçons je dirai tout ! ma foi !
Ils en seront ravis... mais enfin quelle est-elle ?
— Hop ! hop !

        — Vous galopez avec une fureur !
— Nous avons en Europe un troisième Empereur !
— En Europe ?

        — En Europe.

        — Ah bah !... quelle assurance !
Un voisin ?

        — Un voisin ! un bon !

— Où donc !

         — En France !

— En France ?

      — En ce pays, du nôtre riverain.

Avant cette forêt... de l'autre bord du Rhin ?

    —Courrier, pourquoi vas-tu si vite ?

— Pour arriver plus tôt... ah ! la forêt maudite !

Qu'elle est longue !

     — Son nom ! dis-moi quel est son nom ?

    — On l'appelle Napoléon.

— Quoi ! lui ! qui sous ses pas a foulé l'Allemagne

Pour s'en aller bien loin au pays des hivers,

Qui, si Dieu l'eût permis, eût conquis l'univers

     Avec une seule campagne?

Mon père le dit mort pourtant...

       — Ce n'est pas lui !

Hop ! hop ! sortirons-nous de ces bois aujourd'hui?

— Alors c'est donc son fils ?

     — Un tombeau froid et sombre

Le renferme.

    — Tartefle ! alors c'est donc son ombre ?

— Hop ! hop ! hop ! tu crois donc aux revenants ?

       — Un peu.

— C'est le fils de son frère...

    — Ah ! diable !

         — Oui, son neveu !

  — Et qu'a-t-il fait pour gagner la couronne ?

    — Tu l'ignores... je te pardonne,

Mon pauvre bûcheron... ce qu'il a fait, tu dis ?

Il a sauvé l'Europe en sauvant son pays,

Déjoué des méchants la sourde intelligence,

Recréé le travail, rappelé la croyance ;

Par lui, l'art, le commerce a repris sa splendeur ;

L'argent, longtemps caché, se montre sans terreur ;

Et sa voix donne à tout l'impulsion active,

Pour que chaque état marche et que l'ouvrier vive !

Les Français se mouraient depuis tantôt quatre ans !

Ils ont un Empereur et n'ont plus de tyrans !

  — Il paraît qu'au poignet il a de la puissance.

  — Il est aimé du peuple et respecté des grands ;

Il est bon, ferme et juste... il va seul, en silence,

Dans ses tristes réduits visiter la souffrance ;

Jamais le pauvre en vain n'implore son appui :

Il y laisse la joie et son or après lui !

La grande ambition qui l'excite et l'intrigue

C'est le bonheur pour tous et pour lui la fatigue.

Intrépide sans faste, inébranlable et fort,

Il se rit du péril et ne craint pas la mort.

Il tient, comme en sa main, sa jeune et belle armée,

Pour la France et pour lui de tendresse animée,

Qui tressaille du cœur à son nom glorieux,

Et n'attend pour agir qu'un regard de ses yeux !

— Tartefle ! garde à nous ! il s'en va, comme l'autre,

Remuer son pays et déranger le nôtre !

— Grave erreur, bûcheron, erreur, et de tout point !

S'il ne craint pas la guerre, il ne la cherche point !

Ce qu'il veut, c'est des arts la lutte fraternelle !

Des peuples rapprochés l'union éternelle ;

Penseur, voilà son but, son rêve : c'est, un jour,

D'enchaîner l'univers par un lien d'amour.

—Et quelles seront donc ses conquêtes ?—Les siennes ?

Joindre une jeune gloire aux gloires anciennes,

Servir l'humanité dans ses nobles penchants,

Etre adoré des bons, rendre bons les méchants.

— Alors, mon cavalier, hop ! hop ! encor plus vite !

J'aime ton Empereur pour le bien qu'il médite :

Il ne brûlera pas ma chaumière et mes bois,

Et j'aurais du plaisir à vivre sous ses lois !

Va, mon brave courrier, marche et fais diligence...

Cours répandre bien loin tes nouvelles de France !

Que le nom glorieux du jeune souverain

Fasse éclore la joie aux rivages du Rhin !

— Merci... De la forêt la limite est prochaine :

Et j'entrevois la ville au milieu de la plaine ;

Merci ! tu m'as guidé de la bonne façon,

Et prends ces trois kreutzers pour ton dernier garçon.
— Non! cavalier, c'est trop récompenser mon zèle;
Je suis assez payé par la bonne nouvelle...
Au revoir!

       Par trois fois hop! hop! a retenti!
Le bûcheron revient! le courrier est parti!

J. L.

PRIÈRE AU PRINCE.

Quand, par vous évoqué dans cette ardente fête,
L'Aigle sort de sa cendre et renaît radieux,
Prince, à vos pieds je viens apporter ma requête,
Comme on le fait, aux jours d'avènement joyeux!

Tout vous sourit. La France, hélas! malade, et veuve,
Naguère, à ses douleurs vous voyant accourir,
A dit aux charlatans: « assez longue est l'épreuve!
« Faites place à mon fils, qui vient me secourir!... »

Et vous l'avez guérie, et jamais aucun homme

De la terre et du ciel n'eut ainsi la faveur...

D'un titre impérial déjà chacun vous nomme,

O Napoléon trois, surnommé le sauveur !...

Pour compléter enfin le bonheur qu'on désire

Ce qui vous reste à faire est maintenant fort peu !

Prince, permettez-nous de vous appeler : Sire !

Officiellement... de par le peuple et Dieu !

HERMINIE PARDINEL,
née AMELOT.

Versailles, 10 mai 1852.

DIEU NOUS L'A RENDU,

OU

LE RÉVEIL D'UN VIEUX SOLDAT.

CHANT POPULAIRE. MUSIQUE DE L'AUTEUR.

Près du vieillard, que la fatigue et l'âge

Retiennent là, mutilé glorieux,

Un jeune enfant s'élance, tout en nage,

Et dit : Grand-père, eh ! vite, ouvrez les yeux !

—Qu'arrive-t-il ? Qu'entends-je ? Est-ce un prestige ?

Je rêve encor... Mais non, j'ai reconnu
Ce cri d'espoir : L'Empereur ! O prodige !
Réponds, mon fils, Dieu nous l'a donc rendu ?

— Celui qui vient, partout sur son passage,
Répond l'enfant, apporte le bonheur.
Dès qu'il paraît, un unanime hommage
De la patrie accueille le sauveur !
Le méchant tremble, et le bon se rassure...
— C'est donc bien lui, mon fils, et tu l'as vu ?...
Pour refermer ta dernière blessure,
O mon pays, oui, Dieu te l'a rendu !

Poursuis, enfant : parle-moi de sa gloire..
— Au bien public, grand-père, il la devra.
Par l'union, sa plus douce victoire,
L'Empire en paix au progrès marchera.
Il veut au monde inspirer, non la crainte,
Mais le respect à tout grand peuple dû.
— Pour une tâche et bien noble et bien sainte,
Tu vois, mon fils, que Dieu nous l'a rendu !

— Aux vétérans dont l'âme résignée
A tant souffert, sa main porte secours.
La croix, par eux en d'autres temps gagnée,
Vient honorer, consoler leurs vieux jours !

Voici la vôtre!... Ainsi, justice est faite
A tout mérite oublié, méconnu.
— Donne, mon fils... Pour payer cette dette,
Merci, mon Dieu, de nous l'avoir rendu!

— Mais l'Empereur dont vous parlez, grand-père,
Mourut martyr, et son âme est aux cieux.
L'Elu du peuple, en qui la France espère,
Vient de l'exil, où l'ont cherché nos vœux.
— Eh bien! mon fils, si dans le rang suprême
Il fait si bien tout ce qu'avait voulu
Mon Empereur, c'est un autre lui-même;
Béni soit donc Dieu qui nous l'a rendu!

                    M. VILLAIN DE SAINT-HILAIRE.

VIRUM QUEM.

                              VIRGILE.

Cependant en dépit des célestes présages,
La lutte des partis fomentait des orages

Dont le souffle grondait sur la cité sans foi,
Quand le Prince, docile aux accents du prophête,
Se lève le front calme, et dit à la tempête :
        Silence devant moi !

Ainsi du noir chaos a jailli l'harmonie ;
Ainsi que dans le deuil et dans l'ignominie
La France de sa fosse a creusé le sillon,
Si Dieu veut l'arracher à sa triste agonie,
S'il veut la retremper dans un divin pardon,
Il incarne un reflet de sa force infinie
        Dans l'âme d'un Napoléon.

De même, quand tout fuit, quand la terre chancelle,
Quand on entend crouler les trônes et les Rois,
Quand la société de sa base éternelle
S'échappe dans le vide, au mépris de ses lois ;
Lorsque la foi se perd dans une nuit profonde,
Quand d'un peuple vieilli le doute est le tombeau,
Toujours de cette souche, en grands hommes féconde,
Quelque prédestiné vient éclairer le monde
        Ainsi qu'un céleste flambeau.

C'est pour cela que j'ose, ô Prince que j'admire,
Aux vœux de ton pays te prier de sourire.
Il est temps de combler le gouffre des hasards :

Ose ! pose un bandeau sur ton front jeune encore ;
Ton nom majestueux est de ceux qu'on décore
          Avec la pourpre des Césars !

Le peuple n'a-t-il pas sa volonté suprême ?
Ne veut-il pas un fils de la maison des rois ?
N'a-t-il pas de sa main tressé ton diadême,
Lorsque dans les transports de son ivresse extrême
          Il t'a sacré deux fois ?

N'es-tu pas l'héritier de cette dynastie
Qui créait à son gré des trônes radieux,
Qui remplissait la terre, où planait son génie,
          De héros et de demi-Dieux,
Qui gravait ses exploits du Nil au Colysée,
          De l'Escurial au Kremlin,
Et n'avait de mesure à sa vaste pensée
          Que les bornes du genre humain ?

Accepte donc, ô Prince, accepte la couronne :
Il est beau de régner quand le peuple la donne,
Lorsqu'on est, comme toi, nommé père et sauveur,
Lorsque tout rend hommage à ta juste puissance,
Lorsque l'amour s'unit à la reconnaissance
          Pour te proclamer Empereur !

Et vous, réveillez-vous, élus de la victoire,
Vieux soldats d'Iéna, d'Austerlitz et d'Eylau ;
Vous qu'on vit, au soleil de notre grande histoire,
Mourir en embrassant les aigles du drapeau :
Réveillez-vous, guerriers, prenez part à nos fêtes,
L'Empire offre à Titus un sceptre glorieux,
L'anarchie aux abois a perdu ses conquêtes ;
Que Napoléon vive, et règne sur nos têtes !
Que Dieu soit adoré jusqu'au plus haut des cieux !

DIGARD DE LOUSTA.

Cherbourg, le 10 octobre 1852.

EMPEREUR ET ROI.

———

Marseille.

Il est enfin venu ce Prince à qui la France
Va devoir son bonheur après sa délivrance !
Il est venu combler, sur ces bords radieux,
L'ivresse de nos cœurs, l'ivresse de nos yeux.

Les peuples de Provence et de l'Occitanie
Disent de ses bienfaits l'heureuse litanie !

Béni soit le Héros dont le sublime effort
Improvise un pouvoir et généreux et fort !
Un jour de châtiment et deux jours de clémence
De tous les factieux arrêtent la démence ;
Nos humbles laboureurs, sous la vigne et le pin,
De leur pauvre famille ont retrouvé le pain ;
Si quelque part encor il reste des misères,
Bientôt elles pourront devenir plus légères,
Car j'y vois diriger quelque discrète main
Par le divin amour et l'amour du prochain !
La charité renaît avec tous ses mérites,
Sans calculs de terreur, sans calculs hypocrites.

Ce tendre sentiment par qui l'homme pieux
S'élance de la terre à la gloire des cieux,
Fut dominant toujours dans ces Gaules aînées
Que borne l'Apennin avec les Pyrénées.
Rome nous avait faits adultes et chrétiens,
Quand les jeunes Gaulois étaient encor payens.
Narbonnais, Provençaux, vouaient leur brigantine
Au Pontife latin, à la voile latine....

NAPOLÉON PREMIER résuma les grands Rois,

Le sacre de Clovis et son brillant pavois.
Le pape et le génie, éveillant Charlemagne,
Refaisaient un César de Gaule et d'Allemagne.

Si les Rois Fainéants, fils de ces demi-Dieux,
Régnèrent protégés par l'éclat des aïeux,
Heureux trois fois le sort de la nouvelle Race
Qui de l'aïeul divin illumine la trace !

Prince, tu nous rendis les tourments de son cœur,
Mais l'immortel Génie à la fin est vainqueur ;
Le ciel a pris pitié de la triple souffrance,
Et le Messie arrive à l'amour de la France !

Oui, pour continuer le Grand NAPOLÉON,
Il fallait sa douleur, son pouvoir et son nom !
Il fallait, pour finir son œuvre méritoire,
Écraser l'anarchie en un jour de victoire !
Donc pour l'autorité plus d'ennemis mortels ;
Le peuple rassuré s'agenouille aux autels.
Avec sa belle armée, avec sa riche terre,
Il jouit de la paix sans redouter la guerre.
L'étranger circonspect ne nous insulte pas ;
Nos souvenirs récents vaudraient mille combats !

Si les fils des guerriers d'Austerlitz et d'Arcole
Vers la terre d'Afrique ont porté leur école,

Sur notre mer aussi la vapeur jette un pont ;
Elle a placé l'Afrique au bord d'un Hellespont,
Quand pour un héritier des splendeurs du Grand-Homme,
A l'EMPIRE français Alger mêle un ROYAUME !
J'ose en croire déjà d'heureux avant-coureurs,
Alger sera peuplé de soldats laboureurs ;
Et le noir Africain qu'un baptême réveille
Portera ses trésors à Paris et Marseille.

Le Marseillais toujours a compris ces élans !
Prince, nous étions mûrs pour seconder vos plans ;
Pour bénir vos travaux glorieux et prospères
En admirant encor ce qu'admiraient nos pères !

Le Comte EUSÈBE F. DE SALLES.

PELIO OSSA.

Suivant les Livres saints, des murmures étranges
Un jour vinrent à Dieu ; de superbes Archanges
Prétendaient une part de la divinité ;

C'était trop peu pour eux que l'immortalité !
Le Seigneur, irrité de luttes criminelles,
Fit sentir aux ingrats son suprême pouvoir,
Il les déshérita des clartés éternelles :
Tout fut perdu pour eux, sans excepter l'espoir.

En vain l'Etna grondant sur sa base fumante,
Comprime les efforts d'une rage impuissante;
Plus d'un rebelle impur, Titan audacieux,
Pour opprimer la terre, aspire encore aux cieux ;
Qu'importe à la fureur de ces cœurs homicides,
De ne régner qu'un jour, fût-ce sur des tombeaux ;
Périsse la Patrie ! aujourd'hui parricides,
On les verra demain disputer ses lambeaux !

Un Prince aimé du Ciel, que la gloire seconde,
De l'hydre renaissante a racheté le monde :
A sa voix, des méchants a croulé le pouvoir,
Tous les hommes de bien ont compris leur devoir.
Au péril de ses jours, la paix nous est rendue;
Délivré du forum, le peuple a désarmé;
La clémence de Dieu sur nous est descendue,
Le champ des factions est désormais fermé !

Tous les partis vaincus sont réduits au silence ;
Le grand siècle d'Auguste aujourd'hui recommence ;

Pères de la Patrie, organes du Sénat,

Tribuns, Patriciens, défenseurs de l'Etat,

Du peuple entendez-vous la puissante parole?

Sachez nous préserver de périlleux hasards;

Citoyens, il est temps! allons au Capitole

Préparer le baudeau du second des Césars!

J. TURQUET.

Poitiers, 14 octobre 1852.

LA SAINT NAPOLÉON AU VILLAGE,

CANTATE.

MUSIQUE DE PERRET KRIESEL [1].

CHŒUR DE VILLAGE.

Fier conquérant, sublime apôtre,

Notre cœur est son Panthéon;

[1] Exécutée au théâtre des Délassements-Comiques.

Et la France, d'un bout à l'autre,
Vibre au nom de Napoléon.

LE MAIRE.

Enfants, des fleurs pour couronner sa tête,
Comme aux beaux jours qui le voyaient vainqueur !
Modeste et simple aux yeux est notre fête,
Mais elle est grande et belle en notre cœur.
Glorifions sa mémoire chérie !
Sachons-le bien, l'honorer aujourd'hui,
C'est rendre hommage à la mère patrie ;
Pendant vingt ans, la France, ce fut lui !

Fier conquérant, etc.

LE GARDE-CHAMPÊTRE.

Chaque pays se gérait à sa mode,
Quand, des pouvoirs simplifiant l'emploi,
Napoléon établit par son Code
L'égalité pour tous devant la loi.
Tu n'étais rien, ô peuple, il te fit homme !
Lève-toi donc pour saluer son nom ;
S'il est un cœur généreux sous le chaume,
Il doit toujours aimer Napoléon !

Fier conquérant, etc.

UN OUVRIER.

Il honora le travail, l'industrie,
Rappelez-vous et Jacquart et Lenoir...
Ah ! c'est qu'aussi notre chère patrie
Etait sa foi, son amour, son espoir...
Il nous r'ouvrit l'Église où, moins amères,
Tombent, hélas ! les larmes de l'adieu !
La sainte Eglise où nos femmes, nos mères,
Font de leurs fils des anges du bon Dieu !

　　Fier conquérant, etc.

UN SOLDAT LABOUREUR.

Depuis Toulon jusqu'aux bords de la Loire,
Que de grands jours et de vaillants combats !
La France alors eut vingt-deux ans de gloire,
Que nos vieux temps si beaux n'égalent pas.
Nous étions tous rivés à sa fortune,
Conscrits de Dresde et grognards de l'an neuf.
Il nous eût dit d'aller prendre la lune,
Qu'en ce moment le soleil serait veuf.

　　Fier conquérant, etc.

LE DOYEN.

Oublions tous nos fureurs intestines.

Et devant lui, lui, le cœur du pays,
Cœur qui battait dans cent mille poitrines,
Pour être forts, frères, soyons unis.
Dieu nous le rend, Dieu protége la France !
Le repos va remplacer le travail,
Car vers le port, notre vaisseau s'avance,
Napoléon en tient le gouvernail !

Fier conquérant, sublime apôtre,
Notre cœur est son Panthéon,
Et la France, d'un bout à l'autre,
Vibre au nom de Napoléon.

EUGÈNE WŒSTYN.

AUX ENNEMIS DE LA DOTATION.

Juin 1850.

Messieurs les opposants, vous avez bien raison,
La France fut toujours une pauvre maison ;

Son trésorier ne peut être assez économe.

Trois millions, grands Dieux ! c'est une énorme somme

Qu'avant d'en faire octroi vous voulez bien peser,

Et que même au besoin vous saurez refuser.

Il est vrai que celui pour qui l'on vous demande

Cette somme effrayante, à la France commande ;

Que, depuis dix-huit mois, ses soins et ses efforts

Ne tendent qu'à nous rendre heureux, calmes et forts ;

Qu'une acclamation unanime et sincère,

Choix libre et spontané, baptême populaire,

L'a déjà salué chef providentiel

Qu'à la France expirante avait gardé le ciel ;

Que la Justice enfin a repris son empire ;

Que la Patrie en deuil, plus paisible respire ;

Qu'il lui donnerait tout, son repos et son sang,

Et qu'elle a commencé de retrouver son rang !...

Vous ne l'ignorez pas, vous l'avouez peut-être,

Mais de quel poids pour vous tout cela peut-il être ?

Vous êtes financiers, et votre esprit subtil

Pose la question : « *Combien cela vaut-il ?* »

Oh ! vous avez raison ! tarifez-lui ses veilles,

Les acclamations qui frappent vos oreilles,

Ses efforts incessants, ses actes glorieux,

De son cœur noble et fier les élans généreux,

Sa voix qui parle haut et ferme à l'Angleterre,

Sa large charité du malheur tributaire,
L'ordre qui s'en revient, le pays qui renaît,
Et, cessant de rougir, enfin se reconnaît !...
De pareils résultats tarifez l'importance :
Voyons, Messieurs !... *que vaut le salut de la France ?*

Mais de mon apostrophe un de vous peu touché,
Dit qu'on peut la sauver à bien meilleur marché.
Qu'il vienne celui-là ! qu'on le contemple à l'œuvre,
Et qu'on le rétribue à l'instar d'un manœuvre !
Chef d'Etat peu coûteux, Président au rabais,
Il prétend relever la France à peu de frais :
Mais d'un emploi semblable aura-t-il bien la taille,
Et porte-t-il un nom sacré par la bataille,
Un nom presque divin, un symbole vivant,
Objet de confiance et de culte fervent ?

A Napoléon trois ce nom, que le Peuple aime,
Des libéralités fait un devoir suprême.
A-t-il pu repousser tout pauvre vieux soldat
Que jadis l'Empereur conduisit au combat ?
A-t-il pu détourner ses yeux des cicatrices ?
N'y point lire des droits et d'immortels services ?
Et lorsque quelqu'ancien qui court vers le tombeau
Dit : « J'ai faim !.. et pourtant j'étais à Marengo !... »

Peut-il, le cœur brisé d'une telle parole,

Au vieux triomphateur refuser une obole !

Ah ! plutôt que jamais Louis-Napoléon

Ainsi mente à son cœur, ainsi mente à son nom,

On verrait son honneur s'éclipser, et la France

Cesser d'être un pays de gloire et de vaillance !

Cet or d'ailleurs, en dons, en fêtes répandu,

Est-ce que pour le peuple on croit qu'il est perdu ?

Paris le comprend bien! toute liste civile

Se répand promptement dans le sein de la ville.

Plus le Chef de l'Etat peut soutenir son rang,

Plus dans l'humble atelier le bien-être descend.

— « L'instant est mal choisi ! » s'écrie un politique

Qui se croit très profond, car toujours il critique. —

Je lui répondrai, moi, que notre Président

N'écoutant que son cœur, n'a point choisi l'instant,

Et qu'il a pris le jour où la triste misère

S'en venant l'implorer, il lui fallait se taire

En détournant les yeux, ou dire consterné :

« Passez, je ne puis rien.. passez.. j'ai tout donné!

Un budgétaire insiste et, recomptant la somme,

Murmure tout jaloux « c'est trop pour un seul homme!»

C'est trop ? Eh ! sachez donc que s'il n'était pas là,

Si le monstre infernal que sa main musela,
L'anarchie, un seul jour pouvait lever la tête,
La fortune publique au sein de la tempête
Irait flotter, sombrer dans les mains des pillards,
Et qu'il faudrait alors compter par milliards !
Ce que vous marchandez, non, ce n'est qu'une obole,
Près des grands intérêts qu'il garde au Capitole !
Vos quelques millions, ah ! qu'ils sont bien placés !
C'est trop ? moi, je vous dis que ce n'est pas assez !...

D'autres pour le passé montrant de l'indulgence,
Pensent être cléments envers sa bienfaisance,
En offrant de couvrir d'un bill d'indemnité
Pour les faits accomplis sa libéralité.
Mais, traitant notre Elu comme un enfant prodigue,
A ses futurs bienfaits on veut mettre une digue !
Est-ce qu'à l'avenir on ne s'en viendra plus
Sur son or assiégé lever mille tributs ?
A-t-il pu subvenir à toutes les misères
Et ne reste-t-il plus de vieillards ni de mères ?
Est-ce que désormais et sa bourse et son cœur
Cesseront de s'ouvrir à la voix du malheur ?

Pouvant se prévaloir d'une facile excuse,
Est-ce qu'il répondra : « la France vous refuse !

« La France ne veut pas qu'en lui donnant la paix,
« Je puisse autour de moi répandre des bienfaits ! »
Il ne les dira pas ces paroles honteuses !
Il recommencera ses dettes glorieuses,
Et nous verrons peut-être, en un jour douloureux,
Napoléon puni d'avoir fait trop d'heureux !...

Quoi qu'il en soit, Messieurs, si votre économie
Atteint jusqu'aux excès de la parcimonie,
Si vous frappez l'Elu, du moins ne croyez pas
Que son âme s'abaisse à punir des ingrats.
Non ! non ! le cœur ému d'un déni de justice,
Mais de ses vœux froissés faisant le sacrifice,
Vous ne le verrez point dans son ressentiment
S'écarter du chemin qu'il suit si vaillamment,
Et pour redire ici l'expression heureuse
Que prononçait naguère une voix généreuse,
Son cœur, son noble cœur, je vous le garantis,
En dépit de l'affront, vous sauvera gratis !

Un Juge de Paix,
Né sous l'Empereur Napoléon I.

LE SECRET D'UN NOM.

—

La ville, épanouie en longs cris d'allégresse,
Offre aux yeux enivrés l'éclat de son bonheur ;
Unie, émue, heureuse, une foule se presse,
Immense, et dans ces murs où palpite l'ivresse,
Salue un digne Elu du peuple et du Seigneur !

Noble Prince, je viens, humble enfant de Savoie,
A cette grande fête avec transport m'unir ;
Permets-moi de mêler à la publique joie,
O sauveur de la France, un chant pour te bénir ;
L'Alsace et la Savoie autrefois de la Seine
Etaient bien loin, hélas ! mais dans un jour prochain,
On les verra, vers l'onde où la vapeur les mène,
Nouvelles sœurs, se tendre et se serrer la main !

Le Marquis Gaston de Chaumont,
De l'Académie de Savoie.

Strasbourg, juillet 1852.

PLUME ET ÉPÉE.

Elu de notre amour et du grand Empereur,
Ferme soutien d'un nom dont le poids est immense,
Salut! Honneur à toi qui places la clémence
Au nombre des vertus qu'on oppose à l'erreur!

Notre foi d'avenir, tu ne l'as point trompée,
Esprit droit et cœur chaud mûris par le savoir :
Le siècle où nous vivons exigeait un pouvoir
Qui tînt à sa hauteur ou la plume ou l'épée.

Du héros que le Ciel sembla former exprès,
Alors qu'avec du sang on écrivait l'histoire,
Les fastes sont pompeux ; mais, hélas! la Victoire,
A son faix de lauriers mêla bien des cyprès.

Tu peux choisir : le peuple a des instincts fidèles.
S'il sent revivre en toi ton hardi devancier,

Sois l'Aigle aux serres d'or, ou l'Aigle au bec d'acier,
Il règlera son pas sur l'ampleur de tes ailes.

Compte les bras nerveux que vers toi nous tendons ;
Du globe impérial renforce le prestige ;
Le faible, en s'élevant, seul a peur du vertige ;
Et le sage toujours ne dit pas : Attendons !

Pardonne à ma candeur ces vérités naïves :
Papillon éperdu dans la nuit du tombeau,
Quel que soit le péril que m'annonce un flambeau,
Follement je m'ébats autour des clartés vives.

C'est que d'un saint orgueil j'aime la France et toi :
La France par devoir, et toi par gratitude.
Un jour, j'étais souffrant, selon mon habitude :
Ta main, peu riche alors, s'étendit jusqu'à moi.

D'autres vertus déjà t'avaient fait mon idole ;
J'admirais dans l'exil ton courage indompté ;
Ton chagrin de punir, ou plutôt ta bonté
Pour les vaincus du sabre et ceux de la parole.

Je t'avais plaint banni, je t'honore vainqueur ;

Au point que l'humble sphère où le destin me range,
Retentit à ma voix d'un hymne de louange,
Chaque fois que ton nom déborde de mon cœur !

Tu peux tant, si tu veux, pour le bonheur du monde !
Le négoce, les arts, si longtemps ont gémi,
Qu'ils implorent de toi le regard de l'ami,
Le zèle du penseur et la paix qui féconde.

                                    HIPPOLYTE RAYNAL.

LA PROPHÉTIE.

Sur la cîme d'un mont de l'antique Helvétie
Vivait triste et pensif un Aigle déjà vieux ;
Une douleur secrète empoisonnait sa vie,
Et par moment des pleurs s'échappaient de ses yeux.
Mais dès que le soleil commençait sa carrière,
On le voyait encore, entr'ouvrant sa paupière,
Jeter un long regard sur l'horizon lointain. .
Il mesurait l'espace ;... il rêvait à la France !

Alors un cri d'amour, de regret, d'espérance,
    Vibrait dans l'air chaque matin.

Un soir, l'un des Aiglons dont cet Aigle était père,
Le voyant accablé de tristesse et d'ennui,
    Pour le charmer ou le distraire,
    Doucement s'approcha de lui :
« Tu possédais jadis une heureuse mémoire,
» Souvent tu m'as conté plus d'une longue histoire,
» Où figuraient ton nom, celui de tes aïeux ;
» Que ces récits, cher père, étaient beaux, glorieux !»

Le vieux Aigle, à ces mots, se réveille et s'anime;
Son front devient brillant d'orgueil et de bonheur ;
Par trois fois il s'élève au-dessus de l'abîme,
Et trois fois vers la France il pousse un cri vainqueur;

« L'Aigle est né dans les cieux, et sa race est ancienne;
Symbole du courage et de la dignité,
    Dit-il, il n'eut jamais, qu'il t'en souvienne,
    D'autre ennemi que la fatalité...
    L'enfant du Tibre en révérait l'image,
    La gloire était son apanage;
Qui peut énumérer ses succès éclatants ?
Sous le ciel des Brennus, sous le ciel d'Ausonie,
L'Aigle de Jupiter fut adoré longtemps,
Longtemps pour sa valeur, toujours pour son génie !

Un autre Aigle apparut, grand et victorieux !

     Cet Aigle parcourut le monde,

Et dans un libre essor, sur la terre et sur l'onde,

Il s'éleva toujours à la hauteur des Dieux.

     Son Aire était l'Europe entière,

     D'un grand peuple il devint l'appui,

Et plus d'un Roi trembla devant sa tête altière.

—Comment se nommait-il ? — Napoléon !—C'est lui !

     Ici le vieux Aigle soupire;

— Oui, dit-il, j'ai connu les grands jours de l'Empire,

Mais quand un César tombe, un Aigle tombe aussi!

Napoléon tomba ! Dieu le voulait ainsi !

Sa chute a fait trembler notre pâle hémisphère;

L'oubli ne suivra pas un nom si glorieux,

Car du fond de la tombe où froidit sa poussière,

S'élancera toujours un reflet de lumière

Pour rappeler celui qui fut l'Élu des cieux.

Napoléon, semblable à l'ardent météore,

Qui remplissant les cieux que sa clarté colore,

Laisse au loin dans l'espace un lumineux rayon :

Napoléon laissa sur la plage où nous sommes,

Un sentier, non fini, qu'achèveront les hommes,

Sous le sceptre d'un seul héritier de son nom ;

Oui, j'en garde l'espoir, l'Aigle de Sainte-Hélène,

Plus puissant encor, renaîtra,

Et sur les rives de la Seine,

Cet Aigle un jour reparaîtra.

O France ! heureux pays de splendeurs et de gloire !

Dieu te dit d'obéir à ses décrets nouveaux;

Du grand Napoléon ranime la mémoire,

Et rends son Aigle à tes drapeaux ! »

Fuyant les froids climats pour nos rives plus belles,
L'Aigle chez nous s'est arrêté ;

FRANÇAIS, marchons abrités par ses ailes,

Car lui seul réunit les deux sœurs immortelles,
La Victoire et la Liberté !

EL. ED. DE GENERÈS.

LE

BUSTE DE NAPOLÉON A LA HALLE.

Dans ces lieux où naguère on entendait les balles,

Où les séditieux, armés jusques aux dents,

Se ruaient le front rouge et les regards ardents,

Voyez-vous accourir ces bons marchands des halles,

Facteurs et portefaix, vendeurs et regrattiers,

Les gardeuses, les forts, suivis des verduriers,

Les porteurs, les gardiens, la dame harengère,

La marchande rieuse et la belle écaillère,

Apportant dans leurs mains des fleurs et des lauriers!

Ils vont inaugurer, dans ce concours immense,

L'image aux nobles traits du sauveur de la France ;

Dans ce marché, témoin de leurs transports joyeux,

Leurs cris d'amour pour lui s'élèvent jusqu'aux cieux!

Aux braves ouvriers de l'utile industrie,

Louis-Napoléon a consacré sa vie ;

Son œil d'aigle voit tout en grand comme en détail,

Et nous l'avons nommé l'Empereur du travail !

Désormais nous pourrons, grâce à sa providence,

A côté de la paix, faire asseoir l'abondance !

Amis, qui m'entendez, vos veilles et vos soins,

Tous les jours que Dieu fait, pourvoient à nos besoins ;

C'est vous qui répandez, au lever de l'aurore,

Ces fruits qu'aux champs voisins les jardins font éclore;

Vous qui distribuez les produits toujours frais

De demoiselle Flore et de dame Cérès !

Vos travaux incessants et votre vigilance,

Des bourgeois de Paris assurent l'existence !

Dans vos humbles travaux, comptez sur son appui;

23

Car c'est le rendre heureux que d'être heureux sous lui.

Qu'il reçoive en ce jour le simple témoignage
De notre amour pour lui, de notre dévoûment;
D'un culte de tendresse entourons son image,
C'est du peuple aujourd'hui le meilleur talisman.
Payons-lui le tribut de nos âmes loyales;
Votons pour l'Empereur à l'unanimité;
Que l'ami de nos droits, par tous nos oui fêté,
Sache qu'il est le Roi des reines de la halle!
Qu'on pille les jardins, les prés et les gazons!
Que de tous leurs parfums son buste s'environne,
       Et des fleurs des quatre saisons,
       Composons toujours sa couronne!

Écrit sous la dictée de JÉRÔME PACAUD,
par NAIGEON DU SAUVEUR.

AU PROTECTEUR DES ARTS

ET DES LETTRES.

O Muse! ô céleste Immortelle!
Féconde mère des beaux-arts,

Ton règne enfin se renouvelle,
Et de la Discorde cruelle
Abat les sombres étendards.

Trop longtemps les bruits de la rue
Et les orages du Forum
T'exilèrent, triste et déchue,
Comme Cléopâtre vaincue,
Fuyant les plages d'Actium.

O chaste fille de mémoire,
Belle vierge à l'œil inspiré,
Toi qui sais, mieux que la victoire,
Semer les moissons de la gloire,
Relève ton sceptre sacré !

Viens répandre à flots sur la France
Tes merveilles, divin trésor;
Chassant toute ombre de souffrance,
Fais, comme un astre d'espérance,
Etinceler son prisme d'or.

Un grand cœur, un prince qu'anime
La plus patriotique ardeur,
T'adresse un appel magnanime,
Et, par toi, d'un passé sublime
Tente d'égaler la splendeur.

Mais il veut, au lustre des armes,
Juste orgueil de nos fiers guerriers,
Opposer des jours sans alarmes,
Des couronnes pures de larmes,
Et de pacifiques lauriers.

Une ère que l'art divinise,
Sous ses auspices va s'ouvrir.
De grandeur son âme est éprise ;
La palme aux Mécènes promise
Est celle qu'il veut conquérir.

Il veut que ton front qu'environne,
O France ! l'éclair des combats,
D'un nouveau fleuron se couronne,
Et, près du socle de Bellone,
Il dresse l'autel de Pallas.

Il veut, cet esprit noble et juste,
Qu'au fronton du Temple de l'Art,
En traits de feu son nom s'incruste...
Il veut que le siècle d'Auguste
Succède au siècle de César !!!

GABRIEL MONAVON.

LAISSONS-NOUS GOUVERNER.

Le ciel est pur, la mer est belle,
Et nous promet un lendemain.
Montons gaîment dans la nacelle ;
Mais au gouvernail, en chemin,
N'allons pas tous mettre la main.
Puisque le pilote est habile,
Que chacun de nous soit docile :
Un seul ici doit dominer.
Amis, laissons-nous gouverner !

Un jour, le peuple en sa colère,
Foulant à ses pieds le pouvoir,
De ses droits élargit la sphère ;
Mais s'écartant trop du devoir,
Dans la lutte il se vit déchoir.
Après de longs instants de fièvre,
Un cri s'échappe de sa lèvre ;

Partout on entend fredonner :
Amis, laissons-nous gouverner !

De la fougueuse République,
Le sort m'inquiète fort peu ;
Plus on sonde la politique,
Plus on comprend que c'est un jeu ;
Mais on y joue avec le feu.
Quand l'autorité se ravive,
Et veut, avec une foi vive,
En faveur de tous rayonner,
Amis, laissons-nous gouverner !

Lorsque la vérité nous guide,
Qu'un noble but nous fait agir,
Suivant que le sort en décide,
Avec calme sachons souffrir,
Ou gaîment suivons le plaisir,
Puisqu'un prince que le ciel mène,
Pour lui tout seul prenant la peine,
Vers le port sait nous ramener :
Amis, laissons-nous gouverner !

AUGUSTE GIRAUD,

NON SEMPER IMBRES.

Après les noirs frimas de l'hiver en furie,
Un soleil bienfaisant paraît à l'horizon,
Et la tiède chaleur fécondant la prairie,
Fait renaître les fleurs et verdir le gazon !

Ainsi, dans l'heure sombre où la terre éplorée
Payait de fils ingrats les longs égarements,
Noé vit resplendir, dans la voûte éthérée,
Cet arc aux trois couleurs, fin de leur châtiment !

Et comme l'arc-en-ciel, au plus fort des tempêtes,
Ton rayonnement change, ô divin Empereur,
Nos cyprès en lauriers, nos deuils en belles fêtes,
Et nos chants de tristesse en doux chants de bonheur !

Oh ! d'un jour radieux je vois déjà l'aurore
Briller sur les Français de grâce et de splendeurs ;

Moins de charme a l'œillet que le soleil colore,
Et moins de doux parfums a la reine des fleurs !

Par ta puissante main, ô merveilleux Eole,
Les vents sont enchaînés, et comme Gédéon,
Le salut du pays te ceint d'une auréole
Où rayonne ton âme, ô grand Napoléon !

Guidés par ton étoile, ô sauveur magnanime,
Nous venons nous fixer sous tes brillants drapeaux !
D'un bond, nous élancer à ton faîte sublime,
Et de l'Empire éteint rallumer les flambeaux !

Alors, un autre Nil arrosant les campagnes,
D'abondantes moissons jauniront les guérets ;
Et le pin orgueilleux, descendant des montagnes,
Couvrira l'Océan de mouvantes forêts.

Jehovah ! des Français écoute la prière !
Bénis ce Prince, objet du vœu le plus fervent !
Et vous, hôtes divins des champs de la lumière,
Devenez son armée, anges du Dieu vivant !

GERVAIS ROBIN.

Poitiers, 15 octobre 1852.

LE SAGE ET LES DEUX PASSANTS.

FABLE.

« Pourquoi donc sur les monuments
» De Paris, ville des merveilles,
» Aperçoit-on à tous moments
  » Des taches sans pareilles ?
» A l'échoppe du savetier
» Là, c'est un palais qui s'enchaîne ;
» Ici, champignon sur un chêne ;
« La boutique s'accole à l'édifice altier ;
  » Plus loin des murs qu'il faut abattre,
  » Ferment l'abord d'un grand théâtre.
» Quel désordre à la fois et triste et repoussant,
  » S'écriait un jour un passant ! »

Un autre répondit : — « C'est l'image du monde ;
» Dans l'ordre social est-il rien de parfait ?
» On voit le clair ruisseau près du bourbier immonde ;
» L'ingratitude marche à côté du bienfait ;

» Sur d'heureuses métamorphoses
» Ne comptez pas, du mal tant que vivront les causes.

Ne pouvant rester froid à ce raisonnement,
Un sage à côté d'eux, vêtu très simplement,
Leur dit : « Il s'en faut peu qu'une autre ère s'éveille
» Et quand tout dort pour vous, pour moi rien ne sommeil
   » Avec la paix oubli des maux soufferts,
   » Et l'industrie, âme de l'univers,
» Paris révélera ce que mon œil découvre !... »
— Et qu'apercevez-vous ? dirent les yeux ouverts
Nos passants ébahis.—L'achèvement du Louvre !
   Paris, Reine-mère des arts,
Après de grands travaux étonnant les regards...
— Pour nous parler ainsi Monsieur est donc prophète ?
Reprirent les passants ?—l'idée est dans ma tête,
Et le présent d'ailleurs répond de l'avenir.
   — Erreur étrange, il faut en convenir ;
La ville selon vous prendrait l'habit de fête ;
   Et qui sera l'heureux réformateur ?
     Un sorcier, ou bien un poète ?
     — Moi, dit le sage, ou l'Empereur !

   Sous cette forme anecdotique
   La fable a sa moralité ,

Dans un pays aux mains d'un pouvoir énergique,
Partisan du progrès de la société,
   Vieil abus ou vieille boutique,
   N'auront jamais droit de cité !

VICTOR ROUSSY.

LE SOIR ET LE LENDEMAIN.

Pour voler sur tes pas, pour admirer ta gloire,
J'aurais donné, crois-moi, jusqu'à mon dernier jour,
Prince, dont la sagesse étonnera l'histoire,
Qui sèmes le bonheur et recueilles l'amour !

Pour jouir un instant de ta chère présence,
Pour porter à tes pieds l'hommage de ma foi,
J'avais longtemps du ciel invoqué l'assistance,
Et Dieu qui m'entendait me plaça près de toi !

Près de toi, fils aimé d'une mère bénie.
Qui là-haut t'accompagne du cœur et des yeux !

Près de toi, dont son âme inspire le génie,
Et que son amour veille encor du haut des cieux.

Et maintenant, adieu! comme à ce soir d'ivresse
Succède amèrement ce mot plein de tristesse!
Adieu, l'heure riante et les instants si doux,
Où tous nos cœurs ravis s'élançaient jusqu'à vous!

Adieu ce bal féérique [1] où les âmes unies
Parmi les chants, les fleurs, les longues harmonies,
Au milieu du quadrille à ta voix animé,
Mêlaient leurs chants de fête à ton nom bien aimé!

Nos regards admiraient ton sourire et ta grâce!
Puis tout s'évanouit... disparaît et s'efface,
Comme un songe, reflet d'un bonheur regretté,
Nous ramène un moment à sa réalité,

Et fait aux pleurs joyeux de l'âme qui sommeille,
Succéder les regrets de l'esprit qui s'éveille!
Mais est-il un bonheur qui ne doive finir?
N'as-tu pas à régler le monde et l'avenir?

N'as-tu pas à remplir ces hautes destinées
Que promit le Seigneur à tes jeunes années?

[1] A Grenoble.

N'as-tu pas ces devoirs qu'il vint te commander,
Et ton œuvre à poursuivre et la France à garder ?

Le peuple sur ton front va poser la couronne.
Par sa voix maintenant c'est Dieu qui te la donne.
Cours donc, roi pacifique et conquérant humain,
Parcourir tes États, l'olivier à la main !

Ajouter les feuillets à ces brillantes pages
Qui promettent ton nom aux saints respects des âges,
Et, du peuple adoré, commencer avec lui
Ton immortalité qui rayonne aujourd'hui !

Tu vas, d'un Dieu sauveur apportant le message,
Fouler ces fleurs d'amour qui jonchent ton passage;
Mais sur la route au loin quand nous tendons les bras,
Dis-nous en t'éloignant que tu nous reviendras!

Jures en la promesse aux cœurs qui la demandent,
Qui te suivent en pleurs et qui déjà t'attendent,
Et, t'escortant au loin de leur fidèle amour,
Du jour de ton départ ont daté ton retour !

Laisse dans notre nuit briller cette espérance!
Notre regret amer en peut être adouci;

Mais au sein des splendeurs que vous garde la France,
Prince, n'oubliez pas comme on vous aime ici ! !

VIRGINIE BALMAIN DOMENGET.

Château de Challes, près Chambéry, 23 septembre 1852.

L'ÉTOILE DE LOUIS-NAPOLÉON.

I.

Quand l'Empereur tomba frappé dans la victoire,
La France qui pleurait un passé glorieux,
Refermait tristement les pages de l'histoire :
Mais l'Etoile nouvelle éclatait dans les cieux.

II.

C'était la vôtre, Prince, et déjà cette étoile
Éclairait l'horizon. Le nuage en passant,
La voulait obscurcir ; mais déchirant le voile,
On la voyait toujours, toujours reparaissant.

III.

Et vous êtes venu ! La patrie outragée
Avait pleuré trente ans sa force et son renom.

Mais vous êtes venu, mais vous l'avez vengée,
En continuant l'œuvre et signant du grand nom !

IV.

Détachant un rayon de sa vive auréole,
O Prince, votre étoile a scintillé sur moi :
Votre chiffre éclatant m'est cher comme un symbole
De force et de grandeur, d'espérance et de foi.

ARSÈNE HOUSSAYE.

Juillet 1852.

Ces vers ont été adressés en remerciment d'une magnifique épingle,
avec le chiffre du prince, envoyée à l'auteur par S. A. I.

NUNC DIMITTIS.

Je vous bénis, mon Dieu, qui me montrez encore,
Ce règne éblouissant dont j'avais vu l'aurore,
Soleil brillant toujours de la même splendeur,
Et d'enchaîner ainsi, comme en un cercle immense,
Et la gloire passée et celle qui commence,
L'Empereur immortel, et le jeune Empereur !

LE CHEVALIER DOMENGET,
Médecin de la maison du roi.

Château de Challes, près Chambéry.

LES DEUX TRIOMPHES.

Quand le triomphateur marchait au Capitole,
  Le peuple, en son bruyant transport,
  L'acclamait par cette parole :
  Ave, Cæsar Imperator !
De roses de Pœstum sa route était semée ;
  L'atmosphère était embaumée
  Des plus doux parfums d'Orient !
  Et du sein de la foule heureuse,
D'un peuple adulateur la voix capricieuse
  Berçait le vainqueur souriant !

C'était beau ! c'était grand ! mais c'eût été sublime,
  Si, près du puissant Empereur,
  L'œil n'eût trouvé quelque victime
  Enchaînée au char du vainqueur !
Quand l'orgueil de César débordait de son âme.
  Enchaîné d'un lien infâme,

Le vaincu, sur ses pas, se traînait indigné.

    C'était la gloire rayonnante !

    C'était la victoire insolente,

    Auprès du malheur consterné...

Mais toi, digne héritier du héros de notre âge,

Qui rends à notre amour l'Empereur au tombeau,

    Vainqueur heureux autant que sage,

    Salut ! ton triomphe est plus beau !

Du jour que tu devins l'étoile populaire,

    Notre liberté tutélaire

Se dégagea par toi de l'alliage impur !

    Tu n'as frappé que la licence ;

    Nous avions perdu l'espérance,

    Nous revoyons un ciel d'azur !...

Sur les jalons posés par un vaste génie,

    Toi, son neveu, son successeur,

    Ta main s'étend, elle édifie

    Plus qu'en de longs jours de labeur ;

Tu parles, et soudain l'éclair de ta parole

    Charme, vivifie et console.

    L'espoir vient éclairer nos fronts :

    Tel, après un affreux orage,

    L'astre des cieux sur son passage

    Verse ses lumineux rayons !...

Non ! notre liberté n'est pas morte à Pharsale !

 Ses droits ne sont point naufragés ;

 Pompée et Brutus, au cœur mâle,

 Par toi ne sont point outragés !

Auguste peut monter sur le trône que Rome

 Elève au fils de son grand homme,

Comme au meilleur gardien de son égalité !

 A toi reviendra toute gloire !

 Tu commenças par la victoire !

 Tu finis par la liberté !

SURLE.

16 septembre 1852.

LE SIÈCLE NOUVEAU.

L'Empire est fait : un cri de joie immense

Jaillit des cœurs et grandit sous les cieux ;

L'Empire est fait : son siècle recommence ;

L'Aigle est rentré dans le secret des Dieux !

La France échappe, en ce jour qui l'honore,

Au joug honteux dont on l'osa charger ;

Elle repousse, en frémissant encore,

La trahison que suivit l'étranger !

Mais pourquoi rappeler ces funèbres images ?

Couvrons tous ces malheurs d'un pieux souvenir ;

L'Empire; c'est la paix, c'est la fin des orages,

C'est l'espoir affermi d'un fécond avenir.

Les destins éclaircis, ce radieux présage,

C'est lui qui les présente à nos yeux dessillés.

Aussi, combien de vœux ont suivi son passage !

Combien de cœurs émus et de regards mouillés !

Courbée avec amour sous sa main souveraine

La France le bénit... Et voguant sans effort,

Se livre confiante à la clarté sereine

Qui, sur les flots calmés nous montre enfin le port.

Dans ce jour qui vivra, tout devait nous sourire :

Lui-même, le soleil, sous la voûte d'azur,

Donne tous ses rayons au réveil de l'Empire ;

Le ciel fut-il jamais plus profond et plus pur ?

Que l'univers entier se découvre et s'incline

Devant les mille bras qui portent le pavois !

Salut à l'Empereur ! et que chaque poitrine

Eclate en cris d'amour pour NAPOLÉON TROIS ! !

    L'Empire est fait : un cri de joie immense

    Jaillit des cœurs et grandit sous les cieux ;

    L'Empire est fait : son siècle recommence ;

    L'Aigle est rentré dans le secret des cieux !

Moulins, 2 décembre 1852.   Péru.

LES FLEURS DE L'EMPIRE.

Les fleurs parlent aussi pour proclamer l'Empire !
Qu'ils sont doux ces parfums que dans l'air on respire;
O miracle ! une plante, un Napoléona,
A conquis ce matin le nom qu'on lui donna,
Quand, du temps de la guerre, au soleil de la France,
On la confiait verte, emblème de l'espérance !
Pour la première fois hasardant une fleur,
Le violet, le pourpre émaillent sa couleur.
On dirait qu'aujourd'hui la coquette nature
Semble même à dessein rafraîchir sa parure ,
Le ciel qui brille mieux quand il veut nous bénir,
A retardé l'hiver et cherche à le bannir.
Je vois le Chèvrefeuille, égaré dans l'Automne,
Autour de mon balcon se nouer en couronne...
Pourquoi, fleur du printemps, reparaître à nos yeux?
Ta sœur, la violette, exprime assez nos vœux.
Napoléon grandit par un prodige unique
Ce mot si redouté ! si fatal ! République !
France! entoure de fleurs son sceptre renaissant!

Pour qu'il la rende heureuse, ò qu'il soit tout puissant,

Et, pour renouveler deux couronnes brisées,

Que l'olivier s'élève en tes Champs-Élysées !

Poésie endormie, éveille aussi ta voix !

Chante un Prince si doux, et si fort à la fois !

Salue avec transport cette grande amnistie,

Car, poète, au malheur tu dois ta sympathie !

Le droit le plus royal qu'un Dieu puisse donner

Est pour le souverain le droit de pardonner !

Que les fils naufragés des civiles tempêtes

Viennent, le cœur joyeux, prendre part à nos fêtes !

Qu'aucun frère ne manque aux fraternels banquets,

Qu'ils viennent marier les palmes aux bouquets,

Et que l'ère féconde, où toute plante aspire,

Ne mêle aucun cyprès dans les fleurs de l'Empire !

BARONNE PAULINE HUBER.

Sèvres, 24 novembre 1852.

REGINA CŒLI.

Du ciel impérial brillante et pure étoile,

La Reine, votre mère, a veillé sur vos jours ;

Son auguste regard qu'hélas ! le trépas voile,

      Vous protége toujours.

Son noble front reçut la couronne royale,
Elle régnait déjà par sa seule beauté;
Elle avait embelli la cour impériale
      D'un ange de bonté !

Son doux nom fait vibrer les échos de la France,
De sa lyre on entend les sons harmonieux ;
C'est un frais souvenir, c'est de la Reine Hortense
      Un parfum précieux.

Oh ! le monde admira sa tendresse héroïque
Pour ses fils valeureux que le grand Empereur
Voulait associer à son destin magique,
      Et portait dans son cœur.

Hélas ! des trois aiglons, à son doux cœur de mère
Deux ont été ravis, seul vous êtes resté,
Pour verser dans son sein, sur sa douleur amère
      Le dictame enchanté ;

Vous êtes resté seul ! de hautes destinées
Vous attendaient ! de Dieu les sublimes secrets
Vous avaient reservé, dans nos sombres années,
      Pour ses plus hauts décrets.

Ah ! sur votre berceau quelle splendeur épique !

Quelle noble auréole autour de votre front !

Combien de noms brillants, d'un éclat magnifique

  Vous accompagneront !

A ces noms éclatants l'âme du peuple vibre,

Il a sa part de gloire en ces glorieux jours !

Il sent à votre aspect se remuer la fibre

  De ses plus chers amours !

Aussi toutes ses voix, LÉGITIMITÉ SAINTE,

Ont remis en vos mains le suprême pouvoir;

Vous portez de son vœu l'indélébile empreinte,

  Comme son seul espoir.

Il voudrait imposer l'immortelle couronne

Du glorieux Empire à votre front vainqueur :

DIEU LE VEUT! vous dit-il, sage digne d'un trône,

  SOYEZ NOTRE EMPEREUR !

Marvéjols.   J. PAUTET DU ROZIER.

L'AIGLE ET CŒSAR.

A l'horizon lointain, quelle clameur immense

Tout-à-coup retentit et jusqu'à nous s'élance ?

Tonnez, canons de nos remparts ;
Guerriers, dans l'air agitez vos bannières ;
Prêtres, au Ciel élevez vos prières :
Voici venir l'héritier des Césars !

L'Aigle divin paraît dans nos murailles,
Tout rayonnant de gloire et de splendeur ;
Le souvenir du géant des batailles
A son aspect s'éveille au fond du cœur.
N'est-ce pas lui dont la serre vaillante
Porta la foudre aux trônes frémissants ?
N'est-ce pas lui qui remua vingt ans
Le monde ému de son aile puissante ?

Tonnez, canons de nos remparts ;
Guerriers, dans l'air agitez vos bannières ;
Prêtres, au Ciel élevez vos prières :
Voici venir l'héritier des Césars !

Le temps n'est plus où le peuple s'égare ;
Ils sont passés, ces jours d'adversité !
Dans l'avenir, Dieu nous montre le phare
Qui seul promet travail et liberté.
Paix au-dedans, respect à la frontière,
Étaient les biens que rêvaient nos aïeux.

Pour accomplir ce rêve glorieux,
C'est l'Empereur qui revient sur la terre !

Tonnez, canons de nos remparts ;
Guerriers, dans l'air agitez vos bannières ;
Prêtres, au Ciel élevez vos prières,
Pour célébrer l'héritier des Césars !

ALEXANDRE DEPLANCK.

Lille, 15 août 1852.

LE REFRAIN DU BATAILLON.

MUSIQUE DE Mme E. C.

Qu'on entonne
Et qu'ici résonne
Le refrain cher au bataillon !
Vive Louis-Napoléon !

Au glas révolutionnaire
Déjà frémissait l'avenir !

Mais du plus beau nom populaire
Nous conservions le souvenir!
D'un pied hardi frappant la terre,
De l'ordre apparaît le géant!
Et ces nains qui rêvaient la guerre,
Rentrent soudain dans le néant!

A ses vivants titres de gloire,
Français, ne soyons point ingrats!
Il donne plus que la victoire,
Et le bonheur vous tend les bras.
A l'auréole de l'Empire
N'a-t-il pas droit par ses bienfaits,
Ce prince que l'Europe admire,
Le Napoléon de la paix!

— Chut! Écoutez!.. Je crois entendre
La voix puissante d'un héros ;
Nos cris ont réveillé sa cendre
Sommeillant dans ses noirs caveaux!
A la France, à sa bien-aimée,
Qui va couronner son neveu,
Il prédit gloire et renommée!
Puis... se rendort le demi-dieu!

Qu'on entonne

Et qu'ici résonne

Le refrain cher au bataillon :

Vive Louis-Napoléon !

                    EMILIANI PELVEY.

16 octobre 1852.

LES DEUX EMPIRES.

I.

Sur le pavois des Francs que la gloire environne,

Prince, que tous nos cœurs sont jaloux d'escorter,

Le peuple souverain t'a remis sa couronne ;

Ah ! comme il sera fier de te la voir porter !

  Revêts enfin ta pourpre héréditaire,

  Fais succéder sur le trône français

    Au NAPOLÉON de la guerre

    Le NAPOLÉON de la paix !

II.

Décembre !... mois fameux, où, rude à l'anarchie,

Ton bras fort étouffa son cratère en fureur ;

Où dans l'urne couva l'œuf de ta monarchie,
Phénix éclos au cri de : Vive l'Empereur!...
   Un Dieu clément, pour consoler la terre,
   Fit rayonner les magiques reflets
     Du nom le plus grand de la guerre,
     Au nom le plus beau de la paix.

III.

L'Etoile qui guida ton oncle magnanime,
Fatidique flambeau trop longtemps éclipsé,
A ta foi brille encor sur la voûte sublime,
Et, dans son disque d'or où son œil est fixé,
   Tu vois sourire avec ta noble mère,
   Tous deux priant pour toi, pour nos succès,
     Le NAPOLÉON de la guerre
     Au NAPOLÉON de la paix.

IV.

Oui, nous voulons la paix, la paix ce bien suprême ;
Mais qu'une ligue impie ose nous contester
Le droit d'un peuple libre au choix du chef qu'il aime,
Ce droit, on sait comment le faire respecter !...
   Alors, montrant notre aigle toujours fière,
   Toi notre élu, Prince, tu changerais

En Napoléon de la guerre
Le Napoléon de la paix.

V.

Mais non, d'un saint transport ta belle âme animée
A convié le monde à de plus doux combats ;
Dans les champs du travail, nouvelle Grande Armée,
Ainsi qu'aux champs de Mars nous serons tes soldats.
   Tous, à ta voix lancés dans la carrière,
   Rivaux amis, conquérants du progrès,
     Nous illustrerons la bannière
     Du Napoléon de la paix.

VI.

Les temps sont transformés : l'ère qui vient de naître,
Ère de foi, d'amour, de justice et d'honneur,
Doit à tous donner place au banquet du bien-être,
Faciliter pour tous le chemin du bonheur :
   En formulant ce programme sincère,
   Prince, ta main si féconde en bienfaits
     Ferma l'Empire de la guerre,
     Ouvrit l'Empire de la paix.

FERDINAND CANU,
Décoré à 21 ans sous l'Empire.

Yvetot, 22 novembre 1852

LE PARDON DU CIEL.

Quel spectacle, quelle scène
Frappe mes yeux enchantés ?
Un Prince, à sa suite entraîne
Les vœux ardents des cités.
Peuple, en ton élan sublime
Pour la force magnanime,
Te proclames Empereur,
Le héros dont le Génie,
Bravant tout pour la patrie,
La sauva de sa fureur !

C'est peu de laver nos hontes,
De conserver notre honneur,
Cœur religieux, tu comptes
Chaque jour par un bonheur !
Généreux, mais sans faiblesse,
Si des accents de détresse

Se font entendre à ton cœur :
Napoléon, tu pardonnes...
Ou, c'est de l'or que tu donnes
Au pauvre enfant du malheur !

Prince, reçois la couronne
Pour prix de tant de bienfaits ;
Prends ta place sur ce trône
Que t'élèvent les Français !
Fuyez, discordes civiles!
Napoléon dans nos villes
Ramène les temps heureux.
Voici la brillante aurore :
L'Empire qui vient d'éclore
Nous réconcilie aux cieux.

AUDIC DE PENHOET.

Poitiers, 20 novembre 1852.

LE OUI D'UN VIEILLARD.

Protecteur des Français, grâces te soient rendues,
Et pour nos libertés vaillamment défendues

Et pour ton saint courage et pour ce coup d'état
Qui brisa l'anarchie en relevant l'État !
Sur votre auguste front retenez la couronne ;
Pour l'honneur des Français, c'est Dieu qui vous l'ordonne!
Pour moi, faible vieillard, à quatre-vingt cinq ans,
Je n'ai pas grand espoir de vivre bien longtemps,
Mais chaque jour que Dieu doit m'accorder encore
Ne sera qu'un hommage à ton nom que j'adore ;
Et quand mon dernier jour s'éteindra sur mes yeux,
Vers ton oncle immortel, Empereur même aux cieux,
J'irai, de tes bienfaits lui répétant l'histoire,
Au bon Dieu qui m'attend faire bénir ta gloire !

PRETREAUX, médecin, né en 1767

Cambray, 27 octobre 1852.

2 RÉPUBLIQUES ET 2 NAPOLÉON.

Brillant de l'éclat des batailles,
Rayonnant d'immortels lauriers,
Après d'horribles funérailles [1]

[1] 93.

Parut le plus grand des guerriers !
La République était sa mère ;
Il la tua dans sa colère,
Il brisa le fer des cachots !
Et par ce hardi parricide,
Aux pieds du héros intrépide
S'écroulèrent les échafauds !

Comme lui, de la République
Ta voix redressant les erreurs,
Au cœur du monstre politique
Refoula toutes nos terreurs ;
Pauvre veuve de deuil voilée,
La France morne et désolée
Pleurait déjà sur ses enfants !
Mais elle a retrouvé la vie,
Quand le père de la patrie
Déchira ses drapeaux sanglants !

Le crime, ourdi dans les ténèbres,
Déployait ses noirs étendards !
On entendait ses chants funèbres,
Déjà s'aiguisaient les poignards !
Au loin s'allumait l'incendie ;
Un héros d'une main hardie
Eteignit les fatals flambeaux !

Et, sous l'égide de son glaive,
La paix triomphante s'élève
Sur le sol creusé de tombeaux !

En vain dans leur rage inflexible
Des démons guidés par l'enfer,
Contre un front auguste et paisible
Préparaient la poudre et le fer !
Crime impuissant ! la Providence
Veillait au salut de la France !
Notre amour a grandi de toute leur fureur.
Prince, règne à jamais sur la France loyale !
Le ciel-même a tressé ta pourpre impériale!..
C'est Dieu qui te sacre Empereur !

Auguste Olmade.

Toulouse, 5 décembre 1852.

IN HOC SIGNO VINCES.

Marchons, l'espoir au cœur et la tête levée!
Le Ciel enfin triomphe et la France est sauvée !
Dieu, mesurant l'abîme entr'ouvert sous nos pas,

Dit : « Ce peuple est mon peuple, il ne périra pas. »
Entendez-vous ce bruit?... C'est la voix du suffrage,
Montant vers la cité comme un flot vers la plage.
C'est Paris qui renaît à l'ombre d'un grand nom ;
L'État ne peut périr avec Napoléon !
Prince, il a le cœur noble et la main généreuse,
Militaire, il a l'âme ardente et courageuse ;
Captif, il a compris toutes nos libertés,
Exilé, son amour ne nous a pas quittés.

Quand le chef de l'État a connu la souffrance,
Il a déjà conquis ses droits à la puissance;
Il a déjà l'amour de tous les nobles cœurs,
Qui s'inclinent par choix vers les grandes douleurs;
Le peuple est subjugué par cette sainte cause,
Et pour lui le malheur est une apothéose.

Les aigles ont vaincu les révolutions,
Et nous restons toujours reine des nations !
Garde, peuple français, ce nom couvert de gloire,
Qui deux fois dans un siècle illustre notre histoire ;
Lorsque tu combattras contre les factieux,
Nomme Napoléon ! Ce signe écrit aux cieux !
Monogramme sacré qui fait aimer et croire,
Qui, s'il nous dit : la paix ; dit aussi : la victoire!

LILLA PICHARD.

L'OMBRE ET LE JOUR.

Espoir fêté longtemps qui berçait notre rêve,
—Rayon brillant et pur,— splendeur après la nuit —
L'empire, c'est l'éclat! C'est l'aube qui se lève,
Et sa clarté succède à l'ombre qui s'enfuit.

Attendant dans la paix que le soleil achève
De féconder la branche et de mûrir le fruit,
Nos douleurs ont leur terme et nos deuils ont leur trêve,
Et nous bénissons tous la main qui nous conduit.

L'Empire, c'est le calme et c'est la source vive
Où nous nous retrempons afin que tout revive,
Et pour que rien ne manque au bonheur rétabli ;

Il est aussi l'oubli de la peine passée
Qui gravait une ride à notre front pâli;
L'Empire est plus qu'un règne; il est une pensée!

AUGUSTE DOUDEMENT.

22 décembre 1852.

MORE SOLIS.

Le jour finit, et l'astre roi se cache !
Mais bientôt il renaît éclatant et sans tache ;
Ainsi de ton destin, ô grand Napoléon !
Car ta nuit n'était pas une nuit éternelle !
    Et dans une aurore nouvelle
Renaît plus radieux ton empire et ton nom !

A. F. Sainturat.

Poitiers, 14 septembre 1852.

ODE HÉBRAÏQUE.

RABBI SAUPHAR, A S. M. NAPOLÉON III.

Eternel ! Dieu vivant que révéraient nos pères,
Dont la main distribue et triomphe et grandeur,

A tes enfants ingrats réserve tes colères !
Bénis Napoléon ! bénis notre Empereur !

Roi des Rois, de sa vie écarte les alarmes :
Conserve le trésor de ses jours précieux :
Donne à son cœur la paix, la victoire à ses armes :
Frappe ses ennemis de l'éclair de tes yeux !

Que pour notre bonheur et pour celui du monde,
Il reçoive de toi le souffle qui féconde !
Les grands hommes, Seigneur, sont à l'humanité ;
Dieu qui, sans distinguer, à la terre épuisée
Accorde le bienfait de sa douce rosée,
Dieu nous appelle tous à la félicité !
De lui seul nous tenons la vie et la puissance;
Nous devons à lui seul le don d'intelligence,
Enfants de son amour et de sa majesté !

O Dieu, seul Dieu vivant ! conserve-nous sa vie :
Sur son trône éternel fais descendre la paix,
Et que l'ange d'amour, à la grâce infinie.
          Plane au dessus de son palais !

Son nom ! Le monde entier en a redit l'histoire,
La justice et l'honneur accompagnent sa gloire,
Il ouvre l'avenir, ravive le passé;

Le poète l'invoque , et le sage en silence
Médite de ce nom la gloire et l'espérance,
Et la terre fleurit quand on l'a prononcé !

Eternel ! c'est à toi que les rois de la terre
Doivent de leur grandeur la majesté sévère ;
Car tu veilles sur eux du haut du firmament ;
Tu répands à ton choix la force et la puissance,
Et nul ne peut régner, ô Dieu, si ta clémence
De son trône d'airain n'asseoit le fondement.

Empereur, fils du Dieu qui créa la lumière,
D'un vieillard languissant écoute la prière.
Qu'elle s'élève à toi, comme le pur encens
Monte en blanche spirale à la voute azurée;
Prince, j'ai conservé ton image adorée
Dans ce cœur refroidi par mes quatre-vingts ans.

Et toi, Dieu souverain de toute créature,
Dont le regard immense embrasse la nature,
Exauce d'un mourant le désir solennel,
Au sein de l'Empereur fixe ton sanctuaire,
Et comme la racine au chêne séculaire,
Etends de ses neveux l'avenir éternel!!!

Traduit par A. LOMON.

LA FRANCE ET L'EMPEREUR.

CANTATE.

Musique de M. A. Casegnier.

Gloire au Très-Haut qui protége la France,
Et gloire à toi qui fais notre bonheur !
    Chantons, le cœur plein d'espérance :
    Vive la France et vive l'Empereur!

Du Ciel, brillant d'éclat et de lumière,
Dieu sur nos maux a baissé ses regards,
Et désormais la France, heureuse et fière,
Va refleurir dans la paix et les arts!
De l'avenir le présent est le gage,
Pour nous commence une ère de splendeur ;
Tout cœur français s'incline et rend hommage
A son Elu, son nouvel Empereur !

Prince, c'est toi que notre amour couronne,
Prince, c'est toi qui dois régner sur nous ;
Du grand pouvoir qu'un grand peuple te donne,
Ton noble cœur se montrera jaloux !
Des cœurs français l'altière indépendance
Avec bonheur se range sous tes lois ;
L'insigne honneur de régner sur la France
N'appartenait qu'à Napoléon Trois.

Sois Empereur, car c'est Dieu qui t'inspire ;
Il t'a marqué du signe radieux !
Viens, c'est par toi que la France respire,
Viens accomplir l'ordre sacré des cieux !
A Notre-Dame un hymne d'allégresse
Va s'élever des célestes parvis ;
Toutes les voix diront avec ivresse :
Napoléon a sauvé le pays !

Gloire au Très-Haut qui protége la France,
Et gloire à toi qui fais notre bonheur !
   Chantons le cœur plein d'espérance :
   Vive la France et vive l'Empereur !

Mme PLOCQ DE BERTIER.

Novembre 1852.

LES TROIS TALISMANS.

A votre avènement qui n'applaudirait pas ?
Trois sœurs, filles du Ciel, accompagnent vos pas ;
De la France et du monde, auguste Providence,
La Foi guide votre âme à sa vive clarté,
     Devant vous marche l'Espérance
     Et près de vous la Charité.

BUREL DAGUIN.

L'ŒUVRE DU CIEL.

Sauveur donné par Dieu, fils de la Providence,
Qui dévouas ta vie au salut des Français,

Souris au doux tribut de leur reconnaissance
Qui ne peut égaler tes immenses bienfaits !

L'acte du deux décembre, écrasant l'anarchie,
Où l'orage grondait fait luire un ciel serein ;
La France, avec orgueil par ton bras affranchie,
Pose le diadème à ton front souverain !

O Prince magnanime, accepte la couronne !
Digne prix du courage et de la volonté,
C'est de Dieu qu'elle vient quand le peuple la donne,
Et le trône appartient à qui l'a mérité.

Et lorsque tu viendras dans l'antique Provence,
Fidèle à son passé comme à son avenir,
O Prince, attends toujours, toi que l'amour devance,
Sa voix pour te chanter, son cœur pour te bénir !

MARIUS CANTU.

Avignon, 28 octobre 1852.

AVENIR.

Le monde progressif a subi chaque phase
D'un destin sombre et périlleux !

Le temple social sur sa nouvelle base,
      Sans craindre aucun poids qui l'écrase,
      S'élève immense et merveilleux.

Oh ! puissent les mortels unis comme des frères,
      Achever un si beau travail ;
Oubliant les longs jours où leurs nefs téméraires
      Voyaient les éléments contraires
      Briser leur faible gouvernail !

Mais surtout que la croix rayonne sur le faîte
      Du monument qu'il faut finir !
De l'univers jadis elle a fait la conquête,
      Et c'est pour elle que s'apprête
      L'auréole de l'avenir !

Quelque chose de grand, se féconde, s'enfante ;
      Entendez-vous ces bruits lointains ?
Le germe éclot déjà sous la zône échauffante,
      Et l'humanité triomphante
      S'éveille à de nouveaux destins.

                        ALPHONSE LE FLAGUAIS.

LE 16 OCTOBRE.

Pourquoi ces nobles chants qui dans l'air retentissent?
Pourquoi ces cris joyeux et qui du cœur jaillissent?
Sous leur dôme, pourquoi s'ébranlant à la fois,
Les cloches aux canons mêlent-elles leur voix?
De tous côtés surgit et se presse la foule,
Pareille aux flots heurtés qu'en son sein la mer roule.
Le soleil d'Austerlitz au regard ébloui
Ne brillait pas plus vif et plus pur qu'aujourd'hui.
C'est que le Ciel aussi donne fête à la terre,
C'est qu'il bénit le Prince en qui notre âme espère,
Et qu'enfin, retrouvant son ancienne splendeur,
Paris avec orgueil salue un Empereur!

Le voilà, l'héritier du héros, notre idole!
Il marche hors des rangs, hardi, majestueux.
Voyez!... autour de lui l'ivresse éclate folle;
Lui seul est calme et doux comme un souris des Cieux!

Sénat, clergé, soldats lui présentent un trône ;
Mais il reste debout !... il ne veut la couronne
Que si le peuple entier, consulté, la lui donne ;
Sa grande voix alors sera la voix des Dieux !

Mères, rassurez-vous ! ce n'est pas de la guerre
Que ce nouvel élu doit porter le drapeau.
     Il est un triomphe plus beau :
C'est celui qui rassure et console la terre.
Des révolutions que son pied écrasa,
     Le glaive en sa main se brisa ;
Culte, union, progrès, composent sa devise.
     Il ouvre une ère de bonheur ;
Car son nom, que la gloire à jamais divinise,
     N'est pas plus noble que son cœur !

Salut, NAPOLÉON ! nom sacré qu'en notre âme
     On retrouve en lettres de feu,
     Que sur la terre l'on proclame,
     Comme au ciel on proclame Dieu.
     Nom sans rival et sans limite,
     Sous lequel la France s'abrite,
Dont le poids écrasa Madrid, Rome, Aboukir ;
Honneur à toi qui sais le porter sans fléchir !
Car la gloire n'est pas seulement la conquête

Des peuples enchaînés sous la loi des vainqueurs ;

Les lauriers des Césars sont arrosés de pleurs.

C'est le pied dans le sang, qu'embouchant la trompette,

La Victoire nous dit ses belliqueux exploits.

Ton cœur de l'olivier, doux symbole, a fait choix.

Il est plus d'une porte au Temple de Mémoire

   Où doit t'inscrire ta bonté :

L'amour du peuple, autant que le char de la gloire,

   Conduit à l'immortalité !

Poursuis longtemps ton règne au gré de notre attente,

Qu'il glisse sur les fleurs dont on sème tes pas.

  Je ne puis me mêler aux essaims délicats

Parfumant à l'envi ta marche triomphante ;

Mais de loin j'aurais part à leur bonheur commun,

Si ces vers, humble encens de mon cœur de poète,

Pouvaient te rappeler l'heureuse violette

   Dont tu préfères le parfum !

Mme Eugénie Genest.

Beaumont-sur-Sarthe, Octobre 1852.

L'AMNISTIE.

> L'amnistie est dans mon cœur.
> LOUIS-NAPOLÉON.

Prince, depuis vingt ans, j'ai dilaté mon âme
En admiration, en poétique flamme,
       En flots d'amour pour l'Empereur !
Partout, pour ce grand nom j'ai trouvé sympathie
Et je la trouve encor pour ce mot : amnistie !
       Qui sort en larmes de mon cœur !

Les sages, les héros, dans leur pouvoir immense,
Après chaque triomphe, ont vu par la clémence
       Leurs adversaires désarmés !
Ils ont tendu la main pour relever les têtes
De tous leurs ennemis courbés par les tempêtes ;
       Leurs ennemis les ont aimés !

Prince, l'amour du peuple est une grande chose !
Huit millions de voix font une apothéose
       Longtemps avant les jours de deuil !
Sept millions de voix sont votre diadème,

Et vous allez monter jusqu'au pouvoir suprême
    Où vous ne craindrez plus d'écueil !

    Vous r'ouvrez le seuil de la France
    Et ces portes de l'espérance
    A de pauvres cœurs en souffrance
    Devenus dignes de pardon !
Vous sauvez les enfants, les malheureuses veuves,
    Attendant la fin des épreuves
    Dans la misère et l'abandon !

    Oui, vous songez aux sœurs, aux mères
    Qui versaient des larmes amères
    En invoquant dans leurs prières
    De chaque nuit, de chaque jour,
    Votre compassion, votre miséricorde ;
Vous avez entendu !.. vous semez la concorde
    Dans la sympathie et l'amour !

    Amnistie ! oh ! ce mot de grâce,
    Plus doux que la brise qui passe,
    En parfumant tout dans l'espace,
Vous l'avez prononcé ce mot céleste et doux !
    Amnistie et pardon !... c'est dire :
    Je ne veux les droits de l'Empire
    Que pour les répandre sur tous !...

L'Empire, c'est la paix glorieuse et féconde,
C'est l'ordre selon Dieu, c'est le salut du monde,
       C'est l'oubli des jours de terreur !
L'Empire, c'est la fin de tous les mauvais rêves !
L'Empire brisera les poignards et les glaives,
Sire, vous pardonnez, vous êtes Empereur !

A. THÉVENOT.
de la Creuse.

Décembre 1852.

L'ÉMIR A L'EMPEREUR.

Louange au Dieu unique !

Que Dieu continue à donner la victoire à Napoléon, à notre seigneur, le seigneur des rois! Que Dieu lui vienne en aide et dirige ses actions!

Celui qui est actuellement devant vous est l'ancien prisonnier que votre générosité a délivré, et qui vient vous remercier de vos bienfaits, Abd-el-Kader, fils de Mahhi-ed-Dên.

Il s'est rendu près de Votre Altesse pour lui rendre grâce du bien qu'elle lui a fait, et pour se

réjouir de sa vue ; car, j'en jure par Dieu, le maître du monde, vous êtes, Monseigneur, plus cher à
mon cœur qu'aucun de ceux que j'aime. Vous avez
fait pour moi une chose dont je suis impuissant à
vous remercier, mais qui n'était pas au-dessus de
votre grand cœur et de la noblesse de votre origine.
Vous n'êtes point de ceux qu'on loue par le mensonge et que l'on trompe par l'imposture.

Vous avez cru en moi, vous n'avez pas ajouté
foi aux paroles de ceux qui doutaient de moi, vous
m'avez mis en liberté, et moi je vous ai juré solen-
nellement *par le pacte de Dieu, par ses prophètes et ses
envoyés,* que je ne ferai rien de contraire à la confiance que vous avez mise en moi, que je ne man-
querai jamais à mes promesses, que je n'oublierai
jamais vos bienfaits, que jamais je ne remettrai le
pied en Algérie. Lorsque Dieu a voulu que je fisse
la guerre aux Français, je l'ai faite ; j'ai fait parler
la poudre autant que je l'ai pu ; et quand il a voulu
que je cessasse de combattre, je me suis soumis à
ses décisions et je me suis retiré. Ma religion et ma
noble origine me font une loi de tenir mes serments et de repousser toute fraude. Je suis descendant du Prophète, et je ne veux pas que l'on puisse
m'accuser d'imposture. Comment cela serait-il

possible quand votre bonté s'est exercée sur moi d'une manière si éclatante? Les bienfaits sont un lien passé au cou des gens de cœur.

Je suis le témoin de la grandeur de votre empire, de la force de vos troupes, de l'immensité des richesses de la France, de l'équité de ses chefs et de la droiture de leurs actions. Il n'est pas possible de croire que personne puisse vous vaincre et s'opposer à votre volonté, si ce n'est le Dieu tout-puissant.

J'espère de votre bienveillance et de votre bonté que vous me conserverez une place dans votre cœur, car j'étais loin, et vous m'avez placé dans le cercle de vos intimes; si je ne les égale pas par mes services, je les égale, du moins, par l'amitié que je vous porte.

Que Dieu augmente l'amour dans le cœur de vos amis et la terreur dans le cœur de vos ennemis!

Je n'ai plus rien à ajouter, sinon que je me confie à votre amitié. Je vous adresse mes vœux et vous renouvelle mon serment.

ABD-EL-KADER.

30 octobre 1852.

PAGE D'HISTOIRE.

AUX VIEUX PARTIS.

J'ai des amis vaincus, j'en ai qui sont proscrits,
Et peut-être sans pain à cette heure où j'écris ;
  J'en ai partout, de toutes sortes,
Chez tous les étrangers et sur tous les chemins,
Et j'irai les chercher, l'olivier dans les mains,
  Quand la France ouvrira ses portes.

J'ai des vieux généraux et des jeunes soldats ;
Des prêtres, bons pasteurs, apôtres sans Judas ;
  Eux aussi, guerriers sous la tente,
Prêtres de l'Evangile et de l'amour fervent,
Quand vos faux dieux sont morts, soldats du Dieu vivant
  De mon Eglise militante !

J'ai pour amis encore et pour frères en Dieu,
Tous les hommes de rien, tous les hommes de peu,
  Et la blouse et la veste ronde ;
Et, dût le Misanthrope et mauvais et moqueur,

Trouver mon cœur trop grand, j'y consens de grand cœur ;

Je suis l'ami de tout le monde.

Je n'en excepte aucun, qui ne me soit bien cher ;

J'ai ceux de mon esprit avec ceux de ma chair,

Ma famille d'enfants célestes,

Mes penseurs, mes rêveurs, à l'âge où je rêvais,

A qui je donnerais mon pain, si j'en avais,

Pourvu qu'on m'en laissât les restes.

Eh bien ! moi qui voudrais, jusqu'à mon dernier jour,

Vivre en chantant, mourir avec un chant d'amour,

Je hais, et de toute ma haine,

Quelque chose d'horrible et qui me fait horreur...

Ce sont les hommes faux, sans excuse d'erreur,

Les hommes sans nature humaine !

C'est là-bas, dans son coin, ce groupe d'envieux ;

Les vieux des vieux partis, les vieux partis des vieux ,

Les vieux spectres de nos ruines,

Qui nous diront encor cent ans : périssez tous ;

Périsse le pays ; périssons, vous et nous,

Plutôt que nos vieilles doctrines !

Ceux-là, je ne veux pas leur souhaiter du mal ;

Mes vers sont plus chrétiens que ceux de Juvénal ;

Mais, errants sur toutes les plages,

De générations en générations,

Ils iront mendier le pain des nations,
        Comme la race des Pélages ;

Pour n'avoir pas compris le vote universel,
Ils erreront, maudits de la terre et du ciel,
        Et nous tous, et tant que nous sommes,
Nous crîrons jusqu'à Dieu, que nul n'adjure en vain :
Ces hommes-là n'ont rien aimé, qu'un droit divin
        De mépriser le droit des hommes !

Voilà votre sagesse à la fin de vos jours?
Si vous ne régnez pas, vous vous plaignez toujours.
        Voilà comme vous êtes sages ?
Contre la France, ingrats, contre Dieu, protestants,
Et toujours contre tout, et depuis soixante ans,
        Et depuis les âges des âges ?

Hier encore, hier, nos pères n'étaient bons
Qu'à servir de sujets à deux ou trois Bourbons ;
        Vous nous accordiez une *Charte;*
Vous descendiez du nord comme des *Gengis-Kans;*
Celui qui vous battit pour nous, et vingt-cinq ans,
        S'appelait *Monsieur Bonaparte!*

Paris était vendu, nous fûmes tous trahis,
Et ce jour est resté l'opprobre du pays
        Et la honte de notre histoire ;

C'est si vrai, qu'à chanter nos souvenirs d'enfants,
Notre Scribe a gagné des millions de francs,
    Béranger, des mille ans de gloire ;

C'est si vrai, qu'au collége, à l'âge où nous pensons,
Une ode à la Colonne, un couplet de chansons,
    Une strophe de *Messénienne,*
Nous chantions, nous pleurions et nous battions des mains,
Rien qu'en voyant passer les vieux soldats thébains
    De notre armée athénienne !

Ni la Gaule vaincue et ses Gaulois épars,
Ni Carthage jetant ses enfants des remparts,
    Ni Brutus pleurant à Pharsale,
N'ont eu ce Waterloo de lamentations,
De la France tombant, reine des nations,
    Et retombant votre vassale.

Le peuple n'était plus qu'un soldat laboureur ;
L'empereur Alexandre était son empereur ;
    L'autre, c'était le *météore !*
Le météore était seul et sur son rocher,
Et son Aigle cherchait, de clocher en clocher,
    Jusqu'à son drapeau tricolore !

Et celui qui n'eut pas d'égal ni de rival,
Celui que vous nommiez : *Robespierre à cheval !*

La main liée à son épée,
Vous l'aviez attaché sur le *Bellérophon*,
Et la bouche écumante et les yeux hors du front,
    Comme la tête de Pompée ;

Vous l'aviez écroué, plus loin que l'équateur,
Lui, votre patient et son exécuteur
    Pour votre meurtre *légitime*...
Osez nous dire : non ! osez nous démentir ,
Et nier le héros et nier le martyr,
    Après avoir commis le crime !

Et vous ne voulez pas que Dieu, contre vos rois,
Lève et fasse crier huit millions de voix
    Le jour de notre indépendance !
Et que chaque village et chaque légion
Proclame sur l'autel de la religion
    Les arrêts de la Providence ?

Et vous vous étonnez qu'à présent ce neveu,
Qui ne vous ôte pas de la tête un cheveu,
    Quand son oncle est mort au supplice,
Vous condamne au silence et tout autour de vous
Place des garde-feux, pose des garde-fous
    Et des barrières de police ?

Taisez-vous.—Le silence est votre châtiment !

C'est celui du mensonge et de l'homme qui ment ;
    Mais cessez toutes vos attaques ;
Vous n'avez pas été fusillés comme Ney,
Comme Labédoyère et Mouton-Duvernay
    Par une bande de Cosaques;

Vous n'êtes pas cloués sur un roc de la mer,
Brûlés par le soleil, rongés par un cancer,
    Gardés par un geolier infâme ;
Et vous n'êtes pas morts sans femme et sans enfant,
Pleurant sur un grabat, dans un râle étouffant,
    Et votre enfant et votre femme.

Vous êtes à Paris, comme des bienheureux,
A votre *table ronde*, avec vos douze Preux,
    Dans vos grandes hôtelleries ;
Si vous aimez la danse, on viendra vous prier,
Et, tout l'hiver prochain, vos fils à marier
    Iront danser aux Tuileries.

Vous pourrez conspirer, entre amis et parents ;
Nous croire les petits et vous croire les grands,
    Et pleurer vos rois fatalistes ;
Mais si vous méprisez encor le genre humain,
Nous prîrons qu'il vous donne un soufflet de sa main,
    Le Dieu des quatre Évangélistes.

Je vous le dis au nom de la société :
Votre misanthropie est une impiété.

> Plus de manœuvres, plus de phrases ;

Nous disons : mon pays ; ne dites plus : mon Roi !
Le monstre est là, qui veut, des tables de la loi,

> Nous faire encor des tables rases.

Si vous n'avez qu'un nom ameuté contre un nom,
Et du canon à mettre en face du canon,

> Notre réponse est bien facile :

Depuis quatre-vingts ans vous n'avez rien compris,
Et vous savez régner, quand vous l'avez appris,

> Tous les fois qu'on vous exile.

Si vous avez du cœur, savez-vous ce qu'il faut ?
Ce n'est plus le canon, ce n'est plus l'échafaud,

> Ce n'est plus la guerre civile,

C'est un grand Jubilé, l'arche du peuple hébreu,
Et dans les carrefours, par l'encens et le feu,

> Purifier toute la ville.

Si vous ne savez pas vous réconcilier
Et vous pardonner tout, pour tout faire oublier,

> Nous n'aurons pas assez de pierres,

Pour ceux de Babylone et pour ceux de Memphis,

Et quand vous serez las de lapider vos fils,
    Vos fils lapideront leurs pères !

Nous vous avons offert, les siècles sont témoins,
Toutes les libertés, et votre roi de moins ;
    Eh bien ! que Dieu vous le pardonne!
Les siècles le diront : vous n'avez pas voulu ;
Au nom du Peuple-Roi, le pouvoir absolu
    Vous les reprend et nous les donne.

Laissez-nous donc en paix au moins dans ce milieu,
Où Berryer veut des Rois et Proudhon pas de Dieu,
    Nous, les justes et les honnêtes,
Qui demandions la trêve à vos inimitiés
Et qui vous avons crus plus grands que vous n'étiez
    Et beaucoup meilleurs que vous n'êtes.

Laissez-nous donc le temps, pour réparer vos torts,
Le temps, pour enterrer les cendres de nos morts
    Et les brasiers de nos discordes ;
Et demandez à Dieu, ce que nous demandons...
Après nos cinquante ans de haines sans pardons,
    Cinquante ans de miséricordes !

                               ADOLPHE DUMAS.

2 novembre 1852.

FIN DE LA POÉSIE A NAPOLÉON III.

A L'EMPEREUR.

ENVOI.

ÉPILOGUE.

———

LA VOIX DU POÈTE.

A toi ces chants d'amour, ces hymnes de victoire !
A toi, Prince, deux fois baptisé par la gloire
    Sur le trône, et dans ton berceau,
A toi que la sagesse a vêtu de puissance,
    Ces hymnes de reconnaissance
    D'un peuple sorti du tombeau !

Ce n'est pas le concert des voix adulatrices,
Qui d'un chef redouté caressent les caprices,
Et d'un peuple opprimé bravent le désaveu ;
C'est des plus libres cœurs la voix indépendante,
L'élite des esprits dont la pensée ardente
A pris pour te bénir le langage de Dieu !

C'est le fidèle écho d'un peuple heureux qui t'aime,
Qui n'a pu se sauver ni vivre par lui-même,
Qui te paie en tendresse un courageux appui,
Et qui, désabusé par l'épreuve sanglante,
Remet entre tes mains sa liberté tremblante,
    Que tu régleras mieux que lui !

Mais tandis que leurs vers sous la presse frissonnent,
Le tambour bat aux champs et les canons résonnent :
Un cri joyeux s'étend sur les quais, sur les ponts !
Quand palpite d'espoir même l'indifférence,
Toi que de son cortége environne la France,
Pour gagner tous les cœurs, qu'as-tu donc fait? réponds !

LA VOIX DU PRINCE.

« Lorsque seule en vos murs triomphait la licence,
» Proscrit, je revenais, après les ans d'absence,
» A la patrie en deuil, religieux enfant,
» Offrir la voix qui parle et le bras qui défend !
» Alors jettait aux vents ses lueurs sépulcrales
» La discorde allumée aux torches libérales ;
» L'orgueil de chaque idée avait fait un volcan,
» De tout homme un bravo, de toute ville un camp !
» Mais pendant le repos de l'exil solitaire

» Vous saviez quels loisirs peuplaient ma vie austère.

» Plaignant tout ce qui souffre et lui donnant mes pleurs,

» Je sondais le secret des publiques douleurs ;

» De l'inégalité creusant le phénomène,

» Je demandais le mot de la misère humaine ;

» Je cherchais quel moyen, si longtemps attendu,

» Pouvait r'ouvrir le ciel à ceux qui l'ont perdu,

» Et, rapprochant les cœurs désarmés de vengeance,

» Sans appauvrir le riche, enrichir l'indigence !

» Avocat du malheur, protecteur des proscrits,

» Ma pitié s'exhalait brûlante en mes écrits,

» Et redressant par eux la justice offensée,

» Du fond de mon exil s'élançait ma pensée !

» Par un élan magique au pouvoir élevé,

» Je jurai d'accomplir ce que j'avais rêvé !

» Dans ce pays fécond en trames criminelles,

» Où couvent sourdement les haines fraternelles,

» Au milieu des discords, au milieu des partis,

» Dans les coins de l'Etat secrètement blottis,

» Rassurant à mon nom la patrie en souffrance,

» Je parus et je dis à tous : voici la France !

» Tout allait s'engloutir dans le flot soulevé !

» J'ai pris le gouvernail, le monde fut sauvé !

» Les royaumes, frappés d'un effroi salutaire,

» Serraient autour de nous un cordon sanitaire ;

» Quand la France avec moi vers eux voulut courir,

» Elle vit leur frontière et leurs bras se r'ouvrir.

» Le peuple, délivré de ses tyrans serviles,

» Se reposa du choc des discordes civiles,

» Et, comme un moribond qu'aurait touché ma main,

» Sur son lit d'agonie il crut au lendemain.

» C'est peu ! libérateur de la Gaule affranchie,

» Même au-delà des monts j'ai tué l'anarchie !

» Le Vicaire du Verbe, apôtre couronné,

» Par l'athéisme atteint, errant, abandonné,

» Allait traîner au loin, prêtre du Dieu fait homme,

» La majesté du Christ qui s'en allait de Rome.

» Ainsi que Constantin parlant avec la croix,

» De l'univers chrétien je proclame les droits ;

» Et quand des rois croyants la piété craintive

» Laissait aux assassins la Sainteté captive,

» Tandis qu'au fond des cours, mornes, ils hésitaient,

» Seul, osant triompher pendant qu'ils méditaient,

» Je restaurai, vengeur de la foi maternelle,

» L'éternité de Dieu dans la ville éternelle.

» Et maintenant, fouillez d'un regard curieux

» Ma vie infatigable ouverte à tous les yeux !

» Partout où le talent, luxe de la patrie,

» Et féconde les arts et pousse l'industrie,

» J'accours !.. de mes conseils, de mes soins, de mon or,

» J'élargis sa carrière et double son essor!

» Que l'audace dessine une ligne profonde,

» Dans les flancs de la terre ou les vagues de l'onde;

» Que la science, au loin reculant ses travaux,

» Donne aux vieux éléments des instruments nouveaux;

» J'éclaire des rayons d'une gloire éclatante,

» Et l'artiste qui trouve et l'ouvrier qui tente.

» Au peuple qui s'immole à nos prospérités,

» Je construis des palais, j'élève des cités ;

» Du génie et des goûts, j'applaudis les oracles,

» J'enflamme leurs efforts, j'anime leurs miracles,

» Et, de Paris natal orgueilleux citoyen,

» Je me dis en mon cœur : j'ai fait un peu de bien !

» Par moi le fils bercé sous le toit qu'il espère

» Va recueillir intact l'héritage d'un père ;

» L'aïeul ne tremble plus que ces biens qu'il défend

» Soient ravis sur sa tombe aux mains de son enfant;

» Sûre du jour qui vient calme comme la veille,

» La France sans pâlir et s'endort et s'éveille,

» Et la sombre terreur, qui troublait sa raison,

» N'est plus qu'un spectre vain fuyant à l'horizon.

» J'ai créé le repos sans craindre la bataille;

» Quand l'ennemi paraît, je me dresse à sa taille !

» Lorsque, des passions rappelant les dangers,

» L'intérieur sur nous lance ses étrangers,

» Lorsque les carrefours commentent les libelles,

» Je sais, en souverain, réduire les rebelles !

» Riant de ce trépas qui peut frapper d'aplomb,

» J'offre ma tête au glaive et ma poitrine au plomb :

» Je vais droit au péril et, dispersant ses meutes,

» J'écrase les complots sur le front des émeutes.

» Ainsi fort pour sauver, pour vaincre et contenir,

» Dans le champ de la paix j'ai semé l'avenir ! »

LA VOIX DU PEUPLE.

Oh oui ! ton règne ainsi commence !

Mais, n'as-tu donc rien oublié ?

Tu n'as pas dit cette clémence,

Sous qui tant d'esprits ont plié !

Tu n'as pas dit tous les murmures,

Tous les maux, toutes les blessures

Qu'un don de ta grâce a guéris :

Pieux secret, royal mystère

Que tu veux cacher à la terre,

Et qui dans les cieux sont écrits !

Mais, si plongé qu'il soit dans le fond du silence,
Le bienfait est semblable au volcan qui s'élance,
Plus clair, plus radieux dans l'ombre de la nuit!
En vain l'ingrat l'enferme en son cœur solitaire;
Le bienfait se fait jour et par chaque cratère
     Jette la lumière et le bruit.

     Ta volonté patriotique
     Montre au bon sens du citoyen
     Qu'avant d'être homme politique
     Il faut être un homme de bien.

     L'esprit de nos temps qui s'élance
     T'a pour son guide et son appui ;
     Ce qui jadis fut violence
     Est par toi raison aujourd'hui !

     De l'honneur esclave suprême,
     Dans ta grave sincérité,
     Tu donnes aux loyautés même
     Un modèle de loyauté !

     La piété dans tes exemples
     Puise sa force et son bonheur ;
     Tu rends à l'Eternel ses temples,
     Et son droit d'asile au Seigneur !

Fidèle au vrai, bravant les trames,
L'autorité reprend sa foi ;
Le respect revient dans les âmes
Parce qu'il émane de toi.

Du crime tombent les menaces ;
Les poignards rentrent au fourreau,
Et l'humanité te rend graces
De l'oisiveté du bourreau.

Quand la diplomatique antique
Jette au hasard son œil glacé,
Tu lis l'avenir prophétique
Dans le testament du passé !

Lorsque le pays en souffrances
Voit de loin surgir le trépas,
Dans le siècle que tu devances
Tu nous transportes en trois pas.

Aux pages de l'éternel livre
Tu perces l'énigme du sort ;
Cette heure promise à la mort
Est l'heure où tu nous fais revivre;

Et ta main, des ambitions
Brisant soudain les espérances,

Du signal des destructions
Fait le signal des délivrances !

Par la sagesse et le progrès
Tu fondes une ère immortelle,
Et dans la tige se révèle
Le chêne éternel des forêts !

Qu'il croisse, au delà de notre âge
Etendant ses rameaux nerveux !
Puissent nos plus petits neveux
Se reposer sous ton ombrage !

Et qu'à ton empire enchaîné,
Dans les siècles tout dise encore :
Gloire aux jours dont il fit l'aurore !
Gloire au sauveur qui nous est né !

LA VOIX DE DIEU.

Ainsi lorsqu'Israël ou rebelle ou soumise
A travers le désert vers la terre promise
S'avançait, confiante au doigt qui la conduit,
Illuminant au loin sa course chancelante,
Une gerbe de feu, colonne étincelante,
La guidait au sein de la nuit !

Nous aussi, même avant qu'un danger le réclame,
Nous avons au désert la colonne de flamme,
Le phare protecteur élevé par un Dieu,
Fanal resplendissant qui s'allume dans l'ombre,
Sortant plus radieux de la nuit la plus sombre,
      Ame de lumière et de feu !

C'est ainsi qu'il était ce héros, ton image,
L'Empereur dont nos vœux te reportent l'hommage !
Il recréait la France à ses accents vainqueurs ;
Son front large brillait de vives auréoles,
Et sa bouche éloquente avait de ces paroles
      Qui faisaient écho dans les cœurs !

Qui ne se rallierait à ta cause, la nôtre ?
Qui ne t'admirerait puissant comme l'apôtre,
Appuyé sur le ciel, appuyé sur ta foi ;
Osant ce que jamais ne raconta l'histoire,
Sauvant la liberté du droit de la victoire
Et délivrant un Peuple enfermé dans sa loi !

Ah ! c'est que tu sentais dans ton âme enflammée
La valeur de l'esprit qui vaut tout une armée !
C'est que la vérité s'ouvrait grande à tes yeux !
C'est qu'à ta raison droite un Dieu parlait sans voile

Et que tu savais lire au front de ton étoile
  Ta destinée écrite aux cieux !

Français, qui retrouvons nos âmes retrempées
Dans le feu des canons et l'éclair des épées,
Marchons avec transport vers l'augure nouveau !
Le passé se confond dans la jeune espérance ;
De nos nombreux partis il ne reste que : France !
  Nos couleurs n'ont fait qu'un drapeau !

Prince, sois donc heureux ! sois heureux, chef suprême,
De tout ce que le ciel, qui te veut pour nous-même,
  Jette aux genoux des royautés !
Qu'aux lois de tes désirs la fortune asservie
Comme un manteau d'azur environne ta vie
  De toutes les sérénités !

Qu'il soit le bienvenu de la France qui t'aime
Ce vœu d'un peuple entier, civique diadême,
Gage du pacte saint qu'il scelle sans retour !
De nos anneaux soudés ne fermons qu'une chaîne !
Que la discorde expire, et puisse toute haine
  Se fondre dans ton seul amour !

                    J. LESGUILLON.

TABLE

DES AUTEURS COMPOSANT CE VOLUME.

PROLOGUE.

LA POÉSIE A NAPOLÉON III.

ENVOI.

FIN DE LA TABLE.

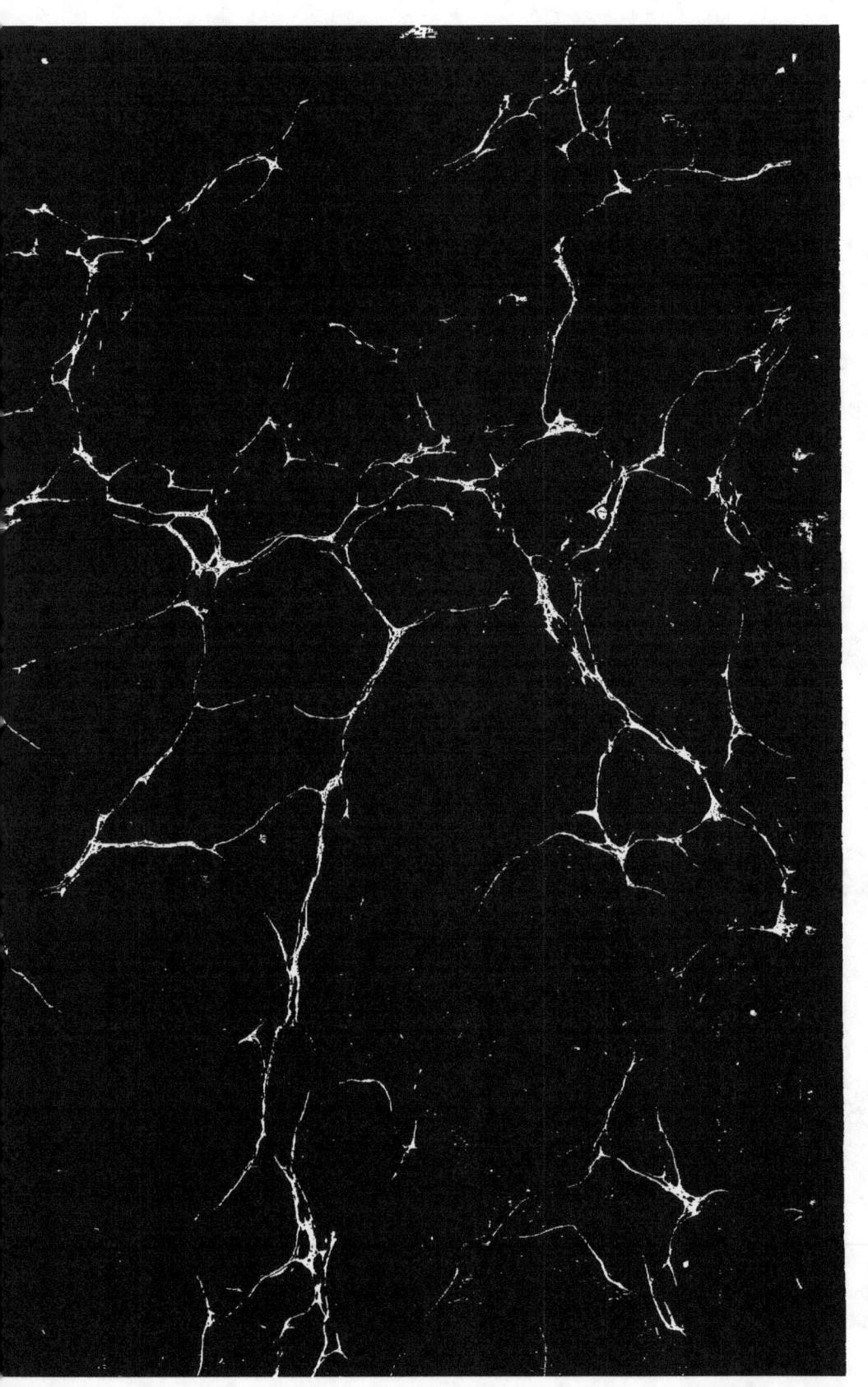

www.ingramcontent.com/pod-product-compliance
Lightning Source LLC
Chambersburg PA
CBHW061038030726
47504CB00002B/430